INCONVENANT

VI KEELAND

Copyright © 2019 par Vi Keeland

Ce livre est une œuvre de fiction. Tous les noms, les personnages, les lieux et les incidents décrits sont le produit de l'imagination de l'auteur. Toute ressemblance avec des personnes existantes ou ayant existé, des choses, des lieux ou des événements réels, ne serait qu'une coïncidence.

Inconvenant
Traduit de l'anglais par
Alexia Vaz et Valentin Translation
Mannequin de couverture : Simone Curto
Photographe : Wander Aguiar
Conception de la couverture : Sommer Stein,
Perfect Pear Creative

INCONVENANT

Sans pluie
Pas de fleur

Ireland

Mon Dieu, je me sens terriblement mal.

Je levai la tête de l'oreiller et grimaçai. Voilà la raison pour laquelle je buvais rarement. Une gueule de bois agressive et un réveil à trois heures trente du matin ne faisaient pas bon ménage. Tendant la main vers l'horrible bruit de vibrations, je tapotai ma table de nuit jusqu'à réussir d'une façon ou d'une autre à trouver mon téléphone et à éteindre l'alarme.

Dix minutes plus tard, le vacarme revint. Je grognai en traînant mon corps hors du confort de mon lit et me dirigeai vers la cuisine pour un café bien mérité et un cachet d'ibuprofène. J'allais probablement avoir besoin de mettre de la glace sur mes yeux, aussi, afin d'avoir l'air à moitié présentable, en direct ce matin.

J'étais en train de me servir une tasse de café fumante quand soudain, la raison de mon enivrement de la veille et de la gueule de bois qui en avait résulté me revint en mémoire. Comment diable avais-je pu oublier ?

La lettre.

La foutue lettre.

— Aïe ! *Merde !*

Le café trop chaud dépassa du bord de la tasse et me brûla la main.

— *Merde. Aïe. Merde !*

Je passai mes doigts sous l'eau froide et fermai les yeux. Qu'avais-je fait ? J'eus envie de me remettre au lit et de recommencer à oublier.

Mais au lieu de ça, tous les détails d'hier me submergèrent comme un tsunami. Une heure après avoir franchi la porte d'entrée en faisant rouler ma valise, à la suite d'une semaine au paradis, une lettre était arrivée par coursier.

Virée.

Avec une lettre type.

La veille, il avait été prévu que je reprenne le travail après mes vacances.

Je me sentis nauséeuse. C'était la première fois que je me retrouvais sans emploi depuis mes quatorze ans. Sans parler du fait que c'était la *première* fois que mon départ n'était pas volontaire. Je coupai l'eau et baissai la tête, essayant de me rappeler la formulation exacte de cette foutue lettre.

Chère madame Saint James,

Nous sommes au regret de vous annoncer qu'un terme a été mis à votre contrat avec Lexington Industries et ceci prend effet immédiatement.

Votre licenciement est justifié par les raisons suivantes :

Violation de la Politique 3-4. Commettre un quelconque acte constituant une agression sexuelle ou une exhibition indécente.

Violation de la Politique 3-6. Utiliser Internet et/ou d'autres moyens de communication afin de faire preuve d'un comportement sexuel ou impudique.

Violation de la Politique 3-7. S'engager dans toute forme d'acte sexuellement immoral ou douteux.

Les indemnités de licenciement ne vous seront pas versées, étant donné que la fin du contrat est justifiée. Dans les trente jours, nous vous adresserons une lettre afin de vous détailler l'état de vos profits. La couverture par l'assurance maladie continuera sur la période requise par la loi sur le travail de l'État de New York.

Le bureau du personnel vous transmettra votre dernier salaire et œuvrera avec votre superviseur à la récupération de vos effets.

Nous regrettons cet acte et vous souhaitons le meilleur dans vos projets.

Cordialement,

Joan Marie Bennett

Directrice des ressources humaines

Une clé USB était jointe dans l'enveloppe rembourrée. Elle contenait une vidéo de trente secondes prise par l'une de mes amies sur la plage. Je sentis une brûlure remonter dans ma gorge, pour d'autres raisons que la probable intoxication à l'alcool que j'avais fait subir à mon corps.

Mon travail. C'était ma vie depuis neuf ans. Et une stupide vidéo floue avait permis à tout mon dur labeur de s'envoler comme une volute de fumée.

Pouf. Au revoir, carrière.

Je grognai.

— Mon Dieu, qu'est-ce que je vais faire ?

Me lever n'était clairement pas la réponse à cette question, donc j'emportai ma migraine battante dans la chambre et me cachai sous les couvertures. Je passai la couette au-dessus de ma tête, espérant que le noir total m'avalerait tout cru.

Finalement, je réussis à me rendormir. Quand je me réveillai, quelques heures plus tard, je me sentis légèrement mieux. Même si ça ne dura pas très longtemps, une fois que je me rendis compte que je ne m'étais souvenu que de la *moitié* des événements de la veille.

• • •

Ma colocataire et meilleure amie, Mia, me servit une tasse de café et la réchauffa au micro-ondes. Elle-même semblait avoir pris une bonne cuite.

— Tu as bien dormi ? s'enquit-elle.

Les coudes relevés sur la table de la cuisine, je soutenais plus ou moins ma tête entre mes mains. Je la regardai avec un œil plissé.

— À ton avis ?

Elle soupira.

— Je n'arrive toujours pas à me remettre de ton renvoi. Tu as un contrat. C'est légal d'éjecter quelqu'un pour ce qu'il s'est passé en dehors du lieu de travail ?

Je sirotai mon café.

— Apparemment. J'en ai discuté avec Scott il y a quelques minutes.

J'avais mis ma fierté de côté et appelé mon ex. C'était un salaud et la dernière personne à qui je voulais parler, mais il était également l'unique avocat dans mes contacts. Malheureusement, il avait confirmé que ce que mon employeur avait fait était parfaitement légal.

— Je suis tellement désolée. J'ignorais totalement qu'une journée à la plage pourrait se transformer en une telle chose. Tout est ma faute. C'est moi qui ai suggéré qu'on aille dans la zone topless.

— Ce n'est pas ta faute.

— À quoi pensait Olivia, franchement, en postant la photo sur Instagram et en nous identifiant toutes dessus ?

— À mon avis, la piña colada que le mignon garçon de plage nous servait avec un shot de rhum supplémentaire l'empêchait de réfléchir tout court. Mais je ne comprends pas comment mon travail a pu être au courant. Elle m'a identifié avec mon compte privé, le Ireland Saint James, pas celui qui est public, Ireland Richardson, et que la chaîne gère pour moi. Ou *gérait*, j'imagine. Alors, comment l'ont-ils vu ? J'ai revérifié mes paramètres, ce matin, pour m'assurer que je ne l'avais pas ouvert à tous, et je ne l'ai pas fait.

— Je ne sais pas. Peut-être que quelqu'un de ton travail suit l'une de tes amies qui a un compte public.

Je secouai la tête.

— J'imagine.

— Est-ce que le salaud a répondu à ton e-mail, au moins ?

Je fronçais les sourcils.

— Quel e-mail ?

— Tu ne te souviens pas ?

— Apparemment pas.

— Celui que tu as envoyé au président de ton entreprise.

J'écarquillai les yeux. *Oh, merde*. Les choses ne faisaient que s'améliorer.

•••

Apparemment, quand on arrive au plus bas, on peut toujours continuer de creuser.

Virée.

Pas d'indemnités de licenciement.

Une semaine *après* avoir payé le deuxième et plus gros versement sur le contrat de construction pour ma première maison.

La probabilité d'avoir une lettre de recommandation de mon employeur actuel ? *Nulle* puisque je m'étais déchaînée, ivre, en disant au type qui travaille dans sa tour d'ivoire ce que je pensais de sa société.

Génial.

Juste génial.

Bon boulot, Ireland !

Entre dépenser la plupart des économies de ma vie pour l'acompte du terrain que j'avais acheté à Agoura Hills et être une super amie qui règle toute l'addition d'un enterrement de vie de jeune fille d'une semaine dans les Caraïbes, il me restait environ mille dollars sur mon compte. Sans parler du fait que ma colocataire allait bientôt se marier et déménager, emportant avec elle la moitié du loyer qu'elle payait chaque mois.

Mais... ne t'inquiète pas, Ireland. Tu trouveras un autre travail.

Quand les poules auront des dents.

L'industrie des médias d'actualités était aussi indulgente que mon compte en banque après un jour au centre commercial.

J'étais foutue.

Tellement foutue.

J'allais devoir retourner aux contrats de travail indépendants, écrire des articles de magazine à facturer chaque mot pour joindre les deux bouts. Cette partie de ma vie était censée être terminée. Je m'étais *tuée* à la tâche, travaillant soixante heures par semaine pendant presque dix ans pour arriver où j'en étais maintenant. Je ne pouvais pas m'en aller sans me battre.

Je devais au moins tenter de sauver la situation, suffisamment pour avoir une recommandation qui n'était pas cinglante. Alors je pris une grande inspiration, rassemblai tout mon courage de grande fille et ouvris mon ordinateur portable pour me rafraîchir la mémoire sur les détails de ce que j'avais écrit au président de Lexington Industries, puisqu'une bonne moitié était floue. Peut-être que ce n'était pas aussi horrible que je le pensais. Je cliquai sur ma boîte d'envoi et ouvris le message.

Cher monsieur Jong-un.

Je fermai les yeux. *Merde.* Eh bien, j'avais pris mes désirs pour des réalités. Mais peut-être qu'il ne comprendrait pas mon humour, il penserait juste que je m'étais trompée de nom. C'était possible, n'est-ce pas ?

Je recommençai à lire à contrecœur, tout en retenant ma respiration.

J'aimerais m'excuser formellement pour ma légère imprudence.

D'accord... ce n'était pas un mauvais début. C'était bien. C'était bien.

Si seulement j'arrêtais de lire là.

Vous voyez, je ne m'étais pas rendu compte que je travaillais pour un dictateur.

Pff.

Mon Dieu, je suis une vraie conne quand je bois trop. Je laissai échapper un soupir tremblant et bruyant avant d'arracher le pansement d'un coup.

J'avais l'impression d'avoir le droit de faire ce que je voulais pendant mon temps libre. Contrairement à vous qui êtes né avec une cuillère en argent dans la bouche, j'ai travaillé dur. Je mérite donc de relâcher la pression de temps en temps. Si cela implique de faire bronzer un peu mes lolos pendant des vacances entre copines, alors c'est ce que je fais. Je n'ai enfreint aucune règle. C'était une plage nudiste. J'aurais pu me déshabiller totalement, mais j'ai choisi d'être topless. Parce que, soyons honnêtes, j'ai de beaux seins. Si vous avez regardé la « vidéo incriminante » que votre directrice des ressources humaines coincée a jugé bon de m'envoyer sur une clé USB avec cette connerie de lettre de renvoi, vous devriez vous considérer chanceux de les avoir aperçus. Vous devriez même envisager de les ajouter à votre réserve de fantasme, pervers.

J'ai passé plus de neuf ans à me casser le cul pour vous et votre stupide entreprise. Vous pouvez tous les deux aller vous faire foutre.

Mortellement,

Ireland Saint James

D'accord. La lutte pour arranger les choses allait être plus compliquée que je ne l'avais imaginée. Mais je ne pouvais pas laisser cela me dissuader. Peut-être que *el presidente* n'avait pas encore lu mon premier e-mail, et je pouvais commencer ma prochaine tentative en lui demandant d'ignorer le message original.

Si je voulais avoir la chance de trouver un poste dans l'industrie, je ne pouvais pas avoir de mauvaises recommandations. Puisqu'ils avaient violé ma vie privée, le moins qu'ils pouvaient faire était d'être neutre. Je commençai à transpirer, paniquée, et à me mordiller l'ongle. Ça ne me dérangeait pas de supplier. Donc je copiai-collai l'adresse e-mail du président et ouvris une nouvelle fenêtre de message. Le temps était la clé, dans cette situation.

Mais alors que je commençais à taper, mon ordinateur portable émit une petite sonnerie, me faisant savoir qu'un nouvel e-mail était arrivé. Je cliquai dessus et mon cœur faillit s'arrêter quand je lus l'adresse e-mail.

Grant.Lexington@LexingtonIndustries.com

Oh mon Dieu.

Non.

Je tentai de déglutir, mais ma bouche fut soudainement sèche. Ce n'était pas bon. Je n'étais simplement pas sûre de savoir à quel point c'était mauvais.

Chère madame Saint James,

Merci pour votre e-mail... que l'homme qui est né avec une cuillère en argent dans la bouche lit à deux heures du matin puisqu'il était encore au bureau en train de travailler. D'après le ton de votre message, bourré de fautes grammaticales alors que vous avez un diplôme de journalisme, je suppose que vous l'avez écrit en étant ivre. Si c'est le cas, au moins, vous n'avez plus besoin de vous lever le matin. De rien.

Pour votre information, je n'ai pas vu la vidéo à laquelle vous faites référence. Mais si ma banque de fantasmes manque un jour de matière, peut-être que je la sortirais de ma corbeille, tout comme la lettre de recommandation standard que votre supérieure avait prévu de vous donner.

Cordialement,
Richie Rich

Je relâche le souffle que j'avais retenu. *Oh, merde.*

Grant

— Monsieur Lexington, voulez-vous que je commande votre déjeuner ? Votre rendez-vous de quatorze heures vient juste d'appeler et il aura une demi-heure de retard, vous aurez donc une petite pause.

— Pourquoi les gens ne sont jamais à l'heure ? grommelai-je.

J'appuyai sur le bouton de l'interphone pour parler à mon assistante.

— Pourriez-vous me commander un sandwich au pain complet, dinde et gruyère des Alpes suisses chez Boar's Head ? Et dites-leur de mettre seulement une tranche de fromage. La dernière fois que j'ai commandé chez le traiteur, celui qui m'a préparé mon sandwich devait venir du Wisconsin.

— Oui, monsieur Lexington.

J'ouvris mon ordinateur portable pour rattraper mon retard sur mes e-mails, puisque mes rendez-vous consécutifs s'étaient transformés en temps de pause. Je les scrutai à la recherche de quelque chose d'important, mon regard s'arrêtant sur un nom en particulier dans ma boîte de réception : *Ireland Saint James*.

Cette femme était évidemment ivre, ou folle, peut-être les deux. Même si son e-mail avait été plus amusant que toutes les autres conneries banales qui m'attendaient. Je cliquai.

Cher Monsieur Lexington,

Le croyez-vous si je vous dis que mon e-mail a été piraté et que quelqu'un d'autre a écrit cette lettre ridicule ?

Je devine que non, probablement. Étant donné à quel point vous êtes éduqué, intelligent, travailleur et prospère.

Est-ce que j'exagère ?

Pardon. Mais je dois continuer de creuser.

Y a-t-il une chance qu'on puisse recommencer ? Vous voyez, contrairement à ce que vous pensez je ne bois pas souvent. C'est pourquoi quand une lettre de renvoi inattendue est arrivée à ma porte, il ne m'a pas fallu grand-chose pour noyer mon chagrin. Et apparemment, ma santé mentale.

Bref, si vous lisez toujours, merci. Voici la lettre que j'aurais dû écrire :

Cher Monsieur Lexington,

Je vous contacte afin de vous demander de l'aide pour ce que je crois être une rupture injustifiée de mon contrat. Par le passé, j'ai été une employée dévouée de Lexington Industries, pendant neuf ans et demi. J'ai commencé en tant que stagiaire, j'ai reçu des promotions pour rejoindre différents postes de journalistes et j'ai finalement atteint mon objectif d'être en direct.

Récemment, j'ai pris des vacances bien méritées à Aruba, avec huit femmes pour un enterrement de vie de jeune fille. Notre hôtel avait une section privée sur la plage, réservée au naturisme. Même si je ne suis pas exhibitionniste, en général, j'ai rejoint mes amis pendant quelques heures pour bronzer en topless. Quelques photos innocentes ont été prises, je n'en ai publié aucune moi-même, et mon nom de journaliste n'a même pas été mentionné. Pourtant, curieusement, quand je suis revenue à la maison, une lettre de renvoi pour violation de la politique de l'entreprise à propos d'un comportement impudique m'attendait.

Même si je comprends la nécessité d'avoir des règles concernant les attitudes inappropriées, je crois catégoriquement que ma conduite, lors de vacances privées, sur une plage réservée, n'avait aucun rapport avec le fait de protéger Lexington Industries. Ainsi, je vous demande respectueusement de revoir votre politique, ainsi que la rupture de mon contrat.

Cordialement,

Ireland Saint James (Ireland Richardson à l'antenne)

Saint James. Pourquoi est-ce que je connaissais ce nom ? Il m'avait semblé familier quand le premier e-mail était arrivé, donc je l'avais cherché dans la direction de l'entreprise. Néanmoins, elle était dans le département informations, que gérait ma sœur et que j'évitais comme la peste depuis que j'avais obtenu la présidence à la mort de mon père, dix-huit mois plus tôt. La politique, la propagande et la bureaucratie n'étaient pas mon truc. Même si j'avais le titre de président, j'étais généralement coincé avec le côté financier de Lexington Industries.

Je retrouvai le premier e-mail reçu de mademoiselle Saint James et le relus. Même si le nouveau était certainement plus approprié, le premier m'amusait davantage. Elle avait signé son message avec la conclusion *mortellement...* ce qui m'avait fait glousser. Personne ne me parlait ainsi. Étrangement, je trouvais ça légèrement rafraîchissant. J'avais l'envie étrange d'avoir une conversation avec mademoiselle Richardson après quelques verres. Elle avait certainement piqué ma curiosité. J'appuyai sur le bouton de l'interphone une nouvelle fois.

— Millie, pourriez-vous appeler le département de Broadcast Media pour joindre le producteur des actualités matinales ? Je crois que c'est Harrison Bickman ou Harold Milton... quelque chose qui ressemble à ça.

— Bien sûr. Souhaitez-vous que je vous organise un rendez-vous ?

— Non. Dites-lui que j'aimerais voir le dossier personnel de l'un de ses employés, Ireland Saint James. Son nom de journaliste est Ireland Richardson.

— Je vais m'en occuper.

— Merci.

Mon rendez-vous de l'après-midi ne dura que quinze minutes. Non seulement le mec s'était pointé une heure et demie en retard, mais il n'avait en plus rien préparé. Comme je n'avais aucune patience pour les gens qui ne prenaient pas mon temps au sérieux, nous en étions restés là et j'étais sorti de la salle de conférence après lui avoir dit d'oublier mon numéro.

— Est-ce que tout va bien ?

Millie leva les yeux vers moi quand je passai à côté de son bureau.

— Avez-vous besoin de quelque chose dans votre bureau pour votre rendez-vous ?

— Il est terminé. Raccrochez, si quelqu'un de Bayside Investments rappelle.

— Euh... oui, monsieur Lexington.

Millie se leva et me suivit dans mon bureau, tenant un carnet.

— Votre grand-mère a appelé. Elle m'a dit de vous transmettre un message. Ils n'ont pas besoin de système de sécurité et elle a renvoyé l'installateur chez lui.

Je contournai le bureau et secouai la tête.

— Génial. Juste, génial.

— J'ai sorti le fichier de madame Saint James pour vous et l'ai imprimé. Il est sur votre bureau dans un dossier. Il y a également un genre de vidéo qui était dans les archives des ressources humaines et que je vous ai envoyé par e-mail.

— Merci, Millie.

Je m'assis à mon bureau.

— Vous pourriez fermer la porte en sortant ?

• • •

Nom de Dieu. Maintenant, je me souviens d'elle. C'était il y a longtemps, mais on n'oublie pas son histoire si facilement. Quand Ireland Saint James a été engagée, mon père gérait encore l'entreprise. J'étais assis dans son bureau lorsque Millie avait apporté son dossier. Il avait utilisé son histoire comme un exemple pour me donner une leçon, me montrer les décisions qu'on doit parfois prendre pour protéger l'image d'une société.

Je m'enfonçai sur ma chaise. Les antécédents de chaque employé étaient vérifiés. Plus leur position était haute, plus on faisait de recherches. Plus une personne avait de visibilités, plus son nom et son visage pouvaient affecter la marque de l'entreprise, si bien que nous explorions plus profondément. Les Ressources humaines et une entreprise de recherche extérieure s'occupaient généralement de cette enquête. Quand une personne revenait clean, un manager se chargeait de l'embauche avec une approbation du directeur du département. En général, le manager encore au-dessus n'était pas impliqué, à moins que quelqu'un soit une menace pour notre nom et que le chef de ce secteur voulait quand même faire une offre. Ensuite, le fichier était envoyé et il y avait un vote au sommet de la hiérarchie.

Ireland Saint James. Je frottai la barbe de trois jours qui se formait déjà sur mon menton. Son prénom était un peu inhabituel – c'était probablement grâce à ça que je me souvenais d'elle. Même si j'avais oublié beaucoup de conneries d'il y a douze ans.

Je feuilletai les pages de son fichier personnel, le résumé de ses antécédents faisait à peine une page. Pourtant, le dossier devait faire au moins cinq centimètres d'épaisseur.

Une licence à UCLA avec une spécialité en communication et une option en anglais. Un master de journalisme à Berkeley avec un troisième cycle dans une association de reporters d'investigation. Pas trop minable. Elle n'avait jamais été arrêtée et n'avait eu qu'une amende de stationnement. Nous avions remis à jour ses antécédents dix-huit mois plus tôt, quand elle avait obtenu le poste qu'elle avait maintenant. Visiblement, elle sortait avec un avocat. En somme, l'enquête sur elle ne faisait rien ressortir. Elle était l'employée idéale et une citoyenne honnête. Mais son père, c'était une autre histoire...

Les cinquante pages suivantes étaient surtout sur lui. Il avait été un genre de vigile de bas étage dans un immeuble ici, en ville, même si c'était l'époque après son crime qui était le centre de tous les nouveaux articles. En le feuilletant, je lus rapidement les pages, les laissant passer lentement une par une jusqu'à ce que j'arrive sur la photo d'une petite fille. Lorsque je me penchai, le nom sur la légende confirma qu'il s'agissait d'Ireland. Elle devait avoir neuf ou dix ans sur le cliché. Pour une quelconque raison, je la regardai comme s'il s'agissait d'un horrible accident de voiture. Elle pleurait et une policière avait passé une main autour de ses épaules alors qu'elles sortaient d'une maison.

C'est bien.

C'est bien, Ireland, d'en être arrivée où tu es aujourd'hui après ce point de départ.

Aussi idiot que ce soit, je souris à la photo. Les choses auraient facilement pu dégénérer pour elle. C'était désormais logique qu'elle m'ait écrit une seconde fois, c'était une battante.

J'appuyai sur l'interphone et Millie répondit.

— Oui, monsieur Lexington.

— Voudriez-vous bien me sortir quelques séquences récentes des actualités matinales avec madame Saint James ? Elle s'appelle Ireland Richardson, à l'antenne. Demandez aux archives de me les envoyer par e-mail.

— Bien sûr.

...

J'aurais dû faire plus attention à Broadcast Media si j'avais su que cela ressemblait à ça. Ou j'aurais au moins pu regarder les actualités matinales.

Ireland Saint James était d'une beauté renversante, avec de grands yeux bleus, des cheveux blond sable, des lèvres pulpeuses et des dents blanches qui apparaissaient souvent puisqu'elle souriait beaucoup. Elle me rappelait une version plus jeune de la grande actrice du dernier *Mad Max*.

Je regardai trois séquences entières avant de recliquer sur l'e-mail que Millie m'avait envoyé plus tôt, celui du fichier des Ressources humaines sur Ireland. Trois paires de seins m'accueillirent quand la vidéo apparut. J'eus un mouvement de recul. Ce n'était clairement pas les infos. Les femmes étaient sur la plage et ne portaient rien de plus que des bas de maillots de bain étriqués et sirotaient des cocktails dans des noix de coco avec une paille. J'obligeai mon regard à examiner leurs visages, aucune d'entre elles n'était Ireland. Mais quelques secondes avant la fin de la courte vidéo, une femme arriva depuis la plage. Ses cheveux étaient tirés en arrière à cause de l'eau et semblaient plus sombres, mouillés, mais le sourire était immanquablement celui de mon employée.

Pour les autres femmes, j'avais d'abord remarqué le corps, pourtant il me fallut la fin de la vidéo et l'image figée sur Ireland pour baisser les yeux. Et ce n'était pas parce que son corps n'était pas impressionnant. Sa poitrine était gonflée et naturelle. Elle allait avec le reste de ses courbes succulentes. Mais c'était son *sourire* qui me donnait l'impression que je devrais enfiler une armure.

Je gigotai dans mon fauteuil et cliquai sur la croix au coin de la vidéo pour la fermer. Même si elle avait suggéré que je l'ajoute dans ma banque de fantasmes, je n'allais pas être irrespectueux. Maintenant, si elle m'avait envoyé la vidéo elle-même, cela aurait été une histoire totalement différente. Mais je n'allais certainement pas avoir une érection dans mon bureau en rejouant la vidéo une dizaine de fois, peu importait à quel point la partie crétine de moi-même était tentée.

Je tournai mon fauteuil pour regarder par la fenêtre. *Ireland Saint James. Vous avez l'air d'une sacrée bonne femme.* Une femme dont je ne devrais pas m'approcher, c'était certain. Pourtant, je me sentais obligé d'en apprendre plus. Pendant quelques minutes, je débattis l'idée de chercher davantage d'informations et peut-être d'écouter sa version de l'histoire. Mais pourquoi le ferais-je ?

Parce que j'étais curieux à propos d'Ireland Saint James, voilà pourquoi.

Même si c'était parce que je voulais m'assurer de l'impartialité de mon entreprise ?

Ou parce qu'elle avait un sourire hypnotique, une magnifique poitrine et un passé bordélique qui me rendait curieux ?

Après quelques minutes de délibération, je sus la réponse. Tout signal d'avertissement dans mon cerveau m'indiquait de supprimer les e-mails et de passer les dossiers personnels dans la déchiqueteuse. C'était la chose maligne à faire... c'était clairement la bonne décision à prendre pour le côté business. Et pourtant...

J'appuyai sur la touche espace pour rallumer mon ordinateur portable et ouvris une nouvelle fenêtre d'e-mail.

Chère madame Richardson,
Après un examen approfondi...

Ireland

Harold Bickman est tellement un salaud.

Même si j'aimais mon travail, mon patron était l'une des choses qui n'allaient pas me manquer. Cet homme était une merde. Depuis le début, il n'était pas fan de moi, puisque j'avais découvert qu'il avait engagé mon homologue masculin, qui avait moins d'expérience que moi et moins de temps dans l'entreprise, pour un salaire de vingt mille de plus que le mien. Je l'avais porté à son attention de manière professionnelle et il avait réussi à m'expliquer qu'il y avait des pour et des contre pour chaque employé et chaque poste. Il avait dit que je ne devrais pas m'inquiéter, que je verrais les bénéfices que Jack Dorphman n'aurait pas, un jour, comme lorsque je profiterais de l'incroyable politique de *congé maternité* de l'entreprise.

J'avais rempli une plainte formelle à propos de mon salaire aux Ressources humaines et j'avais obtenu un salaire équivalent. Mais on ne pouvait pas revenir en arrière quand Harold Bickman considérait que vous l'aviez trahi. Nous avions trouvé une façon de travailler ensemble sans trop de friction, surtout en nous évitant, même si son e-mail prouvait une fois encore quel incroyable salaud il était. Et quelque chose dans mon estomac me faisait penser qu'il avait joué un rôle dans l'obtention de la vidéo topless par la chaîne. Dieu seul savait à quel point il voulait donner mon poste à Siren Eckert.

Soit dit en passant, Siren est son vrai nom, pas son nom de scène. À quoi pensaient ses parents ? Bref...

Harold Bickman, un homme de cinquante-quatre ans, en surpoids, chauve, qui sentait le fromage périmé et n'était pas le plus intelligent quand il s'agissait des femmes. Je pariais qu'il pensait avoir une chance avec Siren, cette ancienne dauphine de Miss Seattle de vingt-quatre ans, juste parce qu'elle avait battu des cils devant lui. Je pariais également qu'il pensait que j'allais suivre les instructions de son e-mail.

Chère madame Richardson,
À la lumière des récents événements malheureux et de votre départ de Broadcast Media, j'ai organisé une rencontre avec vous dans nos locaux à dix heures, jeudi 29 septembre, pour que vous récupériez vos affaires. *Je vous fais confiance pour adopter un comportement professionnel pendant votre visite. Étant donné que votre identification d'employée et votre carte d'accès au bâtiment ont été désactivées, il faudra vous présenter à la sécurité.*
Cordialement,
H. Bickman

Sérieusement ? J'avais envie de traverser mon ordinateur portable et d'étrangler cet homme. Cela me faisait grimacer de penser qu'il avait pu voir les « récents événements ». Il s'était probablement branlé en regardant l'aperçu de vingt-deux secondes de femmes topless, juste avant d'aller voir Siren pour lui proposer mon travail.

Mon Dieu, le seul bon côté à mon renvoi, c'était que j'allais enfin pouvoir dire à cet homme ce que je pensais de lui, mardi. Même si j'étais sûre que ce froussard serait aux abonnés absents quand je viendrais « récupérer mes affaires ».

Je soupirai et appuyai sur l'icône de poubelle pour me débarrasser d'Harold une fois pour toutes. Mais alors que je m'apprêtais à fermer mon ordinateur portable, je vis un autre e-mail en train de m'attendre. Celui-ci venait de Grant Lexington. Curieusement, je cliquai immédiatement dessus pour l'ouvrir.

Chère madame Richardson,
Après un examen approfondi de votre dossier, j'ai décidé que la décision de mettre fin à votre contrat était justifiée. Néanmoins, je vais contacter votre superviseur immédiat et suggérer qu'il vous fournisse une lettre de recommandation neutre basée sur vos performances.
Cordialement,
Grant Lexington

Génial. Juste génial. C'est bien le genre d'*Harold* de me donner quelque chose de neutre. Je devrais probablement fermer mon ordinateur portable et me calmer. Mais les quarante-huit dernières heures m'avaient fait bouillir et je répondis sans prendre la peine de respecter les formalités de salutations.

Super. Harold Bickman déteste les femmes presque autant qu'il hait ceux qui tapent des pieds. Oh... à moins qu'il pense avoir une chance de vous baiser, comme c'est le cas avec ma remplaçante. Merci, pour rien du tout.

• • •

Deux jours plus tard, le jeudi matin, je n'étais pas moins amère en arrivant au bureau. Cependant, j'avais presque quarante-cinq minutes d'avance puisque je n'avais aucune idée du temps qu'il me faudrait pour atteindre le bâtiment pendant l'heure de pointe. Les routes étaient toujours désertes quand je partais à quatre heures trente du matin. Puisque je me doutais que Bickman ne me laisserait pas entrer en avance, je décidai d'aller au café non loin. Cela me donnerait une chance de me préparer mentalement à nettoyer mon bureau et à le gérer également.

Je commandai un déca, puisque mes nerfs étaient déjà tendus, et allai m'asseoir à une table dans un coin. Chaque fois que j'étais stressée, je regardais des extraits sur Instagram du talk-show d'*Ellen*. Ils me faisaient toujours rire et, ainsi, m'aidaient à me détendre. Je cliquai sur un clip amusant dans lequel Billie Eilish effrayait Melissa McCarthy et ris à voix haute. Levant les yeux de mon téléphone quand la vidéo fut terminée, je fus surprise de voir un homme à côté de moi.

— Ça vous dérange si je partage votre table.

Je l'observai de haut en bas. Grand, magnifique, costume luxueux... ce n'était probablement pas un tueur en série. Mais, après tout, mon ex avait toujours de parfaits costumes sur mesure, également.

— Pourquoi ? demandai-je en clignant des yeux.

L'homme regarda à sa gauche, puis à sa droite. Lorsque ses yeux gris vert me rendirent mon regard, je crus détecter le plus léger des tressaillements au coin gauche de ses lèvres.

— Parce que toutes les autres places sont occupées.

J'observai la pièce. *Oh. Merde.* Elles étaient effectivement toutes prises. Levant mon sac à main sur la table, j'acquiesçai.

— Pardon. Je ne m'étais pas rendu compte que l'endroit s'était rempli. Je pensais... Enfin, peu importe. Je vous en prie.

Sa bouche eut ce léger tressaillement à nouveau. Avait-il un tic ou étais-je en train de l'amuser ?

— J'ai dit, *excusez-moi*, mais visiblement, vous n'avez pas entendu. Vous étiez tellement plongée dans ce que vous faisiez.

— Oh. Oui. Beaucoup de travail. Je suis bien, bien occupée.

Je cliquai pour fermer YouTube et ouvris ma boîte e-mail.

Le bel homme déboutonna sa veste de costume et s'assit en face de moi. Il leva sa tasse de café jusqu'à ses lèvres.

— Celle avec Will est ma préférée, personnellement.

Je fronçai les sourcils.

— Smith. Chez *Ellen*. Je n'ai pas pu m'empêcher de remarquer que vous regardiez. Vous souriiez. Vous avez un beau sourire, soit dit en passant.

Je sentis mes joues se réchauffer, mais pas à cause du compliment. Je levai les yeux au ciel.

— Alors j'ai menti. Je ne travaillais pas. Vous n'aviez pas besoin de me le faire remarquer.

Son petit sourire narquois fleurit pour fendre son visage, et pourtant, il y avait quelque chose de très présomptueux.

— Est-ce qu'on vous a déjà dit que vous aviez un sourire arrogant ? m'enquis-je.

— Non. Mais après tout, je ne l'ai pas beaucoup utilisé ces dernières années.

J'inclinai la tête.

— Dommage.

Son regard parcourut mon visage.

— Alors, pourquoi avez-vous menti en disant que vous travailliez ?

— Honnêtement ?

— Bien sûr. Essayons d'être sincères.

Je soupirai.

— C'était une réaction instinctive. J'ai récemment perdu mon travail et je ne sais pas... J'imagine que je me suis sentie comme une loser, assise là à regarder des clips d'*Ellen*.

— Que faites-vous dans la vie ?

— Je suis présentatrice du journal pour Lexington Industries, ou du moins, je l'étais jusqu'à il y a encore quelques jours. Je m'occupais des actualités matinales.

Monsieur Ne Sourit Pas Souvent ne répondit pas comme la plupart des gens le faisaient quand je leur disais que j'apparaissais à la télévision. Généralement, ils haussaient les sourcils et avaient un million de questions. Mais ce job semblait beaucoup plus glamour qu'il ne l'était en réalité. Pourtant, l'homme de l'autre côté de la table ne sembla pas impressionné. Ou s'il l'était, il ne le montra pas. Ce que je trouvai curieux.

— Et que faites-vous pour porter un costume élégant et pourtant venir vous asseoir dans un café, tranquillement, à... (je regardai l'heure sur mon téléphone) neuf heures quarante-cinq du matin.

Ce petit tressaillement était de retour. Visiblement, il appréciait mon sarcasme.

— Je suis le PDG d'une entreprise.

— Impressionnant.

— Pas vraiment. C'est une entreprise familiale. Ce n'est pas comme si j'avais commencé de rien.

— Du népotisme.

Je sirotai mon café.

— Vous avez raison. Je suis beaucoup moins impressionnée, maintenant.

Il sourit à nouveau. S'il avait dit la vérité en prétendant ne pas le faire souvent, c'était vraiment dommage... parce que ses lèvres pulpeuses et ce sourire prétentieux pouvaient faire fondre des cœurs et gagner des parties de poker.

— Alors, dites-moi comment vous avez été virée. Enfin, si vous n'avez pas besoin de recommencer tout le travail que vous avez sur votre téléphone.

Je gloussai.

— C'est une longue histoire. Mais j'ai fait quelque chose que je pensais inoffensif, et il s'avère que c'était une violation de la politique de l'entreprise.

— Et autrement, vous êtes une bonne employée ?

— Oui, j'ai travaillé comme une forcenée depuis plus de neuf ans pour arriver où j'en suis.

Il m'observa et but davantage de café.

— Vous avez essayé de parler à votre patron ?

— Il veut que je parte depuis des années, depuis que je me suis plainte parce qu'il a engagé mon collègue masculin pour un salaire plus élevé que le mien.

Ce qui me rappela que je devais aller au bureau pour voir ce salaud de patron.

— Je devrais y aller. Le boss m'attend pour que je vide mon bureau.

Monsieur PDG se frotta le menton.

— Cela vous dérange si je vous donne un petit conseil ? J'ai géré beaucoup de problèmes avec des employés.

— Pas du tout, déclarai-je en haussant les épaules. Ça ne peut pas faire de mal.

— Les représailles pour avoir rapporté une différence illégale de salaire selon le genre de l'employé sont interdites par la loi. Je suggère que vous preniez un rendez-vous avec les Ressources humaines et que vous cherchiez leur soutien pour cette réclamation. Selon moi, il devrait y avoir une investigation et c'est votre patron qui devrait être là à regarder des vidéos d'*Ellen*.

Euh. Scott n'avait pas mentionné que les représailles étaient illégales quand je lui avais raconté ce qu'il s'était passé. Mais ça ne me surprenait pas. Il était trop occupé à me faire la leçon parce que j'avais été topless sur une plage.

Je me levai.

— Merci. Peut-être que je vais le faire.

Le bel homme se leva de sa chaise. Il me fixa, presque comme s'il voulait en dire plus, mais dut réfléchir à ses mots. J'attendis jusqu'à ce que cela devienne gênant.

— Hmm... C'était sympa de vous rencontrer.

— Pareillement, répondit-il en acquiesçant.

Je commençai à m'éloigner quand il m'arrêta en reprenant la parole.

— Ça vous... ça vous dirait, d'aller déjeuner, plus tard ? Vous ne pouvez pas vraiment me donner l'excuse d'être trop occupée, maintenant que je sais que vous n'avez pas de travail.

Je souris.

— Merci. Mais je ne crois pas.

Monsieur PDG hocha la tête et se rassit.

Je franchis la porte du café, ne sachant pas vraiment pourquoi j'avais dit non. Bien sûr, il y avait le danger de l'inconnu. Toutefois, le retrouver pour déjeuner dans un espace public ne serait pas plus périlleux que de sortir avec un homme rencontré dans un bar. Et je l'avais déjà fait avant. Pour être honnête, quelque chose m'intimidait chez cet homme, contrairement à ce que j'avais ressenti quand Scott et moi nous étions mis ensemble. Il était juste trop beau, dégageait une aura de réussite... J'étais timide face à ce type d'homme.

Mais c'était juste stupide. Il était vraiment sexy et ma matinée serait déjà assez merdique. Pourquoi ne pas déjeuner et saisir ma chance ?

Je m'arrêtai dans la rue et la personne derrière moi me rentra dedans.

— Pardon, dis-je.

Le mec grimaça et me contourna. Je me précipitai à nouveau vers le café et ouvris la porte. Le PDG était debout et récupérait son gobelet comme s'il s'apprêtait à partir.

— Hé, monsieur PDG, vous n'êtes pas un tueur en série, n'est-ce pas ?

Il haussa les sourcils.

— Non. Je ne suis pas un tueur en série.

— D'accord. Alors j'ai changé d'avis. Je vais déjeuner avec vous.

— Eh bien, je suis heureux de ne pas avoir suivi ce chemin-là, après tout.

Je déglutis et cherchai mon portable dans mon sac à main.

— Mettez-y votre numéro. Je vous enverrai mes coordonnées par SMS.

Il tapota sur mon smartphone et je lui envoyai immédiatement mes coordonnées. Quand son téléphone vibra dans sa main, il baissa les yeux.

— Ireland. Joli nom. Ça vous va bien.

Je baissai les yeux vers mon propre portable, mais il n'avait pas enregistré son nom.

— PDG ? Vous n'allez pas me dire votre nom ?

— Je me suis dit que j'allais attiser votre curiosité jusqu'au déjeuner.

— Hmm... D'accord. Mais j'imagine que vous avez un genre de nom arrogant de PDG qui passe de génération en génération avec un fonds de pension.

Il gloussa.

— Je suis ravi de m'être arrêté ici pour boire un café, aujourd'hui.

Je souris.

— Moi aussi. Je vous enverrai un message tout à l'heure pour le déjeuner.

Il acquiesça.

— J'ai hâte, Ireland.

Je quittai le café et partis au bureau de bien meilleure humeur qu'à mon arrivée. Peut-être que la journée ne serait pas si mauvaise, après tout...

. . .

— Sérieusement ? Vous n'avez même pas pu lui faire attendre que je nettoie mon bureau ?

Notre espace de travail était un grand open space avec des box privés au milieu ainsi que des genres de bureaux en verre, type aquarium alignés le long du périmètre. La sécurité m'avait escorté jusqu'au bureau de Bickman comme si j'étais une condamnée, et maintenant, je pouvais voir Siren à l'autre bout de la pièce, déplaçant des cartons de son box jusque dans mon bureau.

Bickman tira sur la boucle de sa ceinture et releva son pantalon au-dessus de son ventre.

— Ne faites pas de scène, sinon j'emballe vos affaires pour vous.

Je fronçai les sourcils et commençai à tapoter du pied en parlant.

— J'espère que vous lui donnez au moins le même salaire qu'un homme de la même éducation et avec la même expérience. Oh, attendez... ça doit être difficile puisqu'un homme avec ses qualifications travaille encore au *courrier*.

Il appuya sur quelques boutons de son téléphone et regarda mon bureau à l'autre bout, en parlant dans le micro.

— Ireland est là pour nettoyer son bureau. Vous devriez lui laisser un peu d'espace et finir d'organiser votre bureau quand elle aura terminé.

— Oui, monsieur Bickman.

Je levai les yeux au ciel. *Oui, monsieur Bickman.*

Le salaud fit un signe de la main, m'intimant de partir là où je le devais.

— Ne prenez pas trop de temps.

Dégoûtée, je me retournai pour quitter son bureau avant de m'arrêter et de reculer. Je n'avais pas décidé si j'allais voir les ressources humaines parce qu'il m'avait viré en représailles. Je n'avais vraiment aucune preuve, je ne pouvais pas démontrer que Bickman était celui qui avait fait sortir cette vidéo, qui était la raison de mon renvoi. Et je sais que les menaces ne le dérangeraient pas du tout. Pourtant, j'avais besoin qu'il se sente comme un moins que rien, afin que je puisse être de meilleure humeur.

Je reculai dans son bureau et fermai doucement la porte derrière moi, mais pas avant de me retourner pour dire une dernière chose.

— Cela fait des années que vous cherchez une raison de me virer. Mais c'est difficile à justifier quand je suis une employée modèle, et que nos audiences ne font que s'améliorer depuis que j'ai rejoint l'émission.

Finalement, vous avez trouvé une raison. J'ignore comment vous avez fait, mais je sais que c'est grâce à vous que les Ressources humaines ont mis la main sur cette vidéo. Dites-moi, vous avez gardé une copie pour vous. J'espère que oui. Parce que c'est le seul cul du bureau que vous verrez. Vous ne verrez certainement aucun millimètre de peau de la fille à peine sortie du lycée et non qualifiée à qui vous avez donné mon poste. Vous *pensez* que vous allez la pousser à vous aimer, mais elle est trop occupée à se taper le nouveau stagiaire de la publicité. Oh, et souvenez-vous de Marge Wilson, la femme divorcée et d'âge moyen que vous avez poussée à s'enivrer à la fête de Noël du bureau il y a quelques années ? Celle avec qui vous pensiez rentrer ?

Je souris et levai mon auriculaire avant de l'agiter.

— Eh bien, nous sommes *tous* au courant. Elle vous surnommait *la chenille*.

J'ouvris la porte, pris une profonde inspiration et partis nettoyer neuf ans de ma vie.

Littéralement trois minutes plus tard, la sécurité était à la porte de mon bureau et Bickman se tenait juste derrière eux.

Je rangeai les dernières affaires de mon tiroir du haut dans une boîte et lui lançai un regard noir.

— Je n'ai pas encore terminé.

— Vous avez eu assez de temps. Nous avons du travail à faire, ici.

Je marmonnai dans ma barbe et ouvris le second tiroir pour continuer à ranger.

— Mon Dieu, vous êtes un tel salaud, la chenille.

Apparemment, je n'étais pas très douée pour marmonner. Le visage de Bickman devint rouge et il me montra la sortie du doigt.

— Dehors ! Sortez.

J'arrachai le second tiroir de ses rails et versai sans cérémonie le contenu dans ma boîte. J'en fis de même avec les deux autres et jetai les tiroirs vides sur la chaise des invités de l'autre côté du bureau. J'attrapai les photos encadrées qui se trouvaient sur mon bureau et mon diplôme sur le mur avant de tout jeter dans le carton.

Les deux vigiles en uniforme qu'il avait fait venir paraissaient totalement mal à l'aise.

Je souris tristement à l'un d'eux.

— Je vais partir pour que vous n'ayez pas à gérer ce crétin.

Les vigiles me suivirent jusqu'à l'ascenseur et montèrent avec moi. Bickman eut au moins la présence d'esprit d'en prendre un autre. Même si, quand nous sortîmes au niveau du lobby, il sortit de l'ascenseur juste à côté du nôtre.

Je secouai la tête et continuai de marcher.

— Je crois que les deux vigiles sont suffisants. Pas besoin de m'escorter, Bickman.

Il garda ses distances, mais me suivit tout de même. Lorsque j'arrivai dans le hall principal, beaucoup de monde se tenait là. Je décidai alors de partir en fanfare. Je m'arrêtai et me retournai pour faire face à Bickman. Posant la lourde boîte par terre devant moi, je le pointai du doigt et commençai à hurler.

— Cet homme utilise sa position pour tenter de profiter des femmes. Il vient juste de me virer et de donner mon poste à une jeune femme parce qu'il pense qu'elle écartera les jambes pour lui dire merci. J'imagine qu'il n'est pas au courant du mouvement #MeToo.

Bickman se précipita vers moi et m'attrapa par le coude. Je le dégageai.

— Ne me touchez pas.

Il fit quelques pas en arrière quand il se rendit compte que les gens regardaient et se retourna pour se précipiter vers les ascenseurs.

Il fallait que je sorte d'ici avant que la sécurité appelle les vrais flics. Je pris une profonde inspiration pour m'apaiser, levai la boîte ainsi que mon menton quand je franchis les portes en verre. Seulement... un homme marchait directement sur mon chemin et se dirigeait vers moi avec de longues et rapides foulées. Mes pas faiblirent quand j'observai son visage. *Son visage vraiment agacé.*

— Ne posez pas les mains sur qui que ce soit.

Il aboya sur Bickman, par-dessus mon épaule.

Monsieur PDG.

Génial. Juste génial. Le premier homme que je rencontre depuis des mois et qui m'intéresse un tant soit peu. Il fallait qu'il entre dans l'immeuble au moment où je faisais une scène et agissais comme une folle. Le timing n'aurait pas pu être pire. Après tout, cela allait avec le reste de ma journée merdique.

Le stress des derniers jours avait dû m'atteindre et je craquai. Je commençai à rire comme une folle. Au début, c'était un éclat de rire, mais cela se transforma en ricanement, suivi par un rire guttural qui donnait l'impression que j'étais en train de perdre la tête.

J'essayai de couvrir ma bouche et de m'arrêter, mais mes paroles sortaient entre mes crises d'hystérie.

— Bien sûr, il fallait que je vous croise ici. Je jure que je ne suis pas vraiment comme ça. Ces derniers jours ont juste été *très* difficiles.

Le PDG continua à me fixer par-dessus mon épaule. L'expression sur son visage était clairement mortelle, avec sa mâchoire tendue et les muscles crispés de sa joue, ainsi que les narines se dilatant comme ceux d'un bœuf. Je me retournai pour suivre sa ligne de mire et vis Bickman revenir vers nous plutôt que de s'en aller.

Je soupirai, sachant que la scène n'était pas terminée, et je fermai les yeux.

— Je comprendrais si vous ne me rappelez pas pour le déjeuner.

L'homme me regarda, puis observa Bickman et se retourna à nouveau vers moi.

— En fait, j'aimerais toujours déjeuner. Mais j'imagine que vous allez changer d'avis.

Grant

— Monsieur Lexington, c'est si bon de vous voir.

Ireland agita sa tête d'un côté puis de l'autre. Si j'avais un quelconque doute quant au fait qu'elle m'avait reconnu, plus tôt au café, la confusion sur son visage me confirmait désormais qu'elle n'avait eu aucune idée de mon identité.

— Est-ce qu'il vient juste de vous appeler...

Bickman apparut aux côtés d'Ireland et je lui lançai un regard noir.

— Accordez-nous un moment, il faut que je parle à madame Saint James.

Le regard d'Ireland s'illumina.

— Salaud. Vous saviez qui j'étais depuis le début ?

Bickman se tenait toujours derrière elle comme si je ne venais pas de lui dire d'aller se faire voir.

— Vous n'avez pas compris ce que je viens de dire ? grognai-je.

— Pardonnez-moi, monsieur Lexington. Bien sûr. Je retourne dans mon bureau. Je suis au onzième étage si vous avez besoin de moi.

Oui. Vous en avez déjà assez fait. J'ordonnai aux vigiles de retourner à leur poste et m'apprêtai à prendre la boîte des mains d'Ireland.

— Laissez-moi prendre ça.

Elle l'éloigna de ma portée.

— Vous êtes Grant Lexington ?

— Oui.

— Et vous savez qui j'étais, au café ?

Je déglutis.

— Oui.

— Mon Dieu, j'ai donné mon numéro à un menteur. C'est *pire* qu'un tueur en série.

— Je ne vous ai jamais menti.

— Oui, mais vous avez oublié de mentionner que vous étiez le patron de mon patron de mon patron.

La boîte qu'elle tenait commença à glisser et elle faillit la laisser tomber.

— Oh mon Dieu. Nos e-mails ! Nous avons échangé des e-mails et vous ne pensiez pas qu'il était pertinent de mentionner qui vous étiez alors que vous saviez qui j'étais ?

— Honnêtement, j'ignorais qui vous étiez quand je suis venu prendre la place libre. Mais je l'aurais dit pendant le déjeuner...

Elle secoua la tête.

— Au déjeuner ? *Allez vous faire foutre.* Encore mieux. Que toute votre foutue entreprise aille se faire voir.

Ireland me contourna et avança vers la porte.

— Ireland ! l'appelai-je.

Elle continua de marcher. J'avais probablement besoin d'un examen du cerveau, mais la regarder s'en prendre à Bickman et m'insulter avait fait tressaillir mon membre. C'était même mieux que la vue actuelle de ses fesses sexy alors qu'elle quittait le bâtiment.

Je souris et secouai la tête. Peut-être que nous étions tous les deux un peu fous.

— Alors je vous appelle plus tard pour notre rendez-vous devant un déjeuner ? lui hurlai-je.

Elle leva une main sans me regarder et me fit un doigt d'honneur.

Je gloussai.

Mon instinct me disait que ce ne serait pas la dernière fois que je voyais Ireland, mais pour le moment, j'avais d'autres choses plus urgentes à faire.

• • •

— Monsieur Lexington, c'est bon de vous voir. Je suis désolé que vous ayez dû assister à cet événement malheureux dans le hall. Nous avons renvoyé une employée qui en est mécontente et a voulu faire une scène.

Une jeune femme passa la tête dans le bureau de Bickman. Elle ne me remarqua pas immédiatement puisque j'étais à côté de la porte.

— Puis-je retourner dans mon...

Elle me vit et se tut.

— Oh, je suis désolée de vous interrompre. Je ne suis pas rendu compte que vous receviez quelqu'un.

— Ce n'est rien, répondis-je en acquiesçant.

Bickman effectua les présentations.

— Siren, voici Grant Lexington. C'est le président et le PDG de l'entreprise qui possède notre petite chaîne.

— Oh. Waouh.

Je tendis la main.

— Ravi de vous rencontrer.

Bickman gonfla le torse.

— Siren vient juste d'être promue au poste de journaliste en direct à l'antenne.

Alors c'est cette femme non qualifiée envers qui Ireland se défoulait ?

Bickman lui dit qu'elle pouvait continuer d'aménager son nouveau bureau et je le vis baisser les yeux vers ses fesses quand elle se retourna. Une fois qu'elle fut hors de portée de voix, je confirmai mes soupçons.

— Est-elle la remplaçante de madame Saint James ?

Ce salaud semblait fier.

— Oui. Elle est diplômée de Yale et...

— Comment avez-vous mis la main sur la vidéo de vacances de madame Saint James ? le coupai-je.

— Excusez-moi ?

— Dois-je parler plus lentement ? Comment. Avez. Vous. Mis. La. Main. Sur. Sa. Vidéo. De. Vacances ?

— Je... euh... l'ai vue sur les réseaux sociaux.

Je haussai un sourcil.

— Sur son compte public ?

— Non, son Instagram privé.

— Alors vous êtes amis sur les réseaux sociaux ? Puisque vous pouvez voir des choses postées sur ses comptes privés ?

— Oui. Enfin, techniquement, ce n'est pas moi. Mais j'ai accès à un compte avec lequel elle est amie.

— Expliquez.

Je commençais à perdre ma patience.

— J'ai un compte sur Instagram portant le nom d'un ancien employé. Un profil de base.

— Alors vous me dites que vous utilisez le nom de quelqu'un d'autre pour espionner les comptes privés de vos employés ?

Bickman tira sur le nœud de sa cravate.

— Non. Juste ceux qui posent des problèmes.

— Ceux qui posent des problèmes ?

— Oui.

Il n'avait pas besoin de m'en dire plus. Ireland n'avait pas exagéré. Ce type était vraiment un cas. J'avançai jusqu'à son bureau, décrochai le combiné et appuyai sur quelques boutons.

— C'est Grant Lexington, annonçai-je quand la sécurité répondit. Pourriez-vous venir au onzième étage ? J'ai un employé licencié que vous devez escorter hors des locaux.

Lorsque je raccrochai, Bickman n'avait visiblement toujours pas compris.

Je posai mes mains sur mes hanches.

— Vous êtes viré. Vous n'avez que le temps que la sécurité mettra à monter pour vider votre bureau et je suis presque sûr que ce sera plus long que le temps que vous avez alloué à madame Saint James.

Le crétin cligna plusieurs fois des yeux.

— Quoi ?

Je me penchai et parlai lentement.

— Que ne comprenez-vous pas dans *viré* ?

Bickman répondit quelque chose, mais je ne sus pas ce que c'était, puisque je sortis de son bureau et allai vers la femme qui, je le supposais, était son assistante, étant donné l'endroit où elle était assise.

— Êtes-vous l'assistante de Bickman ?

La femme d'un certain âge sembla nerveuse.

— Oui.

Je baissai les yeux vers la plaque sur son bureau et tendis la main. Je devrais vraiment passer plus souvent par cet immeuble. J'ignorais totalement qui étaient la moitié de ces gens.

— Bonjour, Carole. Je suis Grant Lexington, le PDG de Lexington Industries, qui est propriétaire de la chaîne. Je suis dans nos autres bureaux, de l'autre côté de la rue. Monsieur Bickman ne travaille plus pour notre entreprise. En revanche, ne vous inquiétez pas pour votre poste. Il n'est pas en danger.

— D'accord...

— Qui remplace Bickman lorsqu'il est en vacances ?

— Euh... Eh bien, Ireland avait l'habitude de le faire.

Génial.

— Qui est la personne ayant le plus d'expérience, à part Ireland ?

— J'imagine que ça doit être Mike Charles.

— Et où travaille-t-il ?

Carol me montra un bureau du doigt.

— Merci.

Je discutai avec Mike Charles et lui demandai de prendre la relève, puis je regardai la sécurité escorter un

Bickman tout rouge hors de l'immeuble. Quand j'en eus terminé, je repartis de l'autre côté de la rue.

Millie se leva quand j'entrai et me suivis jusqu'à mon bureau, me lisant une liste d'appels que j'avais manqués ainsi que d'autres conneries qui passèrent par une oreille et sortirent par l'autre. Je pris ma veste et remontai mes manches.

— Pouvez-vous envoyer un e-mail à ma sœur pour lui faire savoir que j'ai renvoyé Harold Bickman de Broadcast Media ? Mike Charles va prendre les rênes jusqu'à ce que la situation soit réglée, là-bas.

— Euh... Bien sûr. Même si la dernière fois que vous avez *embauché* quelqu'un dans le département de Kate, elle n'était pas ravie. Elle sera probablement dans votre bureau dans les dix minutes une fois que j'aurais passé l'appel.

Je m'assis et pris une profonde inspiration.

— Ce n'est pas faux. Je vais lui dire moi-même. Demandez à Kate si elle peut venir dans mon bureau pour discuter.

Millie me jeta un coup d'œil par-dessus son bloc-notes.

— Elle apprécierait probablement si vous vous déplaciez, pour changer...

Mon assistante avait raison. Ma sœur m'enviait sûrement le fait qu'elle était celle qui devait toujours venir à moi.

— C'est vrai. Dites-lui que je passe la voir pour discuter dans dix minutes.

— Y a-t-il autre chose ?

— Pouvez-vous également envoyer un coursier avec une lettre d'excuse à Ireland Saint James ? Dites-lui que j'ai examiné les circonstances concernant son renvoi et qu'elle peut revenir au travail lundi.

Millie griffonna sur son bloc-notes.

— D'accord. Je le fais tout de suite.

— Merci.

Alors qu'elle arrivait devant la porte, je songeai à autre chose.

— Pouvez-vous ajouter une douzaine de roses à la lettre de madame Saint James ?

Millie fronça les sourcils, mais elle remettait rarement mon jugement en question et elle avait déjà commenté la réaction qu'aurait ma sœur. Elle écrivit davantage sur son bloc-notes et déclara simplement :

— Je le ferai.

· · ·

Le lendemain, dans l'après-midi, mon assistante entra dans mon bureau avec une boîte contenant des fleurs. Elle semblait nerveuse. Mon nom était gribouillé sur le couvercle avec un marqueur rouge.

— Elles viennent tout juste d'arriver par coursier pour vous.

J'ouvris la longue boîte blanche et enlevai le papier. À l'intérieur se trouvait une douzaine de roses, mais toutes les fleurs avaient été coupées de leurs tiges. Un post-it plié se trouvait au-dessus. Je le saisis et l'ouvris.

Gardez les fleurs. Je vais avoir besoin d'une bonne grosse augmentation si vous voulez que je revienne. – *Ireland.*

J'éclatai de rire. Millie me regarda comme si j'étais fou.

— Pourriez-vous appeler madame Saint James ? Dites-lui que je ne négocie pas par coursier. Organisez un déjeuner, aujourd'hui, à La Piazza pour treize heures.

. . .

Je regardai ma montre. Si c'était quelqu'un d'autre, je serais déjà parti à cette heure. Pourtant, quinze minutes après le début programmé de mon déjeuner, j'étais toujours assis seul, à la table, à boire un verre d'eau, quand Ireland Saint James arriva. Elle observa le restaurant et l'un des serveurs lui montra où j'étais installé.

Alors qu'elle avançait vers moi, elle se mit à sourire. Je fus pris au dépourvu quand mon cœur commença à battre plus vite. Contrairement à la veille et dans la vidéo que j'avais regardée, aujourd'hui, ses cheveux étaient tirés dans une queue de cheval. Cette coupe exposait ses pommettes et ses lèvres pulpeuses, concentrant uniquement l'attention sur son visage. Certaines femmes avaient besoin d'artifice dans leurs cheveux ou de maquillage, mais Ireland était plus belle sans tous ces artifices. Elle portait une robe en soie d'un bleu royal ainsi qu'une paire de chaussures noires. La tenue était assez conservatrice, pourtant elle réussissait à attirer le regard de chaque homme et femme en avançant dans la salle du restaurant.

Je me levai et essayai de ne pas lui faire comprendre à quel point son apparence m'affectait.

— Vous êtes en retard.

— Je suis désolée. J'étais en avance, mais quand je suis arrivée à ma voiture, j'ai vu que j'avais un pneu crevé. J'ai dû prendre un Uber.

Je tendis la main.

— Asseyez-vous, s'il vous plaît.

Ireland s'installa et le serveur arriva.

— Puis-je vous offrir quelque chose à boire ?

Je regardai Ireland. Elle eut un sourire narquois et déplia sa serviette.

— Généralement, je ne bois pas pendant la journée, mais puisque je suis sans emploi, que je ne conduis pas et qu'il paie, je vais prendre un verre de merlot, s'il vous plaît.

J'essayai de contenir mon sourire.

— Je vais juste prendre de l'eau pétillante.

Je jetai un coup d'œil à Ireland.

— Puisque *moi*, j'ai un emploi rémunéré.

Le serveur disparut et la jeune femme croisa ses mains devant elle, sur la table. D'ordinaire, mes interlocuteurs se reposaient sur moi pour mener la conversation, mais cette femme n'était pas ordinaire.

— Alors, commença-t-elle. J'ai parlé à mon avocat et il dit que je tiens une affaire de harcèlement contre votre entreprise, ainsi que de rupture de contrat et de détresse émotionnelle.

Je m'enfonçai sur ma chaise.

— Votre avocat ? Et qui est-ce ?

— Son nom est Scott Marcum.

Je connaissais le nom à cause de l'enquête sur ses antécédents quelques années plus tôt. Il était son petit ami à l'époque. Je me demandai s'ils étaient toujours ensemble.

— Je vois. Eh bien, je suis venu vous reproposer votre travail, avec une excuse et peut-être aussi une petite augmentation. Mais si vous préférez que cela se passe entre nos avocats, ça me convient également.

Je commençai à me lever de ma chaise pour suivre son bluff.

Elle se laissa avoir.

— En fait, je préférerais ne pas avoir affaire à des avocats. Je vous faisais juste savoir ce que le mien a dit.

Je croisai les bras sur mon torse.

— Vous me le faites savoir afin de l'utiliser comme moyen de pression contre moi ?

Elle croisa les bras sur sa poitrine, imitant ma posture.

— Comptez-vous vous asseoir pour que nous puissions avoir une conversation, ou partir en tapant des pieds comme un enfant ?

Cette femme avait une incroyable audace, je devais bien l'admettre. Si seulement elle savait à quel point son attitude me donnait envie de jeter un coup d'œil entre ses jambes pour vérifier qu'elle n'avait pas de testicules. Nous nous regardâmes fixement pendant au moins soixante secondes, puis je cédai et m'assis.

— Très bien, madame Saint James. Jouons cartes sur table. Que voulez-vous ?

— J'ai entendu dire que vous aviez viré Bickman. C'est vrai ?

— Oui.

— Pourquoi ?

— Parce que je n'aime pas les méthodes qu'il employait pour gérer ses employés.

— Bien. Moi non plus. En plus, c'est un salaud.

Ma lèvre tressaillit.

— Oui, il y a ça, aussi.

— Vous m'avez suivi jusqu'au café ?

— Non. Et pour votre information, je ne suis ni les femmes ni mes employés. Il s'avère que je suis entré pour prendre une tasse de café. Mon téléphone avait sonné dans la voiture et la connexion était si mauvaise que j'ai raccroché. Il fallait que j'envoie un message à mon interlocutrice pour qu'elle ne s'inquiète pas.

— Pourquoi ne m'avez-vous pas dit qui vous étiez quand vous avez compris qui moi, j'étais.

— J'ai déjà répondu à cette question, l'autre jour. C'était une coïncidence si je me suis assis à votre table. Et je me suis ensuite rendu compte... que j'étais intrigué par ce que vous pouviez dire.

Le serveur apporta son vin et mon eau. Ireland nous scruta chacun notre tour.

— On va avoir besoin de quelques minutes, déclarai-je. Nous n'avons pas encore regardé le menu.

Ireland posa les yeux sur moi lorsque le serveur disparut. Elle semblait songer à quelque chose.

— Une autre question ?

Elle acquiesça.

— Avec qui étiez-vous au téléphone ?

— Pardon ?

— Vous avez dit que vous étiez au téléphone quand vous conduisiez et que ça avait raccroché, vous ne vouliez pas que la personne s'inquiète.

Je bus une gorgée de mon eau.

— Ma grand-mère, non pas que cela vous regarde. En avons-nous fini avec les interrogations, maintenant ?

Car j'envisageais de laisser les e-mails que vous m'avez envoyés en étant ivre derrière nous. Toutefois, si vous voulez analyser toute autre interaction que nous avons eue, nous pouvons également en discuter.

Elle plissa les yeux vers moi et but davantage de vin.

— Je veux une augmentation de vingt pour cent et que vous envisagiez de prendre Madeline Newton pour le poste de Bickman.

Intéressant. Je me grattai le menton.

— Une chose à la fois. Je vous donne dix pour cent.

— Quinze.

— Douze et demi.

Elle sourit.

— Dix-sept.

Je gloussai.

— Ça ne fonctionne pas comme ça. Une fois que vous descendez dans la négociation, vous ne remontez pas, si vous n'aimez pas la façon dont les choses se déroulent.

Elle fronça les sourcils.

— Qui a dit ça ?

Je secouai la tête.

— Je vais vous dire. Je vous en donne quinze, mais pour ça, vous devrez également signer une autorisation écrite affirmant que vous abandonnez toute poursuite pénale envers Bickman pour ce qu'il a fait lorsqu'il était en fonction.

Elle y réfléchit.

— D'accord. C'est juste. Et, pour être honnête, je n'allais pas assigner la société en justice, de toute façon.

Je pense qu'il y a suffisamment de litiges dans notre boîte. Et je n'aime pas avoir affaire à des avocats.

— Et pour Scott Marcum ?

— *Surtout* Scott Marcum.

C'est bon à savoir.

— Nous avons un accord, alors ?

— Tant que vous envisagez de donner l'ancien poste de Bickman à Madeline Newton. C'est la meilleure personne pour ce job, et elle vous est passée deux fois sous le nez.

— Si elle postule, je m'assurerais que sa candidature sera bien étudiée.

— Merci.

Elle tend la main.

— Alors, j'imagine que nous avons un accord.

Je n'aurais pas dû remarquer à quel point ses mains étaient minuscules et douces, comme sa peau ressemblait à de la soie, mais je le fis.

Je m'éclaircis la gorge après notre poignée de main.

— Je vais dire à Mike Charles que vous reprendrez immédiatement les rênes. Je dois admettre que je suis surpris que vous n'essayiez pas vous-même de récupérer le poste de Bickman.

Elle secoua la tête.

— Je ne suis pas prête pour ça. Mais Madeline fera un excellent travail. Contrairement à Bickman, elle est maligne et juste, les gens respectent ce qu'elle dit. Enfin, en réalité, pour être honnête, il était intelligent aussi. Mais pas quand il s'agissait de femmes.

Ireland continuait de me surprendre.

— Vous trouviez qu'il était intelligent ?

Elle acquiesça.

— Il l'était. C'était tout le reste, qui était horrible.

— Comment avez-vous réussi à coexister pendant si longtemps, s'il était aussi horrible ?

— Il était malpoli, avait un mauvais comportement, mais je tirais ma joie de toutes les petites choses qui le rendaient fou. Je faisais comme si ça équilibrait la situation.

Je fronçai les sourcils.

— Quelles petites choses ?

Elle me lança un sourire narquois.

— Eh bien, il avait de petites manies. Par exemple, il ne supportait pas quand quelqu'un tapait du pied. Son visage prenait alors la couleur d'une tomate puisqu'il évitait d'exploser à cause de ça.

— D'accord...

— Donc je tapais du pied et regardais la veine dans son cou palpiter quand il était énervé.

Je haussai les sourcils.

— Il a également mentionné qu'il détestait ceux qui portaient trop de parfum ou d'eau de Cologne. Alors je gardais un flacon dans le tiroir de mon bureau pour les fois où je le voyais reluquer les fesses d'une femme. Je m'en arrosais avant d'aller dans son bureau et de faire semblant d'avoir besoin d'aide avec une histoire.

— C'est créatif.

— C'est ce que je pensais.

Ireland Saint James avait un côté maléfique, c'était certain. Je n'aurais pas dû, mais je trouvais ça assez sexy.

Le serveur revint pour prendre nos commandes, mais nous n'avions toujours pas consulté le menu.

— Vous avez décidé ?

Ireland donna son menu au serveur.

— En fait, je ne vais pas rester pour le déjeuner. Donc il n'y aura que monsieur Lexington.

— Très bien.

Le serveur acquiesça et se retourna vers moi.

— Pour vous, monsieur ?

— Il me faut encore quelques minutes.

Une fois que le serveur s'en alla, je haussai un sourcil.

— Vous n'avez pas faim ?

— J'ai toujours faim. Mais il faut que change ma roue crevée pour la roue de secours avant de me rendre au garage. Ma colocataire doit travailler à quinze heures et elle va me ramener à la maison pour que je n'aie pas à attendre là-bas. La dernière fois, ils ont mis des heures, et maintenant que j'ai un nouvel emploi... J'ai beaucoup de travail à rattraper.

J'acquiesçai.

— Vous avez une assurance automobile ?

Je n'étais pas certain de savoir pourquoi j'avais posé la question. Allais-je remonter les manches de ma chemise faite sur mesure pour la changer moi-même, si elle n'en avait pas ?

— Non. Mais je sais comment changer un pneu. Je l'ai déjà fait.

Elle rit.

— Un jour, j'ai eu un rendez-vous avec un type qui a crevé en me ramenant à la maison. Il n'en avait jamais changé, donc je l'ai fait pour lui.

Je souris.

— Je parie qu'il n'a pas eu de second rendez-vous.

Elle termina son verre de vin.

— Clairement pas.

Mon esprit afficha une image d'Ireland en train de changer une roue. Seulement, elle n'aidait pas un homme qui avait crevé avec les vêtements portés pour son rendez-vous. Elle avait un mini short, une chemise nouée exposant tout un tas de peau bronzée, ses cheveux étaient nattés et elle avait une tache de graisse sur la joue. Cette dernière était sacrément torride.

Je secouai la tête et m'éclaircis la gorge.

— Je vais dire à vos collègues de se préparer à votre retour.

Ireland se leva et je l'imitai. Elle tendit la main.

— Merci d'être intervenu. Vous n'étiez évidemment pas obligé. Surtout après les e-mails horribles que j'ai envoyés.

J'acquiesçai et secouai la tête.

— Je pense que tout a été réglé comme cela aurait dû l'être.

Elle prit son sac et commençait à s'éloigner, avant de pivoter vers moi.

— Oh... et je vous ai donné mon numéro pour un déjeuner. Évidemment, cela signifie maintenant que je ne peux pas sortir avec vous.

— Évidemment, répondis-je en souriant. Il s'avère que vous n'êtes pas mon type, de toute façon.

Ireland plissa les yeux.

— Et quel est votre type, exactement ?

— Celles qui ne m'emmerdent pas. Bonne journée, madame Richardson.

CHAPITRE 5

Ireland

— Tu as l'air folle, tu sais.

Mia jeta un coup d'œil au bonnet sur ma tête. Il était de travers et deux fils ressortaient. Il me donnait un petit côté sans-abri rigolo. Sans parler du fait qu'il allait faire vingt-quatre degrés, aujourd'hui. Mais je le portais quand même tous les jours pour mon trajet jusqu'au travail.

— Tu es juste jalouse parce que tante Opal ne l'a pas fait au crochet pour toi.

— J'adore Opal. Mais... je ne suis pas jalouse que ta tante qui est à moitié aveugle m'ait oubliée sur sa liste de cadeaux de Noël au crochet.

J'ouvris la portière côté passager et attrapai mon sac.

— Merci de t'être levée et de m'avoir emmenée à cette heure infernale. Je ne voulais pas prendre un Uber et risquer d'arriver en retard au travail pour le premier jour après mon retour. Je t'en dois une.

— Tu m'en dois un millier. Je vais juste l'ajouter à ta note.

Je souris.

— Merci.

— À quelle heure je dois passer te récupérer ?

— Pas besoin. Je vais me faire ramener ou prendre un Uber jusqu'au garage pour aller chercher ma voiture. Je te verrai plus tard à la maison.

Le garage m'avait appelé pour me dire que j'avais aussi désespérément besoin de faire réparer mes freins et de régler le parallélisme. Mon simple changement de pneu s'était donc transformé en deux jours sans voiture.

— Tu en es sûre ? On me remplace aujourd'hui, au spa. En fait, je ne sais pas du tout quoi faire depuis que Christian m'a convaincu de ne plus m'occuper des traitements et d'uniquement gérer le salon, maintenant. Je peux passer te chercher. On peut même aller déjeuner. Encore mieux, je te ramène au spa et on se fait faire un massage. Je te l'offre !

Mia était propriétaire d'un salon de beauté et d'esthétisme, où l'on pouvait avoir un soin du visage, des injections de Botox, des massages et des traitements laser. Son fiancé essayait de lui apprendre à être manager plutôt qu'abeille ouvrière, afin qu'elle prépare l'ouverture d'un second lieu.

— J'adorerai. Mais je vais devoir travailler tard pour me rattraper. Peut-être qu'on peut dîner quand je rentre à la maison.

Elle plissa le nez.

— Je ne peux pas. J'ai promis à Christian que je lui concocterai son dîner préféré : tortellini ala Mia.

— Qu'est-ce que c'est ?

— Des tortellinis dans une sauce à la crème. Il adore la sauce, alors je le laisse me peindre avec quand il a fini de manger.

— Ça fait trop d'informations, ma belle, dis-je en riant. Vraiment trop d'informations. Mais je croyais qu'il ne rentrait pas à la maison avant demain ?

— Il a changé de vol.

Elle souriait comme une future épouse à trois semaines de son mariage.

— Il a dit que je lui manquais trop pour rester une nuit de plus après son dernier entretien. Donc il rentre par le dernier vol de la journée. Il va probablement arriver dans la soirée.

J'ouvris la bouche et montrai le fond avec mon doigt, faisant un bruit de haut-le-cœur. Toutefois, en vérité, j'enviais sa relation avec son fiancé. Je n'arrivais pas à croire que la plupart des hommes revenaient plus tôt que prévu à la maison pour voir leur petite amie de trois ans, mais Christian était aussi fou de Mia maintenant que lorsqu'ils s'étaient mis ensemble.

Je sortis de la voiture et tins la portière.

Mia agita son doigt dans ma direction.

— Maintenant, sois une gentille fille pendant que tu es seule ce soir, et n'envoie aucun e-mail à un PDG pour lui dire ce que tu penses de lui.

Elle ne me laisserait jamais tranquille avec ça.

— J'ai à nouveau un travail, non ?

Elle secoua la tête.

— J'ignore totalement comment ça a pu fonctionner.

Oui. Pareil.

• • •

— Très bonne émission aujourd'hui, Ireland.

— Merci, Mike.

Mon premier jour de retour à l'antenne depuis deux semaines était agréable et mon adrénaline était déjà en train de remonter pour l'émission de demain. J'avais un nouveau sentiment de fierté dans mon travail.

Siren passa la tête dans mon bureau. Elle semblait nerveuse.

— Salut. Alors, je voulais apaiser les tensions. J'espère que tu sais que je n'ai rien à voir avec ton poste, que Bickman m'a donné. J'étais choquée quand il est venu m'annoncer qu'il m'offrait une promotion.

J'aurais pu faire comme si je croyais à ses conneries et recommencer comme avant, quand nous jouions toutes les deux aux ignorantes, mais elle était jeune et avait besoin de quelqu'un pour la remettre sur le droit chemin.

— Entre, Siren. Ferme la porte derrière toi.

Elle s'exécuta, mais resta plantée devant.

Je lui fis un signe vers les chaises de l'autre côté de mon bureau.

— S'il te plaît, assieds-toi.

La pauvre fille avait l'air pâle. Elle attirait l'attention de Bickman et j'étais sûre qu'elle avait été ravie lorsqu'il lui avait offert mon job sur un plateau d'argent. Mais tout ça pour dire qu'il avait abusé de sa position, et que franchement, elle n'avait rien fait de mal... à part peut-être violer le code des filles.

Je soupirai.

— La plupart des gens pensent qu'une belle femme n'a pas besoin de travailler aussi dur pour obtenir ce qu'elle veut. Et c'est peut-être vrai quand elle se trouve dans un bar et tente de se faire payer un verre, ou alors dans un magasin de bricolage et qu'elle essaie de trouver quelqu'un pour l'aider dans le rayon plomberie. Cependant, sur le lieu de travail, ce n'est pas le cas. Une belle femme doit souvent travailler deux fois plus dur pour qu'on voie qui elle est. Parce que, malheureusement, il y a encore des hommes qui ne voient pas plus loin que le physique. Je pense que tu seras une grande journaliste, un jour. Mais tu n'en es pas encore là. Je ne l'étais pas non plus à ton âge. Et quand tu joues avec des hommes comme Bickman, et que tu acceptes un poste que tu n'as pas mérité, tu te dévalorises ainsi que toutes les femmes. Nous devons nous serrer les coudes, et ne pas utiliser la beauté comme une arme l'une contre l'autre.

Siren baissa les yeux vers ses genoux pendant un long moment. Lorsqu'elle les releva, ils étaient embués de larmes et elle acquiesça.

— Tu as raison. Ça ne me semblait pas normal quand il m'a donné le poste. J'avais l'impression de ne pas l'avoir mérité... parce que c'était le cas.

— Je ne vais pas faire comme si j'étais totalement innocente. Tu sais que le service courrier n'envoie rien après quinze heures et attend le jour suivant. J'ai déjà beaucoup souri et battu des cils en regardant George pour qu'on fasse ce que je veux à seize heures trente. Mais fais attention avec les hommes qui sont en position de pouvoir et te donnent quelque chose que tu n'as pas mérité. Une fois que ce sera fait, ils te demanderont une contrepartie que tu n'aimeras pas.

— Merci, Ireland.

— C'est quand tu veux.

Une heure plus tard, mon téléphone de bureau sonna et le nom de l'interlocuteur me surprit. En parlant d'hommes de pouvoir… *Grant Lexington* s'afficha sur le petit écran. Je fermai mon ordinateur portable et m'appuyai sur le dossier de la chaise en décrochant.

— À quoi dois-je ce plaisir ?

— J'appelais simplement pour voir comment cela se passait et si vous aviez bien repris vos marques.

Sa voix profonde était encore plus rauque au téléphone qu'en personne. Malgré le sermon que j'avais fait plus tôt à Siren, voilà que j'étais en train de penser *Hmmm… J'aimerais entendre cette voix, tard le soir, quand mes mains seront sous les couvertures.*

J'oubliai cette idée et me concentrai davantage sur mon attitude compliquée.

— Vous avez appelé d'autres employés qui ne travaillent pas directement pour vous, aujourd'hui ?

— Seulement ceux qui m'envoient des e-mails lorsqu'ils sont saouls et à qui je redonne tout de même bêtement leur travail.

Je souris.

— Touché.

— Comment ça se passe ?

— Ça va. Personne ne semble trop déçu que Bickman soit parti et l'émission s'est déroulée sans accroc, ce matin.

— C'était une bonne émission.

— Vous avez regardé ?

— Oui.

— Vous regardez toujours les actualités à six heures du matin ?

— Normalement non.

— Alors vous l'avez fait aujourd'hui parce que...

Il devint silencieux à l'autre bout du fil. Il n'allait pas combler les vides pour moi. *Hmm... intéressant.* Il aurait facilement pu dire qu'il regardait pour s'assurer que tout se passait bien. Ou qu'il le faisait parce qu'il était le foutu patron et qu'il en avait envie. Mais l'absence de raison me laissa penser qu'il ne l'avait fait que pour me voir, et non pour des considérations professionnelles.

Ou peut-être que j'analysais trop la situation et que c'était ce que je *voulais* penser.

— Bref..., déclara-t-il. J'appelais aussi pour vous inviter à faire partie du nouveau comité que je préside.

— Oh ? Quel genre de comité ?

Il s'éclaircit la gorge.

— C'est... euh... pour améliorer les conditions de travail pour les femmes.

— *Vous* présidez une initiative sur l'amélioration des conditions féminines ?

— Oui. Pourquoi, cela vous surprend ?

— Euh... Parce que vous n'êtes pas une femme.

— C'est une déclaration assez sexiste. Êtes-vous en train de dire qu'un homme ne peut pas être impliqué dans l'amélioration des conditions de travail pour les femmes ?

— Non, mais...

— Si vous êtes trop occupée...

— Non, non, non. Pas du tout. J'adorerai en faire partie. Que puis-je faire ? Où se retrouve le comité ?

— Mon assistante vous recontactera pour les détails.

— Oh. D'accord. Ça m'a l'air génial. Merci d'avoir pensé à moi.

— Oui. Très bien. Alors... au revoir, Ireland.

Il raccrocha assez abruptement. Mais c'était aussi bien, parce que j'aimais *un peu trop* lui parler.

Grant

— Millie ! crié-je sans me lever de mon bureau.

Mon assistante se précipita dans la pièce.

— Oui, monsieur Lexington ?

— Il faut que je lance un nouveau comité.

Elle fronça les sourcils. J'évitais les comités comme la peste et voilà que je lui disais que je souhaitais en créer un *nouveau*.

— D'accord... quel genre de comité et qui sera impliqué ?

Je secouai la tête et grommelai la réponse.

— Le but du groupe est d'améliorer l'environnement de travail pour les femmes.

Millie haussa les sourcils.

Oui. Je sais. Je suis sacrément choqué, moi aussi.

— D'accord..., dit-elle d'une voix hésitante comme si elle attendait une phrase-choc. Avez-vous déjà choisi des membres pour ce comité ?

J'agitai la main.

— Trouvez plusieurs femmes. Je me moque de savoir qui elles sont. Et peut-être ma sœur Kate. Elle adore les réunions.

— Vous vous moquez de savoir qui sont les femmes du comité.

— Oui.

Je pris une pile de papiers et les alignai, essayant d'avoir l'air nonchalant.

— Invitez peut-être Ireland Saint James à en faire partie.

— Ireland ? La femme qui vous a envoyé des fleurs décapitées ?

Eh bien, dit comme ça, l'idée de créer un comité en partant de zéro semblait un peu folle et, inviter quelqu'un qui coupe les fleurs luxueuses que je lui ai envoyées et qui s'en va de notre déjeuner avant même que nous ayons commandé l'était encore davantage.

Je soupirai.

— Oui, elle.

— Quand voudriez-vous que je… ?

— Bientôt.

— Vous avez un ordre du jour en tête pour la première réunion du comité ?

— Conneries de bonnes femmes. Je ne sais pas. Vous devez le savoir mieux que moi. Inventez quelque chose.

Millie donnait l'impression qu'elle était à deux doigts de s'approcher et de poser la main sur mon front pour voir si j'avais de la fièvre.

Peut-être que c'était le cas. Peut-être que j'étais malade et que je ne perdais pas la tête ? Il valait mieux que ce soit l'un ou l'autre. Je passai ma main dans mes cheveux. Un comité sur des initiatives féminines ? J'avais autant envie d'en faire partie que de voir quelqu'un s'agripper à mes testicules et les tordre. Et pourtant, voilà que je venais de créer ce groupe.

C'était quoi ce délire ?

Ireland Saint James. Voilà le délire. De toute ma vie, je n'étais jamais sorti de ma routine pour parler à une femme, pourtant je l'avais appelée, elle, pour savoir comment se passait sa journée et j'avais ensuite inventé un foutu comité quand elle avait demandé la raison de mon appel. Du stress, trop de travail... ce n'était pas totalement impossible que je sois en pleine crise de nerfs.

Pendant que je débattais de la pertinence de prendre rapidement rendez-vous avec mon psychologue, mon assistante était toujours dans mon bureau, à me regarder comme si j'avais deux têtes. Je récupérai un dossier et lui lançai un regard insistant.

— Avez-vous besoin d'autre chose pour commencer ?

— Hmm... Non, je ne crois pas.

— Bien. Alors ce sera tout.

Millie s'arrêta dans l'embrasure de la porte et se retourna.

— Le courrier est arrivé. Voudriez-vous la lettre du jour...

— Jetez-la, aboyai-je.

— Je m'en occupe tout de suite. Et n'oubliez pas la séance photo de ce soir.

L'air confus sur mon visage lui indiqua que j'ignorais totalement de quoi elle parlait, donc elle me remit à la page.

— Vous avez une interview et une séance photo pour le magazine *Today's Entrepreneur*. Elle est prévue depuis des mois et elle est sur votre agenda.

Merde. Les séances photos et les interviews étaient, avec les comités des femmes et leur lieu de travail, sur ma liste des choses qui ne m'intéressaient absolument pas.

— À quelle heure ?

— Seize heures trente. Sur Leilani.

Je regardai ma montre. *Génial.* J'avais une heure pour finir six heures de boulot.

• • •

Une demi-douzaine de personnes était déjà assise sur le dock devant Leilani quand je me garai à la marina. Il était seize heures trente pétantes. Ils devaient être en avance.

Une rousse à l'allure familière me sourit quand j'approchai.

— Monsieur Lexington. Amanda Cadet.

Elle me tendit la main.

— C'est tellement bon de vous revoir.

Revoir. Eh bien, ça expliquait pourquoi elle m'était familière. Même si j'ignorais totalement où nous nous étions rencontrés. Probablement à un congrès professionnel.

— Vous aussi. S'il vous plaît, appelez-moi Grant.

— D'accord. Et s'il vous plaît, appelez-moi Amanda.

Je regardai le tas d'équipement autour de moi.

— Vous emménagez ?

Elle rit.

— Nous avons apporté beaucoup de matériel pour les appareils photo et les vidéos, parce que nous n'étions pas certains de l'installation. Pour être sûrs, nous avons même pris quelques accessoires et des fonds pour les photos. Même si nous pouvons évidemment remettre tout ça dans le camion.

Elle se tourna pour jeter un coup d'œil au bateau.

— Ce voilier est magnifique et le décor est meilleur que sur n'importe quel plateau de tournage.

— Merci. Il appartenait à mon grand-père. C'est le premier voilier qu'il a bâti en 1965.

— Eh bien, vous auriez aussi bien pu me dire qu'il était tout neuf.

Je fis un signe de tête vers *Leilani May*.

— Pourquoi ne vous ferais-je pas visiter pour que vous décidiez où votre équipe souhaite s'installer ?

Je fis un rapide tour du propriétaire à Amanda. Le ketch de dix-huit mètres était un plaisir pour les yeux, même pour ceux qui n'aimaient pas la navigation. Une coque bleu marine, du teck aux finitions satinées, des tissus d'ameublement couleur crème, une coquerie en acier inoxydable, une cabine du propriétaire plus luxueuse que la plupart des appartements, et trois cabines pour invités qui donnaient plus l'impression d'être dans un vignoble que sur un voilier de soixante ans.

— Alors... qu'est-ce que vous en pensez ? Où devrions-nous faire ça ?

— Honnêtement, n'importe où, nous ferions une belle photo. Le bateau est très beau.

Elle leva un ongle verni jusqu'à sa lèvre inférieure, ce qui attira mon attention.

— Et le sujet est impeccable. Cette couverture va faire de gros chiffres.

Amanda Cadet était belle et elle en avait conscience. Elle savait également comment utiliser ça pour obtenir ce qu'elle voulait. Toutefois, peu importait ce qu'elle espérait obtenir de ma part, une histoire avec des révélations majeures ou ma bouche entre ses jambes, elle n'aurait rien. Parce que le business et le plaisir ne se mêlaient pas. Je faillis rire de cette pensée étant donné la façon dont j'avais agi avec madame Tétons aux Caraïbes.

Je tendis la main pour indiquer qu'elle devrait sortir de la cabine en premier.

— Pourquoi n'irions-nous pas sur le pont arrière afin de nous installer du côté gauche, avec la marina en fond ?

— Ça me semble parfait.

Je pris la pose pour des photos presque toute l'heure. J'en détestai chaque instant, mais je gardai mon dédain pour moi. Lorsqu'ils eurent suffisamment de clichés pour en recouvrir tous les murs de mon bureau, Amanda intima à tout le monde de ranger leurs affaires.

— Tu veux que je filme l'interview ? demanda le caméraman.

L'article qu'elle voulait était pour la presse écrite, toutefois il n'était pas anormal d'enregistrer un entretien afin que le journaliste puisse y revenir plus tard et écoute ce qu'il avait raté dans ses notes.

Amanda me regarda de haut en bas.

— Non, c'est bon. Je pense que je peux m'en occuper toute seule.

L'équipe partit et nous restâmes seuls, assis sur le pont arrière.

— Venez-vous souvent ici pour profiter du bateau ? Mon frère est chirurgien orthopédique et possède un Carver de quinze mètres dans la baie de San Diego. Je crois qu'il l'utilise deux fois par an.

La réponse sincère à cette question était *tous les jours*. Mais je préférais que ma vie intime reste privée. Ça ne la regardait pas du tout si je vivais sur *Leilani May*, et ce n'était clairement pas quelque chose que je souhaitais partager avec ses lecteurs.

J'acquiesçai comme si je pouvais m'identifier à son frère.

— Pas assez souvent.

— J'adore que vous ayez toujours le premier bateau de votre grand-père. Je pense que les choses auxquelles un homme s'accroche en disent long sur lui.

Si seulement elle en connaissait la moitié.

— Ce voilier a bâti l'entreprise familiale.

— Comment ça ?

— C'était son premier modèle et il l'utilisait pour prendre les premières commandes de Lexington Craft Yachts. Trente ans plus tard, Lexington Craft est devenue publique et ma famille a utilisé les recettes pour se développer dans des affaires liées au divertissement. Mon père a lancé un magazine de sport et mon grand-père a acheté davantage de publications. Finalement, nous avons fini par acquérir une chaîne d'information ainsi que des cinémas. Donc, sans le bateau, vous ne seriez pas intéressée par une interview avec moi, aujourd'hui.

Elle me lança un sourire séducteur.

— Quelque chose me dit que je serais intéressée par une interview avec vous, que vous soyez le PDG de l'une des entreprises du top 100 américain ou que votre job soit de nettoyer ce bateau.

— Je ne suis pas intéressant.

— Vous êtes également humble, n'est-ce pas ? J'aime bien.

Elle me fit un clin d'œil.

— Parlez-moi de l'association de votre famille. C'est votre mère qui l'a débutée, n'est-ce pas ?

— Oui. Elle s'appelle *Pia's Place*. Ma mère a été placée en foyer d'accueil à cause de violences, quand elle avait cinq ans. Elle bougeait souvent, donc il était difficile pour elle de garder le même psychologue pendant très longtemps. Elle en avait un nouveau chaque année aux Services de Protection de l'Enfance, parce que ces gens sont mal payés et travaillent trop. Ils ont tendance à jouer aux chaises musicales. Elle s'est toujours sentie différente des autres enfants de l'école et la plupart ne savaient pas ce qu'était une famille d'accueil. Alors, c'était difficile de se connecter à quelqu'un qui comprenait ce qu'elle traversait. *Pia's Place* est un peu comme un programme de grand frère pour les enfants placés, sauf que tous les grands frères et grandes sœurs sont d'anciens enfants placés eux-mêmes, ainsi ils peuvent vraiment se lier à ceux qu'on leur assigne. La fondation forme des volontaires et couvre le coût de leurs sorties, de leurs repas, de leurs loisirs quand ils passent du temps avec leur Petite Sœur ou Petit frère. Elle paie également une partie des prêts étudiants des volontaires ou les aide à s'offrir une éducation à l'université.

— C'est super.

C'était effectivement super et c'était parce que ma mère était une personne très spéciale. Mais toutes ces conneries étaient déjà disponibles en ligne. Donc si c'était nouveau pour Amanda, elle n'avait pas fait ses devoirs.

Je souris.

— Ma mère n'a jamais oublié d'où elle venait.

— Vous et vos deux sœurs, vous avez été adoptés dans un foyer, n'est-ce pas ?

J'acquiesçai. Encore des informations auxquelles n'importe qui avait accès sur Google en deux minutes.

— C'est ça. Mes parents sont devenus familles d'accueil quand j'avais cinq ans. J'ai été le premier, puis ma sœur Kate et enfin Jillian sont arrivées. À l'origine, nous n'étions que des enfants placés. Ma mère a continué à accepter des petits jusqu'à devenir malade.

— Toutes mes condoléances.

— Merci.

— Et avez-vous un Petit Frère ? Je veux dire, dans le programme. Je sais que vous n'en avez pas dans votre famille.

— Oui. Il a onze ans, mais est très mature. Mes sœurs sont également Grandes Sœurs.

Elle sourit.

— Comment s'appelle-t-il ?

Enfin une question approfondie. Même si je n'allais certainement pas donner le nom de Leo. Les relations entre un Grand et Petit Frères étaient privées, surtout la mienne et celle du petit.

— Je préfère ne pas divulguer d'informations sur les enfants qui font partie du programme.

— Oh. Bien sûr. Oui. Je comprends. Ils sont mineurs. Je n'ai pas réfléchi.

La demi-heure suivante, nous parlons de davantage de choses qui trouveraient leur place dans l'article fumeux qu'elle allait écrire : qui gère quoi à Lexington Industries, comment se porte l'entreprise et la direction que j'aimerais prendre dans les prochaines années. Puis elle tenta quelques questions personnelles.

— Êtes-vous célibataire ?

J'acquiesçai.

— Oui.

— Vous n'avez personne de spécial à emmener voguer le week-end sur ce beau bateau ?

— Pas pour le moment.

Elle inclina la tête.

— C'est dommage.

Mon téléphone commença à vibrer. Je baissai les yeux.

— C'est le bureau. Excusez-moi un instant.

— Bien sûr.

Je glissai mon doigt sur l'écran pour répondre, sachant très bien qui serait à l'autre bout du fil, et je fis quelques pas pour m'éloigner d'Amanda.

— Bonjour, monsieur Lexington. C'est Millie et je vais partir pour la journée. Il est tout juste dix-huit heures. Vous vouliez que j'appelle et que je vous le dise quand il était cette heure-ci.

— Oui, c'est génial. Merci.

Je tins le téléphone contre mon oreille pendant une minute jusqu'à ce que mon assistante raccroche, puis je retournai vers la journaliste.

— Pardon. Il faut que je prenne un appel à l'international dans quelques minutes. Vous pensez qu'on peut conclure tout ça ?

— Oh. Bien sûr. Pas de problème.

Elle se leva.

— De toute façon, je pense que j'ai tout ce dont j'ai besoin, pour l'instant.

Ça va être un article franchement ennuyeux.

— Génial. Merci.

Amanda récupéra son carnet de notes et sortit une carte de visite de son sac à main. Écrivant quelque chose à l'arrière, elle me la tendit en inclinant la tête.

— J'ai écrit mon numéro personnel sur la carte, annonce-t-elle en souriant. J'adore voguer.

Je lui souris en retour comme si j'étais flatté.

— Je m'en souviendrai la prochaine fois que je sortirai en bateau.

Ce qui ne risque pas d'arriver prochainement... étant donné que le bateau n'avait pas quitté le dock depuis près d'une décennie.

Lui tendant une main, j'aidai Amanda à remonter sur le port.

Elle glissa la bretelle de son sac sur son épaule et baissa les yeux vers le nom peint en doré sur la coque bleu marine du bateau.

— *Leilani May*, dit-elle. Qui a donné son nom au bateau ?

Je lui fis un clin d'œil.

— Désolé. L'interview est terminée.

Grant – Quinze ans plus tôt

Je ne pouvais m'empêcher de la fixer du regard.

La neige tombait en abondance et la nouvelle sortit, avec la bouche ouverte, la langue pendante et sans chaussures quand elle se mit à tourbillonner avec les yeux fermés. Elle rit en attrapant des flocons dans sa bouche.

Lily.

Le nom anglais du *lys*. Il fallait que je trouve certaines de ces fleurs pour savoir ce qu'elles sentaient. Non pas que j'étais assez stupide pour penser que Lily sentirait vraiment le lys, mais je savais curieusement que ce serait le meilleur parfum du monde.

Je ressentis une douleur tenaillante dans la poitrine en regardant par la fenêtre. La raison logique était que je digérais mal le sandwich au fromage grillé et la soupe à la tomate que maman avait préparés plus tôt pour le déjeuner. Mais je savais que ce n'était pas ça. Même à quatorze ans, je savais à quoi ressemblait l'amour.

Enfin, une heure auparavant quand la sonnette avait résonné je ne l'avais pas encore su. Pourtant, désormais, j'en étais absolument certain.

Lily.

Lily.

La Lily de Grant.

Même ça, ça sonne bien, non ?

Grant et Lily.

Lily et Grant.

Si nous avons des enfants, peut-être qu'ils porteront aussi le nom de fleurs, comme Violette, Coquelicot ou Lierre. Attendez. Le lierre n'est pas une fleur. C'était une foutue plante. Je crois ?

Peu importe.

Ce n'était effectivement pas important.

Je me penchai davantage vers la fenêtre du bureau de mon père et mon souffle chaud embua ma vision. Levant une main, je nettoyai le carreau avec la manche de mon survêtement. Le mouvement attira l'attention de Lily. Elle arrêta de tourbillonner, mit ses mains autour de ses yeux pour les protéger de la neige, plissa les paupières vers moi. J'aurais probablement dû me baisser pour qu'elle ne me voie pas, mais j'étais figé, complètement et totalement hypnotisé par cette fille.

Elle hurla quelque chose que je ne pus entendre avec la fenêtre fermée. Je la déverrouillai et la glissai pour l'ouvrir.

Je dus m'éclaircir la gorge pour faire sortir mes mots.

— Tu as dit quelque chose ?

— Oui. Je t'ai demandé si tu étais un genre de harceleur ou un truc comme ça ?

Merde. Maintenant, elle pense que je suis bizarre. D'abord, j'avais pratiquement fui la pièce en courant quand ma mère nous l'avait présentée, et maintenant, elle me remarquait l'observant comme un harceleur. Il fallait que je la joue cool.

— Non, criai-je. Je regardais juste si tes orteils devenaient noirs et tombaient à cause des engelures. Tu n'as pas vu *Le jour d'après* ?

Elle secoua la tête.

— Je ne suis jamais allée au cinéma.

J'écarquillai les yeux.

— Tu n'es jamais allé au cinéma ?

— Non. Ma mère ne croit pas à la télévision ou aux films. Elle pense que la télé nous fait avaler des choses stupides.

— Mais si tu avais regardé *Le jour d'après*, tu aurais mis des chaussures.

Elle sourit et mon. Cœur. Loupa. Littéralement. Un. Battement. J'avais l'impression qu'il avait fait un salto au moment où elle m'avait souri de toutes ses dents. Je caressai l'endroit sur ma poitrine, même s'il n'était pas douloureux du tout.

Baissant à nouveau les yeux vers Lily, je criai :

— Hé, recommence.

— Quoi ?

— Souris.

Et revoilà que mon cœur manqua un battement dans ma poitrine.

Lily se retourna pour regarder autour d'elle.

— Tu as entendu ?

— Quoi ?

— Des cloches qui sonnent.

Peut-être que nous imaginions tous les deux des choses.

— Non. Pas de cloches.

Elle haussa les épaules.

— Peut-être que c'est le père Noël. J'ai entendu dire que vous, les riches, vous y croyez jusqu'à, genre, trente ans parce que vous continuez d'avoir des cadeaux chaque année.

Soudain, le détecteur de mouvements à l'extérieur s'alluma et j'entendis la voix de ma mère.

— Lily ? Qu'est-ce que tu fais là ? Entre avant d'attraper froid.

— Oui, madame Lexington. Je regardais juste les flocons. Je n'ai jamais vu la neige pour de vrai.

— Oh mon Dieu. D'accord, entre et on va t'habiller correctement. Kate a une combinaison de ski et des bottes qui devraient t'aller... et un bonnet.

Lily leva les yeux vers moi et me sourit une fois de plus.

Mon cœur se serra dans ma poitrine. *Encore.*

Bon sang... qui pouvait savoir que l'amour était si douloureux ?

• • •

Le lendemain matin, je ne pus la trouver nulle part. Généralement, maman me demandait d'accompagner les nouveaux enfants au bus pour leur premier jour, puis je les emmenais jusqu'au bureau où elle les avait déjà enregistrés, pour qu'ils discutent avec le conseiller d'orientation.

Je versai des céréales dans un bol et sortis le lait du réfrigérateur, mais lorsque j'allai remettre la brique, j'entendis un bruit sourd provenant de la porte qui menait jusqu'au garage. Je pris une poignée de Golden Grahams et allai voir ce qu'il se passait en emportant mon bol de céréales.

Ouvrant la porte, je m'arrêtai au milieu de ma bouchée.

— Qu'est-ce que tu fais ?

Lily fronça les sourcils. Elle semblait sincèrement confuse par ma question.

— Je peins. À ton avis, qu'est-ce que je suis en train de faire ?

— On dirait plus que c'est toi, que tu as peint.

Lily se tenait devant un chevalet, les bras et les jambes couvertes d'une douzaine de couleurs. Elle portait un long tee-shirt qui cachait ses fesses, mais à peine. Mes yeux s'attardèrent sur ses jambes, qui avaient moins de peinture que sa moitié supérieure, mais elles étaient si longues et lisses. Je n'avais jamais vu une fille avec de si longues jambes auparavant. J'eus l'envie urgente de la soulever et de voir si elle pouvait croiser ses pieds et ses chevilles derrière mon dos.

Je ne m'étais pas rendu compte depuis combien de temps je la fixai jusqu'à ce qu'elle reprenne la parole.

— Tu gouttes.

Je levai les yeux vers elle pour croiser les siens.

— Hein ?

Elle sourit et donna un coup de menton vers mon bol de céréales. Je l'avais penché et le lait coulait sur mes chaussures.

— Merde.

Je le remis droit.

Lily se mit à rire. Mon Dieu, cette fille était belle. Avec de longs cheveux noirs, une peau naturellement bronzée en plein milieu de l'hiver et les plus grands yeux marron que j'avais jamais vus. Et elle était grande, seulement quelques centimètres de moins que moi. Depuis l'été de quatrième, quand j'avais pris dix centimètres en simplement quelques mois, la plupart des filles ne m'arrivaient pas aux épaules. Mais ce n'était pas le cas de Lily. Et cela me semblait normal qu'elle soit grande, comme si elle était faite pour se distinguer parmi les autres filles.

Je secouai la tête et me sortis de ma rêverie.

— Ma mère sait que tu es en train de peindre ici ? Le bus arrive dans, genre, quinze minutes.

Son petit nez se plissa.

— Le bus ?

— Oui, tu sais... l'école. Il est sept heures.

— Du matin ?

Désormais, j'étais aussi troublé qu'elle.

— Oui. Du matin. Tu pensais qu'on était encore le soir ?

— Oui. J'imagine que j'ai peint toute la nuit. J'ai dû perdre la notion du temps.

Elle haussa les épaules.

— Ça arrive, parfois.

Je marchai vers elle et observai les toiles.

— Tu as peint ça ?

— Oui. Ce n'est pas si terrible.

Je haussai les sourcils. La peinture, qui était du genre abstrait avec des fleurs entrelacées, avait sa place dans un musée, si vous vouliez mon avis.

— Hmm... si ça, ce n'est pas si terrible, j'espère que tu ne verras pas la merde que je fais en classe d'art.

Elle sourit. Et à nouveau, ma poitrine se serra.

— Ma mère m'a emmené à Hawaï, une fois. Les fleurs sont belles, là-bas. C'est la seule chose que j'aime peindre.

Elle haussa les épaules.

— Je suis un peu obsédée. Je leur donne toutes un nom. Celle-ci s'appelle Leilani. Ça veut dire fleur du paradis et enfant de Dieu en hawaïen. C'est un nom populaire, là-bas. Ma grand-mère s'appelait Willow, le saule. Ma mère s'appelle Rose et je suis Lily. Donc nous avons toutes des noms de fleurs et d'arbres. Peut-être que quand j'aurai ma propre petite fille, un jour, je l'appellerai Leilani.

Waouh. *C'est terrible.* J'ai pensé la même chose à propos du nom des enfants tirés des fleurs. Sauf que je n'avais pas songé aux enfants de Lily, mais aux *nôtres*.

— Leilani, répétai-je. C'est un joli nom.

Lily ferma les yeux et prit une profonde inspiration.

— Leï-la-niii. Oui, n'est-ce pas ?

— Tu es belle, aussi.

Je n'étais pas sûr de savoir d'où cela sortait. Enfin, évidemment, je savais d'où cela venait, c'était la vérité. Mais je ne m'étais pas attendu à ce que cela franchisse mes lèvres.

Lily posa le pinceau sur le chevalet et s'essuya les mains sur son tee-shirt. Elle avança et vint se placer directement devant moi, juste dans mon espace personnel. Chaque poil de mon corps se hérissa et mes paumes devinrent immédiatement moites. *Mais qu'est-ce qui ne va pas, chez moi ?* J'avais déjà embrassé des filles avant et pourtant, celle-ci me rendait nerveuse quand j'étais près d'elle.

Se mettant sur la pointe des pieds, Lily m'embrassa doucement sur la joue.

— Je crois que c'est la première famille d'accueil dans laquelle j'aime vivre.

Oui, je crois que je vais aimer que tu vives ici, moi aussi.

Ireland

— Oh, bien. Ça n'a pas encore commencé.

Une femme en costume gris s'assit à côté de moi à la table de la salle de conférence. Elle semblait troublée.

— J'ai entendu dire qu'il était à cheval sur la ponctualité.

— Grant ? demandai-je.

Elle fronça les sourcils.

— Monsieur Lexington, oui.

Oh, c'est vrai, monsieur Lexington. J'imagine qu'il était Grant quand il était l'homme avec qui j'allais sortir, mais qu'il était redevenu monsieur Lexington, ensuite.

— Sa secrétaire est venue il y a quelques minutes, expliquai-je. Il a un peu de retard.

La femme sourit.

— Super. Mes filles ont appelé et j'ai dû jouer l'arbitre dans une dispute sur une brosse à cheveux.

Elle me tendit la main.

— Je suis Ellen Passman, au fait. La cheffe comptable du département des finances.

Je lui serrai la main.

— Ireland Saint James ou Richardson. Je suis dans le département Actualités de Broadcast Media. Richardson est mon nom à l'antenne.

— Oh, je sais qui vous êtes. J'adore votre émission.

Je souris.

— Merci.

— Je suis vraiment enthousiaste à l'idée d'être dans ce nouveau comité. Mais j'aurais aimé qu'on soit prévenu un peu plus en avance. C'est la fin du mois et c'est un moment crucial pour mon département.

J'avais été curieuse quant à la création de ce comité depuis que Grant avait appelé. Je ne pouvais me débarrasser de l'idée folle qu'il avait tout inventé pendant qu'il était au téléphone avec moi. Bien sûr, c'était insensé, voire même égocentrique et narcissique. Pourtant, cette perspective continuait de me ronger.

— Quand avez-vous été invitée ? m'enquis-je.

— Ce matin. Et vous ?

— Il y a quelques jours. Vous avez reçu un ordre du jour pour la réunion ou autre chose ?

— Non. Rien.

L'atmosphère dans la pièce changea et je sus qui était entré avant même de tourner la tête. Grant Lexington se tenait devant la porte avec la vice-présidente du département des Actualités, Kate Benton, la patronne de mon patron, qui était aussi la sœur de Grant. Il observa la pièce et son regard s'arrêta lorsqu'il me vit, comme s'il avait trouvé ce qu'il cherchait, ce qui était fou.

Son regard était si intense que j'eus envie de gigoter sur ma chaise.

— Désolé pour le retard, annonça-t-il. Merci à toutes d'être venues.

Il se tourna vers sa sœur.

— Je suis sûr que vous connaissez toutes Kate, la vice-présidente de Broadcast Media.

Les personnes présentes le remercièrent pour l'invitation, mais je restai silencieuse et observai.

Il y avait quelques places libres : au bout de la table, à l'autre extrémité près de moi, en face de moi et à ma gauche. Sans davantage de discussion, sa sœur avança pour s'installer à une place libre non loin de moi. J'avais le sentiment que cet homme prenait la place dominante dans chaque pièce où il entrait.

Néanmoins, il me surprit ensuite. Il tira la chaise au bout de la table et la tint.

— Kate.

Sa sœur paraissait tout aussi surprise, mais elle se retourna et alla tout de même s'y asseoir. Grant déboutonna sa veste et prit la chaise à côté de moi. Il se pencha en s'installant et chuchota :

— C'est bon de vous voir, Ireland.

J'acquiesçai. Personne autour de la table ne semblait remarquer quoi que ce soit d'étrange, certainement pas qu'il s'était installé à côté de moi et légèrement rapproché, heureusement, il n'était pas non plus évident que mon esprit se délectait de son odeur. Il sentait le propre, mais avec un côté masculin et boisé.

La demi-heure suivante, je tentai d'ignorer l'homme assis à ma gauche et de ne pas gigoter. Mais je devais regarder Kate quand elle parlait, ce qui signifiait que le profil de Grant était directement dans ma ligne de mire.

Cela voulait également dire que je remarquais à quel point sa peau était bronzée et qu'il avait une discrète ligne blanche sur ses tempes, des traces de lunettes de soleil. Sa peau était hâlée, ses cheveux tirés en arrière et ils auraient besoin d'être coupés là où ils atteignaient son col. Il commençait à avoir une barbe de fin de journée, même s'il n'était que dix heures du matin. Je me demandai s'il s'était rasé hier soir où s'il avait tellement de testostérone que la barbe réapparaissait seulement quelques heures après qu'il eut posé son rasoir.

Mon instinct me disait que c'était cette deuxième option

Sentant probablement mon regard sur lui, Grant se retourna et me scruta. Ses yeux se posèrent immédiatement sur mes lèvres et je perdis la bataille que j'avais lancée pour ne pas me tortiller. Je m'obligeai à reporter mon attention sur Kate, mais je ne manquai pas le tressaillement de la lèvre de l'homme à côté de moi avant qu'il se reconcentre sur sa sœur.

— Pourquoi ne ferions-nous pas un tour de table et évoquions les possibilités d'ordres du jour pour notre prochaine réunion ? demanda Kate. J'adorerais entendre ce que sont, selon vous, les problèmes relatifs aux femmes les plus urgents, ici, à Lexington Industries.

— C'est une très bonne idée, affirma Grant.

Certaines étaient plus enthousiastes que d'autres. Une femme parla de la nécessité d'une pièce pour allaiter. Une autre aborda les responsabilités de gestion de la famille et du travail, ainsi que du fait que des horaires flexibles seraient un grand atout pour les mères et les pères. Une femme plus âgée milita pour le salaire égal, ce qui était le problème dont j'avais prévu de parler puisque j'avais une expérience personnelle à ce sujet. Deux collègues passèrent leur tour, disant qu'elles devaient y réfléchir, puis ce fut à moi. J'avais été sur le point de renforcer le commentaire de l'autre femme sur le salaire égal quand je sentis le regard de Grant sur moi. À la dernière seconde, je décidai de le taquiner.

— Je pense que nous devrions évoquer le harcèlement sexuel. Par exemple quand un patron ou le patron d'un patron d'un patron demande à une employée d'aller déjeuner.

Grant garda un visage sévère, pourtant, je perçus la contraction d'un muscle dans sa mâchoire.

— Absolument, répondit Kate. De telles choses ne devraient jamais se produire.

Son frère s'éclaircit la gorge.

— Je règle beaucoup d'affaires autour d'un repas. C'est plus ou moins une nécessité puisque les journées ne sont pas extensibles. Êtes-vous en train de dire que nous devrions empêcher les gens de déjeuner ensemble ?

Je m'adressai directement à lui.

— Pas du tout. Mais c'est une pente glissante et c'est souvent difficile pour une femme de savoir si un homme l'invite à déjeuner pour parler de business ou s'il y a plus que ça.

Grant soutint mon regard quelques secondes, puis hocha brièvement la tête.

— Très bien. Ajoutez-le à l'ordre du jour pour notre prochaine réunion.

Il se leva brusquement.

— Je pense que c'était un bon début. Je vais demander à mon assistante de taper le compte-rendu et de prévoir la prochaine réunion.

Kate semblait tout aussi confuse que la plupart des femmes autour de la table. Mais j'eus l'impression qu'elle était habituée à la brusquerie de son frère. Elle nuança les choses.

— Oui, nous apprécions que vous ayez pris du temps pour initier cela avec nous, et nous avons hâte d'aborder tous les besoins uniques des femmes sur leur lieu de travail. Je pense que ce comité fera beaucoup de bien à Lexington Industries. Merci à toutes d'avoir dégagé du temps.

Je restai sur ma chaise alors que les autres se levaient, espionnant la conversation entre Grant et Kate.

— Tu décides de créer ce comité, tu m'envoies un ordre du jour bancal il y a trois heures et tu me colles au bout de la table pour que je mène la discussion, énuméra-t-elle avant de secouer la tête. Quand je mets enfin les choses en marche, tu commences à t'ennuyer. Rends-moi service et ne t'intéresse plus à un quelconque comité.

Elle prit les papiers devant elle et tourna les talons pour sortir.

Je me levai et me dirigeai vers la porte. Toutefois, je sentis Grant me suivre. Il saisit discrètement mon coude et me dirigea vers la droite alors que nous quittions la salle de conférence.

— Pouvons-nous parler un moment ? chuchota-t-il.

— Bien sûr. Vous voulez en apprendre plus sur ce que je pense du harcèlement sexuel ?

Je lui lançai un sourire narquois.

Sa mâchoire se contracta et je continuai à marcher à côté de lui dans le couloir jusqu'à son bureau. Arrivant, il tendit la main pour que j'entre en premier.

— Je suis gentleman. J'espère que ce n'est pas une forme de harcèlement.

Grant parla à son assistante depuis l'embrasure de la porte tandis que j'observais le bureau. Il était grand, un bureau d'angle classique avec une baie vitrée du sol au plafond sur deux murs, ainsi qu'un bureau viril, taillé dans un bois sombre au centre et un endroit séparé avec des fauteuils sur le côté. Une photo encadrée sur une crédence attira mon attention. Il s'agissait de Grant avec ses deux sœurs et une femme plus âgée qui, je le supposais, était sa mère. Même si je ne posai pas la question lorsqu'il entra et se joignit à moi.

Il me fit un signe de la main vers les fauteuils.

— Asseyez-vous, je vous en prie.

Il s'installa en face de moi, retira ses boutons de manchettes et commença à remonter ses manches.

— Alors... si le patron de votre patron de votre patron vous invite à déjeuner, c'est du harcèlement sexuel ?

Mes yeux étaient fixés sur ses avant-bras musclés. Je clignai plusieurs fois des paupières et regardai vers le haut. Je le taquinais quand j'avais dit ça dans la salle de conférence, mais l'éclat dans ses pupilles n'était pas joueur.

— Je plaisantais simplement avec vous.

— Alors vous n'avez pas trouvé que c'était du harcèlement quand je vous ai invitée à déjeuner pour discuter de votre réintégration ?

En fait, je faisais référence au moment où il m'avait invité avant que je sache qui il était. Mais Grant paraissait sincèrement inquiet à l'idée de m'avoir rendue furieuse. J'avais l'impression de devoir le soulager.

Je secouai la tête.

— Je ne me suis jamais sentie harcelée. Le harcèlement sexuel, ce sont des avances qui ne sont pas désirées. Vous ne m'avez fait aucune proposition une fois que j'ai su qui vous étiez et, pour être honnête, les avances que vous m'avez faites au café n'étaient pas indésirables.

Ses épaules se détendirent clairement.

— Je m'excuse si je vous ai mise dans une situation délicate, au café.

— Ce n'est rien, dis-je honnêtement. Comme je l'ai dit, ce n'était pas gênant.

Grant sembla éviter de me regarder. Il hocha la tête et finit de remonter son autre manche avant de se lever.

— Merci pour votre franchise.

Je me levai.

— Pas de problème.

Un moment de malaise s'installa entre nous. J'étais consciente que mon corps était sacrément proche du sien. L'air crépitait chaque fois qu'il était dans le coin et je ne pensais pas être la seule à le ressentir. Ce n'était probablement pas la meilleure idée à avoir en tête après la réunion que nous venions d'avoir.

— D'accord... eh bien... Je vous reverrai à la prochaine réunion, j'imagine.

Grant acquiesça. Il me donna l'impression de vouloir que je quitte son bureau presque autant que j'en avais envie… soit pas du tout. Je fis cependant quelques pas vers la porte. Je changeai ensuite d'avis. Si j'étais capable d'être sincère, il le pouvait également.

— Puis-je vous poser une question ?

— Qu'y a-t-il ?

— Avez-vous inventé le comité des femmes pendant que vous étiez au téléphone avec moi ? Ou est-ce un projet que vous aviez ?

Grant haussa un sourcil.

— Vous êtes très narcissique, n'est-ce pas ? Le président d'une multinationale aurait une si grande initiative juste pour avoir la chance de passer un peu de temps avec vous ?

Je sentis mes joues se réchauffer. Je savais à quel point ma question semblait égocentrique… Je ris nerveusement.

— J'imagine que c'est un peu fou.

Grant fit un pas vers moi.

— Ce serait aussi vraiment inconvenant, n'est-ce pas ?

J'aurais pu jurer qu'il y avait un éclat amusé dans son regard. Bon sang, mon imagination s'en donnait à cœur joie, aujourd'hui. Il fallait que je sorte de là.

— Oui. Oui, j'imagine que ça le serait.

Je secouai la tête.

— Je devrais me remettre au travail.

J'eus soudain envie de fuir et me dirigeai vers la porte.

Alors que j'atteignais la poignée, Grant m'appela.

— Ireland ?

Je me retournai. Mon Dieu, cet homme était beau. C'était le genre de personne magnifique à qui s'accrochait notre regard quand on le croisait en marchant, et qui nous faisait trébucher... Il était donc plus ou moins le type d'hommes dangereux dont les gentilles femmes ne devraient pas s'approcher, particulièrement quand on voyait le sourire prétentieux qu'il arborait sur son visage.

— Je suis ravi que nous ayons éclairci la situation et qu'aucune avance n'ait été indésirable. Je vous revois... bientôt.

Mon cerveau me donna l'impression de court-circuiter quand je quittai son bureau. Mais qu'est-ce qu'il venait de se passer ? Je venais juste d'admettre que j'aurais volontiers accepté sa proposition et il avait avoué, quoi... ?

Je rejouai la conversation dans mon esprit en me dirigeant vers l'ascenseur. Même si j'avais été franche, Grant n'avait en fait rien admis. En réalité, quand je lui avais demandé s'il avait créé ce comité uniquement pour moi, il m'avait retourné la question. Il ne m'avait jamais donné de réponse claire, n'est-ce pas ?

Grant

— Un comité sur la place des femmes ? Sérieusement ?

Je soupirai alors que ma sœur Kate entrait dans mon bureau.

— Nous avons déjà discuté de ça après la réunion, tu te souviens ?

— Je n'ai pas fini d'en parler.

— Évidemment que non, marmonnai-je dans ma barbe.

— Pourquoi le comité ? Il doit y avoir une raison.

Je déplaçai les papiers sur mon bureau.

— C'est une initiative à laquelle je pensais depuis longtemps. Je croyais te l'avoir mentionnée.

Kate plissa les yeux.

— Depuis combien de temps ?

— Depuis combien de temps, quoi ?

— Depuis combien de temps réfléchis-tu à cette initiative ?

— Longtemps.

J'empilai les papiers que j'avais réunis au milieu de mon bureau et les alignai. Ma sœur resta silencieuse. Elle attendait que je la regarde. Je pris une profonde inspiration et levai les yeux pour croiser son regard.

Elle étudia mon visage avant de reprendre la parole.

— Pourquoi je ne te crois pas ?

Je levai les yeux au ciel.

— Parce que tu es une narcissique qui déteste les hommes.

— C'est vrai. Mais ce n'est pas ça.

Je connaissais tous les tons de ma sœur. Il y avait l'agacé quand elle pensait que j'étais un salaud et commençait à perdre patience, et il y avait la voix chaleureuse et affectueuse qu'elle utilisait quand elle discutait de sujets divers avec notre famille. Généralement, avec moi c'était un ton acerbe, que je méritais la plupart du temps. Mais celui qu'elle employait actuellement ? C'était celui d'un limier et elle mordait chacun des mots que je prononçais pour chercher une signification sous-jacente. Elle savait que je racontais des bêtises en évoquant mes intérêts pour l'initiative envers les femmes, et ça la tuait de ne pas savoir la véritable raison pour laquelle j'avais agi ainsi.

J'ouvris le tiroir de mon bureau et cherchai un fichier. Je le laissai tomber et annonçai :

— J'ai un rendez-vous dans cinq minutes, si tu allais jouer à la détective dans ton propre bureau ? Si tu trouves d'autres indices, dis à ton assistante d'envoyer un mémo à la mienne.

Ma sœur se renfrogna.

— Tu es un salaud, tu le sais, ça ?

Mes lèvres se recourbèrent dans un sourire sincère.

— Moi aussi, je t'aime, sœurette.

Kate leva les yeux au ciel.

— N'oublie pas la collecte de fonds One World Broadcasting vendredi soir. Arlia vient avec toi ?

— Arlia et moi, on ne se voit plus.

Je notai mentalement d'en informer Arlia elle-même.

— Oh. Tu viens avec qui ?

— Je n'ai pas toujours besoin de venir avec un rendez-vous à une réception.

— Pourtant, tu le fais constamment...

Elle avança vers ma porte.

— Oh, j'ai presque oublié. La vérification d'antécédents de la femme que tu as recommandée pour remplacer Bickman, Madeline Newton, est revenue clean. Je l'ai prise en entretien après mon directeur de recrutement. Nous sommes tous les deux d'accord, elle conviendrait parfaitement. Je lui ferai une offre à la fin de la semaine, mais nous pouvons l'inviter à la collecte de fonds, si tu préfères. Bickman venait toujours et nous avons une place de libre à nos tables.

— Bien sûr, ça me va.

Kate se retourna pour partir.

— Attends, lui dis-je. Généralement, qui se fait inviter à ce genre d'événements s'il n'y a pas de manager du département ?

Elle haussa les épaules.

— Personne. Ou quelqu'un qui s'occupe des missions du manager.

— Quand j'y réfléchis, je me dis qu'on devrait attendre une semaine ou deux avant de faire une offre à Madeline.

Je sortis un mensonge de nulle part. C'était si crédible que, lorsque je prononçai ces mots, je me demandai si peut-être, ils étaient sincères.

— J'ai entendu dire qu'elle avait postulé à Eastern Broadcasting. J'aimerais voir si elle accepte leur proposition si on ne lui donne pas immédiatement le poste, pour savoir à quel point elle est loyale et si elle est prête à prendre le risque de rester avec nous.

Ma sœur sembla surprise, mais elle mordit à l'hameçon.

— Oh. D'accord. C'est une bonne idée. Je vais mettre son offre en attente et je ne l'inviterai pas à la collecte de fonds, sinon elle comprendra qu'on lui donne le poste. Je vais voir si la manager intérimaire du département peut venir à la place.

Bien, Kate. C'est *ton* idée d'inviter Ireland. J'agitai la main comme si je n'étais pas ravi à la perspective que la manager intérimaire du département vienne au gala dans une robe sacrément sexy.

— D'accord. Tout ce que tu veux.

Kate s'apprêta encore à se retourner et je l'arrêtai une nouvelle fois.

— En plus, puisque le sujet du harcèlement sexuel a été évoqué à la réunion de notre nouveau comité, j'aimerais lire notre politique, pour réactualiser la façon dont on gère les choses. Et aussi la politique que nous avons sur les relations au bureau.

Peut-être que j'avais poussé la connerie un peu trop loin. Ma sœur haussa les sourcils.

— Vraiment ? Tu veux lire des *politiques* ?

— Oui.

— Eh bien, il y a une première à tout, j'imagine. Nous avons un règlement contre le harcèlement sexuel, bien sûr. Mais nous n'avons pas vraiment de politique d'entreprise interdisant les relations de bureaux et les rendez-vous entre collègues. Quatre-vingts pour cent des gens ont été témoin ou impliqués dans une relation de bureau. Qui sommes-nous pour dire à des personnes qui travaillent quatre-vingt-dix heures par semaine qu'ils ne peuvent pas sortir avec leur collègue ?

Je grattai la barbe sur mon menton.

— Alors ce à quoi madame Saint James a fait référence dans notre réunion, un patron qui invite une employée en rendez-vous, c'est admissible ?

— Eh bien, c'est là que cela devient compliqué. Ce n'est pas illégal en soi ni contre la politique de l'entreprise pour un manager d'inviter son employé. Mais le harcèlement sexuel est rendu illégal par l'Article VII de Droits civiques fédéraux, ainsi que la loi californienne et la propre politique de notre société, qui interdit la création d'un lieu de travail hostile en fonction du genre d'une personne. Imagine, un manager et un employé sont amis, l'un d'eux interprète peut-être mal les signaux et soudain, à cause d'un rendez-vous décliné, le travail devient un environnement compliqué.

J'acquiesçai.

— C'est bon à savoir. Merci.

Une fois Kate partit, je m'assis sur ma chaise et regardai par la fenêtre. Je n'avais jamais eu de relation avec quelqu'un de l'entreprise. En fait, je ne m'impliquais avec personne dans cette foutue industrie. J'aimais que ma vie privée reste telle quelle. Pourtant, voilà que je posais des questions sur la politique et la procédure, prêt à la réécrire si besoin, juste pour que mon fantasme sur le fait de me taper Ireland Saint James reste vivace.

Merde. Je passai une main dans mes cheveux.

Rien que cette pensée pouvait m'attirer des problèmes. Même si, comme le disait ma sœur, les lois fédérales de l'État n'abordaient que les avances indésirables. Et Ireland avait été claire sur le fait que ma précédente proposition, avant qu'elle sache qui j'étais, n'avait pas été gênante. Désormais, tout ce dont j'avais besoin, c'était que mon employée accepte davantage d'avance, comme lorsque je lui dirais que je n'arrêtais pas de penser à sa bouche malicieuse enroulée autour de ma queue.

* * *

Deux jours plus tard, j'avais réussi à me reconcentrer et à travailler sur des dossiers qui n'impliquaient pas Ireland Saint James. Je venais juste de finir une audioconférence avec nos avocats de Londres lorsque Millie frappa et ouvrit la porte de mon bureau.

— Désolée de vous interrompre. Mais vous avez un visiteur.

Je regardai ma montre.

— Je croyais que mon rendez-vous avec Jim Hanson ne serait pas avant une heure.

— Ce n'est pas lui. Arlia est ici.

Je jetai mon stylo sur le bureau et m'enfonçai dans ma chaise en soupirant. J'aurais dû lui renvoyer un message plus tôt. Mieux, j'aurais dû l'emmener dîner et rompre. La dernière chose dont j'avais envie, c'était d'une scène dans mon bureau.

Millie vit mon visage.

— Je l'ai informé que vous étiez en rendez-vous, alors je peux lui dire que ça durera un moment, si vous voulez.

Je l'envisageai sérieusement. Mais j'aimais encore moins être dans le pétrin que dans la confrontation, donc je ferais aussi bien d'en finir.

Je secouai la tête.

— C'est bon. Donnez-moi une minute pour nettoyer mon bureau.

Millie acquiesça et quelques instants plus tard, elle fit entrer Arlia. Celle-ci portait une mini robe moulante qui dévoilait des kilomètres de jambes bronzées. Je restai derrière mon bureau pour éviter toute salutation intime.

— Je commençais à penser que tu m'évitais.

Je souris.

— Je suis juste occupé.

Je fis un geste vers la chaise de l'autre côté de mon bureau.

— Qu'est-ce qui t'amène ?

Arlia François était une belle femme. Une mannequin professionnelle, et elle savait exactement comment jouer de ses atouts. Avec ses longues jambes, ses yeux de couleur différente, un bleu brillant et l'autre marron profond, elle capturait l'attention de tout le monde. Même si, lorsqu'elle s'assit très lentement en face de moi et fit tout un spectacle en croisant les jambes, ni mon sexe ni moi ne fûmes trop excités.

— Je dois partir pour Paris ce week-end, et je vais m'en aller deux semaines. Je pensais qu'on pourrait se voir avant ça. Je suis libre jeudi soir.

C'était la soirée de la collecte de fonds.

— J'ai une réception professionnelle.

Elle bouda.

— Je dois travailler vendredi, mais peut-être qu'on peut dîner tardivement ?

Je n'étais pas le genre d'homme qui ignorait les femmes et rejetait leurs invitations pour mettre fin aux relations. Je préférais être direct et, sur le long terme, la plupart des femmes aimaient aussi. Même si parfois, à court terme, elles n'appréciaient pas de se faire larguer.

Je me penchai en avant.

— Tu es une femme magnifique, Arlia. Mais nous sommes à des étapes différentes et je pense que c'est mieux si on arrête de se voir.

Sa bouche séductrice et boudeuse devint furieuse.

— Quoi ?

— J'ai été direct quand on a commencé à se voir il y a quelques mois. Je ne suis pas intéressé par une relation avec toi. Les choses étaient calmes au début, mais je ne pense pas qu'on recherche encore la même chose.

Elle haussa la voix.

— Alors tu voulais juste me baiser ?

Je pensais qu'expliquer que je ne voulais pas de relation *avant* qu'on sorte ensemble la première fois ferait comprendre clairement que nous avions seulement une relation physique pour nous tenir compagnie. Mais apparemment, à l'avenir, il fallait que je le détaille encore plus clairement.

— S'il te plaît, ne crie pas. J'ai été clair à propos de mes intentions, dès le début.

Les larmes envahirent ses yeux. *Merde*. J'aurais dû accepter l'offre de Millie et prétendre que mon appel n'était pas encore terminé, et faire ça dans un endroit public avec une échappatoire.

— Mais je croyais que nous étions devenus plus...

Et là était le problème. Certaines femmes *disaient* que les relations sans engagement leur plaisaient, mais ce n'était pas le cas. Elles pensaient pouvoir changer ce que je voulais, puis s'énervaient contre moi quand je ne souhaitais que ce que j'avais dit au début.

— Je suis désolé si tu as mal compris.

Apparemment, ce n'était pas la bonne réplique.

Son visage entier se contracta.

— Je n'ai pas mal compris. Tu m'as poussée à le croire.

Je ne l'avais pas poussée le moins du monde. Je savais cependant quand il était mieux de ravaler sa fierté.

— Je suis désolé si je l'ai fait.

Son visage se radoucit et elle renifla.

— D'accord. On peut continuer comme quand on a commencé. Sans attaches.

J'aurais pu mettre fin à cette discussion plus facilement si j'étais d'accord avec elle, puis que je l'évitais à l'avenir. Mais même si nous ne nous attachions pas l'un à l'autre, nous avions quand même un lien. Et je ne voulais plus en avoir avec elle.

— Je pense que c'est mieux si nous mettons simplement fin à tout.

Elle écarquilla les yeux. Elle n'était pas habituée au rejet.

— Mais...

— Je suis désolé, Arlia.

Elle se reprit en passant de furieuse à choquée et fut enfin à nouveau en colère. Brusquement, elle se leva.

Je l'imitai.

Arlia me surprit en lissant sa robe. On aurait dit qu'elle allait partir sans trop faire de scène, après tout. Pensant que tout allait bien entre nous, je commis l'erreur de contourner le bureau pour l'escorter à l'extérieur.

Mais apparemment, son calme n'était que le cœur de la tempête. Une fois que je me rapprochai, sa fureur redoubla.

— Tu te *sers des gens*.

— Je suis désolé que tu le croies.

Elle leva à nouveau la voix.

— Ton appartement est aussi morose que toi. La seule chose intéressante chez toi, c'est ta queue.

D'accord, j'en ai assez. Je posai ma main dans son dos, faisant attention à ne pas la toucher, mais je la *guidai* vers la porte de mon bureau.

Elle me cracha pratiquement dessus.

— Ne me touche pas.

Je retirai ma main et les levai toutes les deux.

— J'allais simplement te raccompagner.

Elle recula et me mit une claque. L'impact était si inattendu et fort que ma tête pivota à cause de l'élan précédant l'impact.

— Je suis assez grande pour trouver la sortie toute seule.

Je restai immobile jusqu'à ce que la porte s'ouvre et se referme. Cela faisait longtemps que je n'avais pas pris une claque. *Un sacré bout de temps.* Seulement, désormais, j'étais plus intelligent et resterais loin d'elle après cette altercation.

Grant – Quatorze ans plus tôt

— Je ne veux pas y retourner.

Je caressai les épaules de Lily.

— Moi non plus, je n'ai pas envie que tu partes.

Ses yeux se remplirent de larmes.

— Ça va quand même se reproduire. Ma mère va bien pendant un moment et ensuite, elle arrête de prendre ses médicaments et disparaît. Un jour, quelqu'un se rend compte que je vis seule et appelle les flics, qui contactent les services sociaux.

Lily était avec nous depuis plus de neuf mois. Elle m'avait raconté que lorsque sa mère partait en douce, elle devait voler de la nourriture à l'épicerie et vendre des choses de leur appartement rien que pour manger. Elle avait arrêté d'aller dans les soupes populaires, parce qu'on y posait trop de questions pour savoir où étaient ses parents.

— Écoute, je veux que tu prennes ça.

Je lui tendis une enveloppe avec cinq cents dollars à l'intérieur.

— Juste au cas où elle se ferait la malle à nouveau.

Les larmes qu'elle retenait commencèrent à couler sur son visage.

— Je n'en ai pas besoin. Tu vas venir me voir tout le temps, hein ? Si elle disparaît, je te le dirai et tu pourras m'apporter quelque chose.

— Qu'est-ce qu'il va se passer si elle te fait encore déménager, Lily ?

Ils avaient déménagé des dizaines de fois ces quinze dernières années. Il était donc possible que je me pointe un jour à leur appartement et que je le trouve vide.

— Je ne vais pas y aller. Comment me retrouverais-tu ?

— Si tu déménages, tu m'écriras. Tu connais l'adresse d'ici ?

Lily acquiesça et la récita.

Je souris.

— Bien. Si tu dois déménager, tu me le diras dans une lettre. Et je viendrai te voir tous les dimanches, même si tu pars à New York. Je te le promets.

Cela semblait probablement fou, mais je savais que je trouverais un moyen de le faire. Lily et moi étions faits pour être ensemble.

— Prends l'enveloppe. Ce n'est pas grand-chose. Mais tu en auras peut-être besoin pour des timbres. Ou des affaires pour l'école.

Elle hésita, mais la saisit. Une fois qu'elle découvrirait combien il y avait à l'intérieur, elle ne serait pas contente. Mais elle serait de retour avec sa mère et aucun de nous ne serait vraiment heureux de toute façon.

Ma mère frappa à la porte de la chambre de Lily.

— Lily, chérie ? Tu es prête ? L'assistante sociale est là.

L'expression de terreur sur son visage me tua. Il me *tua* franchement. Je savais par expérience que retourner chez soi une fois qu'on avait été placé fonctionnait rarement. Pourtant, les juges voulaient tout le temps vous faire rentrer, comme si les mères et les pères avaient le droit d'avoir des enfants, mais qu'ils devaient prouver à l'homme en robe noire pourquoi ils étaient incompétents. Les parents biologiques devaient merder une demi-douzaine de fois avant qu'on arrête de vous renvoyer là-bas. Le système craignait.

Je fis un signe de tête vers la porte et chuchotai :

— Dis-lui que tu t'habilles et que tu arrives dans quelques minutes.

Lily s'exécuta, mais sa voix se brisa. Maman annonça qu'elle la retrouverait en bas des escaliers.

Il ne faudrait que quelques minutes avant que ma mère se rende compte que je n'étais plus dans le coin. Lily et moi avions maintenu notre relation secrète. Nous avions peur que mes parents pensent que c'était une mauvaise idée de garder deux adolescents de quinze ans amoureux dans la même maison. Enfin, c'en était une... mais ils n'avaient pas besoin de le savoir. Ils n'avaient pas non plus besoin de savoir que je me glissais dans son lit le soir une fois que tout le monde était endormi. Cette information ferait certainement flipper maman.

— Je ne veux pas te perdre, sanglota doucement Lily.

Je pris son visage entre mes mains et essuyai ses larmes avec mes pouces.

— Ne pleure pas. Tu ne me perdras jamais, Lily. Jamais. Je t'aime.

— Moi aussi, je t'aime.

Je la serrai dans mes bras pendant un long moment. Finalement, nous fûmes obligés de nous lâcher.

— Je t'écrirai tous les jours où nous ne pourrons pas être ensemble.

Je souris.

— D'accord.

— Pas besoin de m'écrire en retour. Je sais que tu n'aimes pas ça. Mais promets-moi une chose.

— Quoi ?

— Tu m'écriras si tu tombes amoureux de quelqu'un d'autre et tu me parleras d'elle pour que je sache que tu es heureux et que je devrais arrêter de t'écrire. Sinon, je ne nous laisserai jamais tomber.

Je souris et l'embrassai sur le nez.

— Marché conclu. Ça me convient très bien. Parce que je n'aurai pas à écrire une seule lettre.

• • •

Je n'avais jamais rencontré quelqu'un qui avait des hallucinations auparavant. Ma mère avait été accro et elle dormait pendant des heures sans s'arrêter, quelquefois même pendant des jours quand elle était dans l'excès. Mais même lorsqu'elle était dans son pire état, elle n'entendait jamais de voix dans sa tête.

C'était le second dimanche où je rendais visite à Lily depuis qu'elle avait déménagé, mais pour la première fois, sa mère était à la maison. Rose travaillait comme serveuse, le week-end, donc elle était au travail la semaine précédente, mais apparemment, cette fois-ci, elle était incapable d'y aller. Je comprenais, désormais. Rose était allongée sur le canapé à fumer une cigarette si petite que je ne pouvais l'imaginer ne pas se brûler les doigts. Sa bouche continua de bouger alors qu'elle se parlait doucement, mais je ne saisissais pas ce qu'elle disait.

Lily tira sur ma main lorsqu'elle me surprit fixant sa mère et me dit de venir dans sa chambre.

— Mais… et la clope ? demandai-je en me penchant et en chuchotant.

Lily soupira et s'en alla. Elle glissa le mégot entre les doigts de sa mère et le laissa tomber dans un verre d'eau à moitié plein sur la table basse, qui comportait déjà une douzaine de filtres minuscules. Sa mère ne sembla même pas le remarquer.

Je m'assis sur le lit de Lily et elle bondit sur mes genoux.

— J'imagine qu'elle a arrêté de prendre ses médicaments.

— Elle n'en a plus depuis une semaine et n'est pas allée en chercher. Je n'ai pas vérifié, donc je ne l'ai pas relevé tout de suite. Mais j'ai appelé la pharmacie et je peux aller en acheter d'autres tout à l'heure.

— Elle va rester comme ça combien de temps ?

Lily soupira.

— Je ne sais pas. Mais elle s'en sortait bien.

Les choses étaient normales pour moi depuis plus de dix ans, désormais, mais je me souvenais tout de même de la déception constante quand ma mère dormait sans arrêt, sans mentionner les mecs flippants qui traînaient dans l'appartement. Il était facile d'oublier que ma vie avait un jour été comme celle de Lily.

— Peut-être qu'on devrait appeler quelqu'un ? Comme les services de protection de l'enfance ?

Lily écarquilla les yeux.

— Non !

— Je pensais que tu voulais rester avec nous. S'ils la voient comme ça, ils lui retireront encore la garde et tu reviendras probablement à la maison.

Lily fronça les sourcils.

— J'ai envie de le faire. Mais maintenant que je suis de retour avec ma mère, je ne peux pas la laisser comme ça. Elle a besoin de moi. Ils la droguent trop à l'hôpital.

— Je sais. Mais elle n'a pas l'air très bien.

— Les médicaments l'aideront à aller mieux. Je te le jure.

Je n'aimais pas ça, mais je comprenais pourquoi elle voulait prendre soin de sa mère, alors même que c'était cette dernière qui devait prendre soin d'elle. Je soupirai.

— D'accord.

Lily passa ses bras autour de mon cou.

— Tu as reçu mes lettres ?

— Oui. Tu ne veux vraiment pas que je t'envoie une réponse ? Je ne pourrais pas le faire tous les jours, comme toi. Je ne saurais peut-être pas quoi dire. Mais je pourrais écrire une ou deux fois par semaine.

— Non. Si je vois une lettre de toi dans la boîte aux lettres, mon cœur se brisera parce que ce sera nos adieux.

Je n'allais pas la contredire, étant donné que je détestais écrire quoi que ce soit, surtout des lettres. En plus, j'avais d'autres choses à faire. Je dégageai les cheveux de Lily de ses épaules et me penchai pour l'embrasser.

— Tu m'as manqué, cette semaine.

— Ça me manque de ne pas dormir avec toi, la nuit. Je ne dors pas bien sans toi. Je me suis habituée à ton pouls qui me berce pour que je m'assoupisse.

— Eh bien, tu ne l'entends peut-être plus la nuit, mais il t'appartient toujours.

Lily et moi restâmes dans sa chambre jusqu'à ce que je doive m'en aller. Maman passait me prendre et je voulais attendre en bas des escaliers pour qu'elle ne voie pas dans quel état était la mère de Lily. À contrecœur, nous démêlâmes nos corps, lissâmes nos vêtements, et repartîmes vers le salon. Lily s'était échappée quelques fois ces dernières heures pour voir l'état de sa mère, mais je ne l'avais pas revue depuis mon arrivée.

Rose ne somnolait plus sur le canapé. À présent, elle faisait les cent pas dans le salon. Quand on passait une grande partie de son enfance avec des junkies et des accros, on savait si une personne était stable juste en lui jetant un rapide coup d'œil. Et la mère de Lily était à l'opposé de la stabilité, désormais. Remarquant que je la regardais, elle arrêta de faire ses aller-retour et me fixa. Son visage se tordit de colère et elle avança vers moi d'un air déterminé. Je me mis devant Lily.

Rose semblait affolée.

— Je sais que tu leur as dit.

Je fronçai les sourcils.

— À qui ?

— Aux médecins. C'est ta faute.

— Je suis désolé, madame Harrison. Je ne suis pas sûr de savoir de quoi vous parler.

Avant que je puisse comprendre ce qu'il se passait, elle me bondit dessus et me mit une claque.

— Menteur !

Lily sauta entre nous et poussa sa mère.

— Maman ! C'est quoi ton problème ? Qu'est-ce que tu fais ?

— Il le dit au médecin.

Elle agita un doigt devant moi.

— Il leur dit tout.

— Maman.

Lily plaça un bras autour de sa mère et la guida vers le canapé.

— Tu es confuse, maman. Tu as arrêté de prendre tes médicaments et ça t'a encore rendu malade.

Elles s'assirent.

— Je vais les chercher à la pharmacie.

Sa mère commença à pleurer. Toute la fureur disparut de son visage, remplacée par de la pure tristesse. C'était la transformation la plus folle que j'avais jamais vue. Il fallut plusieurs minutes à Lily pour la calmer, mais elle finit par la remettre dans la position où elle se trouvait quand j'étais entré : allongée sur le canapé, à fumer une cigarette dans un état presque catatonique, et chuchotant toute seule. Lily me raccompagna à la porte et attendit que nous soyons dans le couloir pour parler.

Elle tendit la main pour me caresser la joue.

— Je suis tellement désolée. Tu vas bien ? Parfois, elle... a des hallucinations et elles semblent toujours tourner autour des médecins.

Nom de Dieu.

— Oui, je vais bien. Mais je ne pense pas que tu devrais rester ici.

— Non. Je ne peux pas la laisser comme ça. Elle a besoin de moi.

Je secouai la tête.

— Je ne sais pas, Lily. C'était terrible. Comment sais-tu qu'elle ne te fera pas de mal ?

— Elle ne m'en fera pas. Je te le promets. S'il te plaît. N'en parle à personne.

Je détestais devoir la laisser, mais une part de moi comprenait l'envie d'aider un parent foutu, que ce soit bien ou non. Je cuisinais le dîner pour ma mère quand j'avais cinq ans.

— D'accord. Mais fais-lui reprendre ses médicaments ce soir et si elle ne va pas mieux la semaine prochaine, on doit te sortir de là.

Ireland

Je me demandais s'il serait là.

J'étais au milieu d'une conversation avec d'anciens collègues que je n'avais pas vus depuis des années quand j'eus ma réponse. Le voir me perdit dans mes pensées.

Grant Lexington se tenait de l'autre côté de la pièce avec un costume noir classique. Il parlait à un gentleman plus âgé, ce qui me donnait l'occasion de bien l'observer. Il était grand, avait des épaules larges et pourtant, il n'était pas trop musclé. Il avait une taille fine et une main nonchalamment placée dans la poche de son pantalon. Même de loin, il irradiait de confiance. La façon dont certains hommes se tenaient montrait qu'ils avaient le contrôle, et ça me convenait vraiment. Un gars qui n'avait qu'un sept pour la beauté pouvait atteindre un onze dans mon carnet avec cette attitude. D'un autre côté, un beau dix avec une faible personnalité pouvait tomber à cinq.

Monsieur Confiance avait un verre dans sa main gauche et le leva jusqu'à sa bouche, mais il s'arrêta avant de boire. Il sembla ressentir quelque chose et observa la pièce. Lorsque son regard croisa le mien, un lent sourire malicieux s'étira sur son visage. Il mit fin à sa conversation et avança vers moi.

Mon corps me picota quand je le regardai s'approcher avec de grandes foulées et je quittai le groupe avec lequel j'étais.

— Quelle agréable surprise, dit-il.

J'essayai d'avoir l'air nonchalante en buvant mon champagne.

— Je remplace Bickman.

Il acquiesça.

— Bien sûr.

Grant jeta un coup d'œil au groupe à côté de moi.

— Vous êtes venue accompagnée ?

— Non. Et vous ?

Il sourit et secoua la tête.

— Un compliment serait-il inconvenant ? Je ne voudrais pas vous harceler sexuellement.

— Les compliments sont toujours les bienvenus, monsieur Lexington.

Ses yeux pétillèrent. Saisissant mon coude, il me guida à quelques mètres du groupe avec qui j'étais.

— C'est dangereux de dire ça à un homme comme moi.

— Quel était le compliment, déjà ?

Grant balaya ma silhouette du regard.

— Vous êtes belle, ce soir.

Je rougis.

— Merci.

Grant arrêta un serveur qui passait. Il avala le reste du liquide ambré dans son verre et enleva la flûte de champagne que j'avais dans la main, les posant tous les deux sur le plateau.

— J'étais en train de le boire.

Il fit signe au serveur d'avancer et braqua à nouveau son attention sur moi.

— Je vous en offrirai plus quand on aura fini.

— Fini de faire quoi ?

Il tendit la main.

— De danser.

Je secouai la tête.

— Je ne sais pas si c'est une si bonne idée.

Il me lança un sourire narquois.

— Je suis certain que ça ne l'est pas.

Grant me prit la main et me mena vers la piste. Je songeai à le contredire, mais lorsqu'il m'attira contre lui et que je sentis la fermeté de son torse, je respirai sa délicieuse odeur virile et j'oubliai pourquoi je m'apprêtais à lui dire non. Il me guida avec la même confiance dont il transpirait, comme une domination calme mélangée à une grâce naturelle.

— Alors pourquoi n'avez-vous pas d'accompagnateur ce soir, Ireland ?

Il baissa les yeux vers moi alors que nous glissions sur la piste.

— Pas de candidats convenables, j'imagine.

— Dans toute la ville de Los Angeles, il y a certainement au moins un beau parti.

— Je dois toujours le manquer.

Grant sourit.

Nous discutions bien tous les deux, c'était certain. Même après ce premier échange d'e-mails complètement dingue.

— Pourquoi pas de rendez-vous pour vous, ce soir ? demandai-je.

— J'imagine que je n'arrête pas de manquer la bonne personne, moi aussi.

Nous rions tous les deux.

— Alors, comment ça se passe, sans Bickman ?

— Honnêtement, ça va. Il ne nous manque pas vraiment.

Grant acquiesça.

— C'est bon de l'entendre. Même si je ne m'attendais à rien de moins.

Une minute plus tard, la chanson s'acheva et l'animateur ordonna à tout le monde d'aller s'asseoir à sa place dans la salle à manger principale. Dès que nous nous éloignâmes l'un de l'autre, un homme s'approcha de Grant et demanda à lui dire un mot.

Celui-ci donna l'impression qu'il ne voulait pas me quitter.

— Où êtes-vous assise ? s'enquit-il.

— Table neuf. Et vous ?

— Table une. Je vous rejoins plus tard. Merci pour la danse.

Je lui lançai un sourire narquois.

— Ce n'est pas comme si vous m'aviez laissé le choix. Bonne soirée, monsieur Lexington.

Le reste du gala, Grant et moi ne nous croisâmes pas. Mais cela ne signifiait pas que mes yeux arrêtèrent de le suivre. Il était occupé. Tous les invités souhaitaient lui parler. Ce qui était probablement pour le mieux, puisque ce que moi, je désirais aborder avec lui n'était pas la décision professionnelle la plus sage. Pourtant, nos regards se croisèrent à plusieurs reprises et nous échangeâmes ce que je crus être des sourires séducteurs et intimes.

À l'heure du café, je sus qu'il était temps pour moi de partir. Trois heures trente arriveraient bien assez vite. Je scrutai la pièce à la recherche de Grant, pensant que je lui ferai un signe de la main pour lui dire au revoir, mais il était concentré dans sa conversation avec un groupe d'hommes visiblement assez vieux pour être son père. Je me demandai quelle était la bonne étiquette à adopter dans le cadre professionnel. Devais-je aller vers lui et l'interrompre pour lui dire au revoir ou devais-je simplement partir ? Sans me décider, je récupérai mon sac à main et saluai les invités à ma propre table. Lorsque j'eus fini, je regardai où Grant parlait précédemment, mais il n'était plus là.

Je me disais que le destin avait choisi de tout gérer pour moi.

Même si quand je tournai le dos à ma table, je m'écrasai directement contre un corps solide.

Je reculai.

— Pardon. Oh... c'est vous.

— Vous semblez déçue. Vous auriez préféré foncer dans quelqu'un d'autre ?

Je ris.

— Non. J'allais venir vous dire au revoir, mais vous aviez disparu.

— J'imagine que je vous ai devancé. Je vais vous raccompagner. Je partais, moi aussi.

Il y a quelques minutes, on n'aurait pas dit qu'il était sur le point de s'en aller. Néanmoins, Grant mit une main dans le creux de mes reins et m'accompagna hors de la salle de bal.

Une fois dehors, je sortis mon téléphone.

— Vous êtes venue en voiture ?

— Non. En Uber, pour pouvoir boire un verre de vin.

— J'ai une voiture. Je vais vous déposer.

— Ce n'est pas nécessaire.

— J'insiste.

Une minute plus tard, une limousine se gara. Apparemment, quand il disait avoir une voiture, c'était qu'il avait un chauffeur. L'homme en uniforme sortit et alla ouvrir la portière à l'arrière, mais Grant lui fit un signe de la main et l'ouvrit pour moi à la place.

— Merci.

Je glissai sur la banquette arrière pour laisser de la place à Grant. L'arrière de la limousine était assez spacieux pour faire tenir dix personnes. Pourtant, quand il grimpa et se joignit à moi, il sembla soudain très petit. J'étais grandement consciente de sa cuisse effleurant la mienne.

Alors que nous commencions à rouler, je scrutai devant moi, mais sentis le regard de Grant sur moi.

— Quoi ? m'enquis-je.

— Rien.

— Vous me fixiez.

Il me regarda dans les yeux.

— Quelle est votre adresse ?

Pour une folle raison, je me demandai si je devais la lui donner.

Grant dut voir le conflit écrit sur son visage et gloussa.

— Le chauffeur doit vous ramener chez vous, Ireland. Je ne m'invitais pas chez vous.

— Oh, d'accord. Bien sûr.

Me sentant comme une idiote, je donnai mon adresse. Grant se pencha en avant et la transmit au chauffeur. Lorsqu'il s'enfonça sur son siège, sa jambe était désormais fermement appuyée contre la mienne.

— Dites-moi quelque chose sur vous, Ireland Saint James.

— Que voulez-vous savoir ?

— N'importe quoi.

— D'accord...

J'y songeai.

— J'ai eu quatre promotions avec Lexington Industries ces neuf dernières années.

— Dites-moi quelque chose que je ne sais pas.

Je haussai un sourcil.

— Vous avez consulté mon dossier.

— Comment aurais-je pu décider de vous redonner votre travail, autrement ?

Je gigotai sur mon siège pour être face à lui.

— Je vais vous dire, je vous avoue quelque chose que vous ne savez pas si vous me promettez de répondre honnêtement à une question.

Il acquiesça.

— Je peux le faire.

Ce n'était pas facile de trouver une petite information peu connue et amusante quand on est sous pression, mais je fis de mon mieux.

— Je peux faire un salto en partant d'une position immobile.

Grant sourit.

— Intéressant.

— Merci. À mon tour. Avez-vous décidé de me réengager à cause de mon physique ?

— Honnêtement ?

— Ce serait sympa, oui.

Je vis les engrenages tourner dans sa tête.

— Si je dis oui, ça pourrait être sexiste et inconvenant étant donné notre relation de travail.

Je me penchai vers lui et baissai la voix.

— Ce sera notre petit secret.

Il gloussa et secoua la tête.

— J'ai décidé de vous réengager parce que vous avez de l'audace et que vous n'acceptez pas les agissements de personnes comme Bickman. Je respecte ça.

— Oh. D'accord.

Aussi merdique que ce soit, mes épaules s'affaissèrent légèrement.

Grant se pencha vers moi et chuchota.

— Le fait que vous soyez magnifique n'est qu'un bonus.

Si j'étais un paon, mes plumes se seraient relevées. Je souris.

— Merci. À mon tour. Dites-moi quelque chose sur vous que je ne sais pas.

J'appréciais qu'il semble y réfléchir, alors qu'il aurait pu me sortir un simple succès professionnel. Au lieu de ça, il expliqua :

— Nous sommes trois dans la fratrie. Nous avons tous été adoptés de familles différentes après avoir été placés.

— Oh, waouh. C'est vraiment personnel. J'ai l'impression de vous devoir un salto arrière, maintenant.

Grant baissa les yeux vers mes lèvres avant de croiser à nouveau mon regard.

— Je prendrai tout ce que vous me donnerez.

J'aurais pu partager un million de choses, comme ma cicatrice sur mon torse à cause d'un accident de vélo quand j'avais sept ans, que je dormais avec la lumière allumée parce que je n'aimais pas être seule dans l'obscurité... Bon sang, j'aurais pu partager ma taille de soutien-gorge. Pourtant, il fallait que je dévoile la chose la plus tordue à propos de moi.

— Mon père est en prison pour avoir tué ma mère.

Le sourire de Grant disparut immédiatement. Mais même si cela l'affectait et changeait l'ambiance, il n'y avait aucun signe de surprise.

Je soufflai et fermai les yeux.

— Vous le saviez déjà, aussi, n'est-ce pas ?

Il acquiesça.

— J'ai consulté votre dossier. Nous faisons une recherche d'antécédents approfondie sur les employées...

Je m'obligeai à afficher un sourire réconfortant :

— Bien sûr.

Grant me donna un coup d'épaule.

— Mais ça compte tout de même. J'apprécie que vous ayez partagé ça avec moi.

Grâce à ma grande gueule, l'ambiance amusante était devenue sinistre. Même si une pensée qui me passa par la tête pouvait changer ça.

— Donc, si vous avez sorti mon dossier, est-ce que cela signifie que vous avez vu la *vidéo incriminante* ?

Grant s'éclaircit la gorge et regarda devant lui.

— Je devais voir ce que j'avais à gérer.

Je le toisai une seconde. Il paraissait légèrement mal à l'aise à cause de la direction qu'avait prise la conversation, ce qui me donnait encore plus envie de continuer.

Me penchant délicatement, ma voix devint plus grave.

— Vous l'avez regardée plus d'une fois ?

Grant rama pendant un moment. Il sembla soulagé quand son téléphone portable sonna.

Le sortant de sa poche, il vit le nom qui éclairait l'écran.

— Excusez-moi. Je dois répondre.

Il le fit.

— Que se passe-t-il ?

J'entendis la voix d'une femme à l'autre bout du fil, mais je ne comprenais pas ce qu'elle disait.

— Quand est-il parti ?

La femme parla plus fort. Elle semblait furieuse.

— D'accord. Je ne suis pas loin. Ne quitte pas la maison. Je vais le trouver.

Il raccrocha et se pencha en avant pour parler au chauffeur.

— Sortez à la prochaine. Prenez à droite sur Cross Bay et à gauche sur Singleton.

— Oui, monsieur.

Grant souffla difficilement. Il fronça les sourcils.

— Je suis désolé. Il faut qu'on fasse un détour.

— Tout va bien ?

Il secoua la tête.

— Mon grand-père a une démence. Il est encore aux premiers stades, mais parfois, il se fait la malle. Ma grand-mère ne peut plus le gérer toute seule, mais elle ne laisse personne l'aider jusqu'à ce que les choses dégénèrent. C'est la troisième fois qu'il part en deux mois.

— Je suis désolée. Ça doit être difficile à gérer.

— Ça n'arriverait pas s'ils autorisaient l'installateur d'alarme à faire le travail pour lequel je l'ai engagé, l'autre jour. Mais ils ne veulent même pas me laisser mettre un moniteur pour que ma grand-mère soit alertée quand une porte s'ouvre lorsqu'elle dort.

Le chauffeur sortit sur la prochaine route et prit les virages que Grant lui avait indiqués. Celui-ci le dirigea ensuite dans les petites rues d'une zone assez privée. Les maisons étaient toutes au bout de larges pelouses et chacune était plus grande que la précédente. Il dit au chauffeur de ralentir et de mettre les pleins phares.

— Voilà leur maison. Il va généralement dans la même direction. Allez au bout de la route et prenez à gauche, puis rapidement à droite. Suivez le chemin qui serpente jusqu'à l'eau.

— On dirait que vous avez une assez bonne idée de l'endroit où il va, constatai-je.

Grant regarda par les vitres, scrutant alors qu'il parlait.

— Il va toujours au même endroit.

Quelques minutes plus tard, je remarquai quelqu'un qui marchait le long de la route.

— Là ! dis-je en le montrant du doigt. Je vois quelqu'un devant.

Grant soupira lourdement.

— C'est lui.

Il ordonna au chauffeur de se garer lentement derrière lui et il sortit de la voiture avant même qu'elle se soit totalement arrêtée.

Je vis l'interaction entre les deux hommes au travers du pare-brise de la limousine. Le grand-père de Grant portait un peignoir marron ainsi que des chaussons. Ses cheveux étaient ébouriffés et il se retourna, apparemment confus quand les phares attirèrent son attention. Néanmoins, tout son visage s'illumina lorsqu'il se protégea les yeux et observa celui qui avançait dans sa direction. Il reconnut nettement son petit-fils. Il ouvrit ses bras en grand et attendit qu'un Grant en costume et clairement frustré s'approche.

Je ne pus m'empêcher de sourire quand celui-ci céda et laissa le vieil homme l'attirer dans une étreinte. Ils parlèrent tous les deux pendant une minute, puis Grant le mena jusqu'à la limousine.

Il aida d'abord son grand-père à monter.

Ce papy me sourit chaleureusement en s'installant.

— Eh bien, comme vous êtes jolie.

Grant monta et ferma la portière. Il secoua la tête.

— Ne laissez pas son charme vous tromper. C'est un vieux cochon.

Le grand-père de Grant rit et me fit un clin d'œil.

— Il exagère. Je ne suis pas si vieux.

— Tu ne dois plus disparaître, papy. Il est presque minuit.

— Il fallait que je voie Leilani.

— À cette heure-ci ?

— Un homme doit voir sa chérie quand il en a besoin.

Grant soupira.

— Je vais te dire. Je t'emmène voir Leilani, mais tu dois me donner ton accord pour qu'on mette une alarme à la maison, demain. Tu inquiètes mamie, quand tu disparais.

Le grand-père croisa les bras sur son torse. Il me faisait penser à un petit garçon à qui on disait qu'il n'aurait pas de dessert jusqu'à ce qu'il ait mangé tous ses légumes.

— D'accord.

Grant passa une main dans ses cheveux et se tourna vers moi.

— Ça vous dérange si nous faisons un autre arrêt ? C'est juste au bout de la route.

— Bien sûr que non. Faites ce qu'il faut.

— Merci.

Il se pencha en avant pour parler au chauffeur.

— Partez vers Castaway Marina, s'il vous plaît.

Ireland

Leilani n'était pas une femme. C'était un bateau.

Un magnifique voilier.

Grant aida son grand-père à monter dessus, puis tendit la main pour que j'en fasse de même.

— Merci, dis-je quand j'arrivai sur le pont arrière.

Son grand-père disparut immédiatement dans la cabine.

— Il va mettre du Frank Sinatra. Parfois, il oublie sa femme. Parfois, il déambule et se perd. Mais il n'oublie jamais son bateau et Frank.

Je regardai la large banquette autour de moi.

— Je comprends pourquoi. Ce bateau est incroyable.

— Merci. Papy l'a construit il y a presque soixante ans. Il me l'a offert comme cadeau lors de mon vingt et unième anniversaire.

— Oh, c'est très spécial.

— Il l'a bâti comme modèle, pour vendre des bateaux et prendre des commandes quand il a commencé son commerce. Il a emprunté de l'argent à un usurier qui lui aurait cassé les jambes s'il ne lui avait pas rendu. Mais il a vendu plus qu'il ne pouvait construire la première fois qu'il l'a exposé dans un salon nautique.

Grant rit.

— Le petit-fils de l'usurier a le dernier modèle, maintenant, et papy joue avec le vieil homme qui vit dans une maison de retraite, aujourd'hui.

Je regardai le logo sur le côté du bateau.

— Je ne m'étais pas rendu compte que votre famille possédait Lexington Craft. Je ne sais pas grand-chose des bateaux, mais ceux-là sont vraiment beaux. Je les vois dans des films de temps en temps.

Grant secoua la tête.

— Nous n'en sommes plus propriétaires. Enfin, on a eu pas mal d'actions quand elle a été vendue, mais c'est une entreprise publique depuis longtemps. Papy a continué de la gérer après la vente, mais il a pris sa retraite il y a dix ans après s'être assuré que le nouveau management était aussi passionné par la construction de bateaux que lui. Ma grand-mère et lui en avaient un grand à la marina au bout de la rue, mais ils l'ont rangé il y a quelques années, après son diagnostic. Celui-ci est spécial pour lui et il aime venir lui rendre une petite visite.

Je souris.

— C'est compréhensible.

Frank Sinatra commença à résonner depuis les haut-parleurs et une minute plus tard, papy sortit de la cabine. Il avait une boîte à cigares dans une main et dans l'autre, l'un d'entre eux était déjà allumé. Son peignoir était ouvert, révélant un tee-shirt blanc et un boxer de la même couleur.

— Papy, pourquoi ne fermerais-tu pas ton peignoir ?

Celui-ci donna la boîte à Grant et me désigna avec le cigare.

— Vous ressemblez à cette actrice...

Il claqua des doigts à quelques reprises, essayant de s'en souvenir.

— C'est quoi son nom... vous savez ?

Claquement de doigts. Claquement de doigts.

— Celle avec les grosses...

Je pensais savoir où il voulait en venir. Toutefois, il claqua une fois de plus des doigts et hurla :

— Celle avec les grosses *boules* !

Grant et son grand-père commencèrent à rire de façon hystérique. J'ignorais totalement la raison pour laquelle ils riaient, mais les regarder me fit tout de même sourire. Je remarquai également comme Grant avait l'air différent quand il était détendu et affichait un sourire sincère. Il semblait bien plus jeune et bien moins intimidant.

Grant gloussait toujours quand il expliqua ce qui était si drôle.

— Il y a quelques années, j'ai emmené papy dans un magasin pour acheter de nouvelles chaussures. Il commençait tout juste à avoir du mal avec sa mémoire et il voulait des chaussures avec des semelles de soutien, mais il n'arrivait pas à se rappeler ce mot. Pour une raison étrange, il pensait que le mot était *boules*. Donc il a hurlé à pleins poumons qu'il voulait des *boules*.

Il essuya les larmes dans ses yeux.

— Le vendeur a bien ri et depuis, papy dit *boules* chaque fois qu'il n'arrive pas à se souvenir d'un mot. C'est intéressant, parce qu'il peut toujours se souvenir de ça, mais pas du mot qu'il cherchait. Bref, ça nous fait toujours rire.

Je croyais qu'être près du Grant prétentieux, confiant et beau était dangereux, mais voir à quel point il était mignon avec son grand-père et comme il chérissait leurs bons moments fit gonfler mon cœur dans ma poitrine.

Papy claqua plusieurs fois des doigts. Visiblement, il semblait bloquer sur certaines choses.

— Mais à qui diable ressemble-t-elle ? Elle est grande... Je ne me souviens pas de son nom.

— Elle ressemble à Charlize Theron en plus jeune, papy.

Grant scruta mon visage et fit un clin d'œil.

— Sauf qu'elle n'est pas aussi grande et qu'Ireland est plus jolie.

Au fil des ans, on m'avait dit plusieurs fois que je ressemblais à cette actrice, mais je n'en avais jamais rougi auparavant.

Tous les trois, nous restâmes assis à l'arrière du bateau pendant un moment. Papy continua de nous amuser avec des histoires sur la construction des premiers bateaux ainsi que tous les essais et les erreurs qui allaient avec. C'était assez génial de voir jusqu'où sa mémoire remontait et pourtant, il oubliait parfois qui étaient les membres de sa famille et où il se trouvait. À un moment, il se leva et annonça qu'il allait écouter son bébé ronronner.

— Il aime bien entendre le moteur, expliqua Grant.

Il souffla un rond de fumée du cigare qu'il avait allumé quelques minutes plus tôt et le leva.

— Je crois qu'il vient surtout pour ça, ces temps-ci. Ma grand-mère ne le laisse plus fumer, pas depuis qu'il en a allumé un et qu'il est parti, mettant le feu au tapis.

— C'est tout aussi bien. Ils ne sont pas bons pour la santé. Et je n'ai jamais compris l'attrait, de toute façon. Vous n'inspirez même pas. J'ai toujours cru qu'ils étaient un genre de symbole phallique que les hommes aimaient afficher.

Grant examina son cigare et sourit.

— Je suis ravi d'avoir pris les Cohiba extra épais, maintenant.

— Sérieusement, quel est l'intérêt du cigare ?

— C'est plus une question de moment qu'il nous oblige à prendre. Si j'étais assis là et que je n'avais pas ce cigare en main, je sortirais probablement mon téléphone et ferais défiler mon écran après quelques minutes. Ou bien je me lèverais et je ferais quelque chose sur le bateau. Mais un bon cigare me force à m'asseoir et à prendre une minute, pour réfléchir sur ma journée ou la beauté autour de moi.

Son regard parcourut mon visage et se réchauffa.

— Il y a beaucoup de choses à apprécier dans ce moment.

Plutôt que de me tortiller sous son air scrutateur, j'optai pour reprendre le contrôle. Il tenait le cigare dans la main qui n'était pas de mon côté, donc je me penchai au-dessus de lui et le pris d'entre ses doigts.

— Montrez-moi comment faire ça.

Je levai le bâton cancérigène en train de se consumer jusqu'à mes lèvres.

Grant haussa un sourcil.

— Vous allez fumer mon cigare ?

— Ça vous dérange ?

Un sourire obscène étira le coin de ses lèvres.

— Bien sûr que non. Vous êtes la bienvenue si vous voulez enrouler vos lèvres autour de mon Cohiba.

Je levai les yeux au ciel, mais un frisson me traversa, même s'il n'y avait aucune brise.

— Mettez-le entre vos lèvres.

— D'accord.

— Faites comme si vous aspiriez par une paille. Mais n'inspirez pas. Prenez simplement la fumée dans votre bouche et soufflez-la. Ne prenez pas de l'air jusqu'à bloquer votre diaphragme.

Je fis ce qu'il m'indiqua, du moins, je le crus. Mais après avoir inspiré, j'avalai par inadvertance une partie de la fumée et commençai à tousser.

Grant gloussa.

— Je vous ai dit de ne pas inhaler.

Je toussotai.

— Apparemment, c'est plus facile à dire qu'à faire.

Je levai le cigare et il le reprit.

Nous restâmes assis en silence pendant un moment. Grant maintenait son regard rivé sur son papy, qui avait la tête plongée dans le moteur de l'autre côté du bateau en bricolant. Je regardai autour de moi pour voir les navires et la marina.

— Vous devez avoir de beaux couchers de soleil, ici.

— Oui.

— C'est probablement romantique. Vous faites venir vos conquêtes ici pour les mettre dans l'ambiance ?

Grant leva son cigare jusqu'à sa bouche et enroula ses lèvres au bout. Je fus légèrement excitée par cette scène, surtout en sachant que mes lèvres s'étaient trouvées là, un peu plus tôt. Il souffla quatre ou cinq fois avant de cracher un épais nuage de fumée blanche.

— Si par *conquêtes*, vous voulez dire *rendez-vous*, alors la réponse est non. Je ne les amène pas ici pour *les mettre dans l'ambiance*.

— Pourquoi pas ?

Il haussa les épaules.

— Je ne fais pas ça, c'est tout.

Un bruit sourd attira à nouveau notre attention sur son grand-père. Grant sursauta, mais le vieil homme avait seulement laissé tomber la porte de la trappe.

Papy se frotta les mains.

— Il est toujours aussi sexy que le jour où il a rugi pour la première fois. Le carburateur aurait peut-être besoin d'un ajustement. Tu auras un meilleur rendement énergétique avec un petit peaufinage.

— Je vais m'en occuper. Merci, papy.

— Vous êtes prêts à y aller, tous les deux ? J'ai besoin de sommeil pour être belle.

— C'est quand vous voulez.

Grant se leva et tenta d'aider son grand-père à monter sur la passerelle pour rejoindre le dock, mais celui-ci ne voulut rien entendre. Il repoussa la main de Grant et descendit lui-même du bateau.

Grant et moi nous sourîmes et je le laissai m'aider. Tous les trois, nous repartîmes vers la limousine en train d'attendre.

Le trajet jusqu'à la maison des grands-parents fut court, et papy sortit de la limousine dès que nous nous arrêtâmes. Son petit-fils le suivit.

Lorsqu'il arriva devant la porte d'entrée de la maison, papy se retourna et hurla :

— Au revoir, Charlize !

Je passai la tête par la portière.

— À plus tard, Boules !

Ils discutèrent tous les deux, même si je pouvais toujours les entendre.

— Mon garçon, elle est canon, n'est-ce pas ?

Grant sourit.

— Ça, elle l'est, papy. Ça, elle l'est.

Les deux hommes disparurent à l'intérieur et quelques minutes plus tard, une femme qui, je le supposais, était la grand-mère ouvrit la porte à nouveau. Elle enlaça Grant et il attendit que la porte soit fermée, puis vérifia par deux fois pour s'assurer qu'elle était bien verrouillée avant de revenir à la voiture.

Il grimpa à l'intérieur et claqua la portière.

— Désolé pour ça.

— Oh non. Ne le soyez pas. Votre grand-père est imprévisible. C'était amusant et votre bateau est très beau.

— Merci.

— Vous l'utilisez souvent ?

Grant hésita avant de répondre.

— Chaque jour. Je vis dessus.

— Vraiment ? C'est super cool.

Je haussai un sourcil.

— Mais vous avez dit que vous n'ameniez pas de rendez-vous sur le bateau.

— Je ne le fais pas. J'ai aussi un appartement en centre-ville, sur Marina Del Rey. Certaines personnes utilisent leur maison comme résidence principale et un bateau pour s'amuser. Je fais le contraire.

Hmm... Intéressant.

Nous discutâmes pendant le reste du trajet jusqu'à chez moi. Notre conversation était nonchalante, mais il était impossible de me sentir totalement détendue avec Grant. Il prenait simplement trop de place, à la fois, littéralement sur le siège à côté de moi et métaphoriquement dans ma tête. Le chauffeur ralentit quand nous tournâmes dans ma rue.

Je lui montrai le grand immeuble, soudain ravie de vivre dans un quartier si sympa.

— C'est chez moi.

La limousine se gara à côté du trottoir et l'humeur détendue, relaxée s'évanouit tout à coup. J'avais l'impression que c'était la fin d'un rendez-vous avec un au revoir gênant, plutôt qu'une fin de soirée où je disais au revoir au PDG de l'entreprise pour laquelle je travaillais.

Je posai ma main sur la portière et parlai rapidement.

— Merci de m'avoir raccompagnée chez moi.

Grant se pencha en avant, vers son chauffeur.

— Accordez-moi quelques minutes, Ben. Je raccompagne madame Saint James jusqu'à sa porte.

— Ce n'est pas nécessaire.

Il tendit la main et la posa sur la mienne, qui tenait toujours la poignée de la portière, puis l'écarta. Il sortit.

— C'est nécessaire.

Avec ses doigts dans le bas de mon dos, Grant me guida devant lui sur le chemin étroit. Je sentis la chaleur de sa paume brûler ma peau et je me demandai si c'était mon corps ou le sien qui était en feu. Peut-être que c'était la connexion entre nous.

Mon appartement était au troisième étage, et il insista pour prendre l'ascenseur avec moi, également. À ma porte, Grant mit ses mains dans les poches de son pantalon.

— Merci encore de m'avoir raccompagnée.

— Pas de problème.

— D'accord... eh bien... bonne nuit.

Je fis une sorte de révérence, lui adressa un signe de la main maladroit et tâtonna pour ouvrir le verrou. En entrant, je regardai derrière moi et lui souris de façon ridicule une dernière fois avant de fermer la porte. J'appuyai ensuite la tête contre le battant et la cognai à plusieurs reprises.

— Mon Dieu, tu es tellement bête quand tu es avec un homme.

En soupirant, j'avançai vers la cuisine. Mais la sonnette m'arrêta après quelques pas. Grant avait dû oublier quelque chose. Je retournai vers la porte et vérifiai le judas avant d'ouvrir.

Je souris d'un air taquin.

— Je vous manque déjà ?

Grant secoua la tête et fronça les sourcils. Visiblement, il n'était pas ravi de se tenir là. Il soupira lourdement.

— Sors avec moi, vendredi soir.

— *Euh*... On dirait que vous me demandez quelque chose d'épouvantable.

Il passa une main dans ses cheveux.

— Pardon. Je sais que ce n'est probablement pas la plus maligne des idées, mais j'aimerais vraiment t'emmener quelque part.

Je me mordillai la lèvre inférieure.

— Ce n'est pas la plus maligne des idées, parce que je travaille pour vous, ou que nous avons fait connaissance quand je vous ai envoyé un e-mail en étant ivre pour vous faire des reproches ?

Grant sourit.

— Les deux.

J'aimais son honnêteté. Et sa mâchoire. Et cette minuscule fossette sur sa joue gauche que je venais tout juste de remarquer pour la première fois. En fait, je n'arrivais pas à réfléchir en observant son beau visage.

Alors je baissai les yeux pour remettre mes pensées en ordre, mais cela ne fit que me rappeler les autres choses que j'aimais chez lui : ses larges épaules, sa taille fine... Bon sang, *ses grands pieds aussi*.

Pourtant, même avec tout ce joli emballage, je n'étais toujours pas une acheteuse convaincue. Mon raisonnement n'était cependant pas le même que le sien. Grant était méfiant parce que je travaillais pour lui. Moi je l'étais puisque quelque chose me disait que cet homme pourrait m'avaler tout cru.

Après avoir débattu intérieurement des pour et des contre, je levai les yeux.

— Et si on allait boire un verre ? Pour voir comment ça se déroule ?

— Si c'est ce que tu préfères.

Je soupirai.

— Je crois.

— Alors on ira boire un verre. Je passerai te prendre à dix-neuf heures.

— On pourrait aller sur Leilani ? demandai-je. Pour regarder le coucher de soleil ?

Le muscle dans la mâchoire de Grant se contracta.

— Mon appartement donne sur le port et est exposé à l'ouest. La terrasse offre un beau coucher de soleil. Ou il y a un bar sympa au bout de la jetée.

— Je préférerai le bateau, plutôt qu'un palais du porno.

La lèvre de Grant tressaillit.

— Un palais du porno ?

— Vous avez dit que vous viviez sur le bateau et que l'appartement servait pour votre amusement.

Il parcourut mon visage du regard.

— Si je dis oui, c'est un rendez-vous ?

J'avais envie de dire *oui* de la pire des façons. Il m'attirait incroyablement, physiquement, mais je trouvais également son attitude franche et directe excitante. Sans parler du fait qu'il avait baissé sa garde avec son grand-père et qu'il m'avait montré qu'il y avait plus qu'un extérieur bourru. Pourtant, quelque chose me terrifiait chez lui.

Je le regardai dans les yeux.

— Tu veux coucher avec moi ou vraiment m'emmener en rendez-vous ? demandai-je sans détour.

Grant sourit.

— Oui.

Je ris et secouai la tête.

— J'apprécie l'honnêteté. Mais est-ce que j'ai le droit d'y réfléchir ?

Son sourire narquois disparut.

— Bien sûr.

— Merci. Bonne nuit, Grant.

Je fermai la porte, me sentant découragée, mais je savais au fond de moi que j'avais fait ce qu'il fallait.

Rien n'était simple à propos de Grant Lexington. D'autant plus qu'il était mon patron.

Grant

— Monsieur Lexington ? m'appela mon assistante sur l'interphone. Vous avez Ireland Saint James sur la ligne une. Vous voudriez que je lui dise que vous vous apprêtez à aller en réunion ?

Je me levai avec un dossier à la main, prêt à partir pour mon rendez-vous de dix heures, mais je me rassis.

— Non, je vais prendre l'appel. Dites à Mark Anderson que j'aurais quelques minutes de retard et qu'il peut commencer sans moi.

Je jetai le fichier sur mon bureau, saisis le combiné et m'enfonçai dans mon fauteuil.

— Madame Saint James. Cela fait trois jours. Vous avez dû beaucoup *réfléchir*.

— Pardon. J'étais occupée. Mais je voulais revenir vers vous quant à votre invitation à dîner, ou plutôt discuter du verre qu'on devait prendre.

— D'accord...

— Tu sembles être un homme bien...

Je me redressai et l'interrompis.

— Finissons la conversation autour d'un déjeuner.

— Eh... Eh bien, on ne pourrait pas juste...

Je l'interrompis une seconde fois.

— Non. J'ai une réunion, maintenant. Mais sois dans mon bureau à treize heures. Je ferai livrer le déjeuner.

— Mais...

— On parlera à ce moment-là.

Elle soupira.

— Bien.

En route pour mon rendez-vous, je m'arrêtai au bureau de Millie.

— Pouvez-vous commander à déjeuner pour madame Saint James et moi, à treize heures ?

— Bien sûr. Que voudriez-vous ?

— Peu importe.

— Des salades, des sandwichs ? Est-elle végan ?

— Comment pourrais-je le savoir ? Commandez juste plusieurs plats.

Millie plissa le front.

— D'accord.

— Et si je suis en retard, dites-lui de commencer à manger sans moi.

— La lettre vient d'arriver. Voulez-vous que je la pose sur votre bureau ?

— Déchiquetez-la, crachai-je.

Lorsque ma réunion se termina enfin à treize heures cinq, j'étais impatient. Certaines personnes prenaient dix minutes pour tourner autour du pot et cracher une seule information. Cette dernière heure, j'avais trouvé difficile de me concentrer. J'étais trop occupé à me demander si mon prochain rendez-vous allait me poser un lapin.

La tension dans mes épaules se dissipa quand j'entrai dans mon bureau et que je trouvai Ireland fouinant.

Je fermai la porte derrière moi.

— Tu cherches quelque chose ?

Elle se retourna avec une photo encadrée à la main.

— C'est ton grand-père et toi ?

J'avançai. La photo était sur la crédence depuis que j'avais pris ce bureau, dix-huit mois plus tôt, mais je ne l'avais pas vraiment regardée depuis. Papy et moi pêchions sur Leilani. Je devais avoir sept ou huit ans.

— Il a attrapé un requin-renard ce jour-là. Moi, un coup de soleil.

Ireland sourit et reposa la photo encadrée.

Le déjeuner était installé dans la petite zone avec les fauteuils au lieu de mon bureau. Je tendis la main.

— S'il te plaît, assieds-toi. J'ai quelques minutes de retard et la nourriture est probablement en train de refroidir.

Ireland s'assit sur le canapé et je pris le fauteuil en face d'elle.

— D'autres personnes vont se joindre à nous ? s'enquit-elle. Il y a au moins six déjeuners différents, là.

— Je ne savais pas ce que tu aimais.

Son visage s'adoucit.

— Merci. Je ne suis pas difficile. Mais je vais prendre ce cheeseburger, si ça ne te dérange pas. Je meurs de faim.

— Tout ce que tu veux.

J'attrapai un sandwich à la dinde et ne perdis pas de temps pour aller droit au but. Je préférais discuter de l'essentiel en premier, pour profiter de mon repas après.

— Alors, tu t'apprêtais à me faire ce discours de rejet « *tu es un mec bien, mais* »... Je ne l'entends pas souvent.

— Parce que personne ne te dit non ?

— Non, parce que je ne suis pas un mec si gentil.

Ireland récupéra une frite et la pointa dans ma direction.

— Eh bien, en soit, c'est une raison pour laquelle je ne devrais pas dîner ni boire un verre avec toi, n'est-ce pas ?

Je me penchai et mordis la frite entre ses doigts.

— Probablement. Mais j'aimerais avoir une chance de te faire changer d'avis. J'ai l'impression que tu te méfies de moi parce que tu sens que je ne suis pas franc. Mais je suis dans une position délicate. Je ne peux pas dire ce que j'ai en tête parce que tu travailles pour moi et je ne veux pas que tu aies l'impression d'être sous pression.

— Je n'ai pas le sentiment que toi, en tant que patron, tu me mets la pression, même si tu m'as ordonné de venir déjeuner ici. Je sais curieusement que mon poste n'est pas en jeu et que tu es simplement toi-même. Pour être honnête, ton ordre semblait sincère et je préfère voir ça à la place de l'homme hésitant qui essaie d'être convenable.

— Alors, tu préfères que je sois inconvenant et que je t'aboie dessus ?

Elle rit.

— Je préfère que tu sois simplement toi-même et non pas que tu filtres ce que tu penses.

Mon regard se riva sur le sien. J'avais souvent appris qu'une femme pensait vouloir une franchise sans filtre, mais que ce n'était plus le cas une fois qu'elle y était confrontée.

— Tu en es sûre ?

— À cent pour cent.

Je tendis la main et saisis la sienne.

— Bien. Soyons sincères. Je n'ai pas arrêté de penser à toi depuis des jours. Bon sang, depuis que tu m'as fait des reproches dans cet e-mail. Tu m'as demandé l'autre soir si je voulais simplement coucher avec toi. J'ai absolument envie d'être en toi. Je verrouillerais cette porte et te prendrais tout de suite sur mon bureau, si tu étais partante.

Elle déglutit.

— Mais si tu préfères boire un verre et regarder le coucher de soleil sur mon bateau, ça me va aussi. Je n'ai rien eu d'autres que des relations purement sexuelles depuis sept ans et pour être franc, je ne suis pas sûr de pouvoir t'offrir plus. Mais si tu veux commencer avec un verre, nous pouvons évidemment voir où ça nous mène.

Ireland commença à secouer la tête. Je n'arrivais pas à analyser l'air surpris sur son visage. Était-ce une bonne surprise ou une confirmation qu'elle devait fuir en courant ?

— Était-ce censé plaider ta cause pour que je sorte avec toi ? Car tu viens plus ou moins de me dire que tu étais nul en couple et que peut-être, tu avais simplement envie de t'envoyer en l'air avec moi. Et oh, *soit dit en passant*, si je suis partante pour que tu me prennes sur ton bureau, tu peux le faire aussi.

— Ça dépend. Est-ce que ça a fonctionné ?

Elle rit.

— Oh mon Dieu. Je crois que je viens de perdre la tête. Parce que je pense que oui.

— Bien. Alors, ferme-la et mange ton déjeuner parce que la nourriture devient froide.

Ireland était toujours en train de rire et de secouer la tête lorsqu'elle mordit dans son cheeseburger. J'étais ravi de ne pas être le seul à avoir commencé à perdre la tête. D'autant plus que la voir plonger ses dents dans son déjeuner me faisait saliver à l'idée de croquer sa peau.

Puisque la question importante était réglée, nous réussîmes à avoir un repas détendu. Nous parlâmes de travail, de nos routines, et elle me demanda si mon grand-père avait tenté une nouvelle fuite, ce que j'appréciai. Elle était prévenante et son intérêt semble sincère.

Bien trop tôt, le téléphone d'Ireland vibra. Elle avait programmé une alarme et cela me faisait penser aux fois où je demandais à Millie de m'appeler pour me faire échapper à des obligations. Je jetai un coup d'œil à son portable.

— Est-ce un rendez-vous inventé pour te tirer de là ?

Elle écarta ses cheveux de son visage.

— Non. J'aimerais bien. Je dois aller rejoindre mon entrepreneur. Je fais construire une maison à Agora

Hills. La construction est censée se terminer dans quelques semaines, mais il dit qu'il devrait y avoir un petit retard et il veut discuter des plans.

— Ça ne m'a pas l'air terrible.

— Non, ça ne l'est clairement pas. Surtout que ma colocataire déménage dans deux semaines, quand elle se marie, et qu'il n'y a plus que deux mois sur notre bail.

— J'ai un bon agent immobilier qui peut t'aider à trouver quelque chose de temporaire si tu en as besoin.

— Merci.

Elle plissa les yeux vers moi.

— Alors, c'est quelque chose que tu fais régulièrement ?

— Quoi ?

— Organiser un faux rendez-vous pour sortir plus vite d'une réunion.

Je lui lançai un sourire narquois.

— À l'occasion.

À ce moment-là, mon portable vibra et Millie parla à l'interphone.

— Monsieur Lexington ? Leo est arrivé avec quelques minutes d'avance. Il vient juste de partir aux toilettes.

Ireland haussa un sourcil.

— C'était une pure coïncidence. Leo est une vraie personne. Je suis sûr qu'il va faire une crise si je ne suis pas sorti quand il reviendra. Donc tu pourras le rencontrer. Il a un bouton sur le cul qui le fait apparaître après dix secondes d'attente s'il n'a pas un jeu vidéo entre les mains.

— Leo est un adulte ou un enfant ?

— Un enfant. Qui pense qu'il est un adulte. Il est mon... Nous passons du temps ensemble chaque mercredi après-midi. Il fait partie d'un programme que ma mère a lancé il y a vingt ans pour les enfants placés. C'est un peu comme des Grands Frères et des Grandes Sœurs, sauf que tous les enfants sont placés et que tous les adultes sont d'anciens gamins de foyers. On s'engage à être le mentor d'un petit de ses cinq à ses vingt-cinq ans. Les enfants placés sont souvent transplantés d'une famille à une autre, donc être accompagnée par la même personne pendant des années leur offre une certaine continuité.

Elle secoua la tête.

— C'est génial. Mais il y a vraiment deux côtés chez toi, n'est-ce pas ? Tu aurais dû me raconter cette histoire l'autre soir. J'aurais probablement dit oui pour le dîner.

Je gloussai.

— *Sans rire.*

Ireland sourit.

— Mais je suis également ravie que tu n'aies pas organisé de rendez-vous pour me laisser tomber.

— Pareillement.

— Je devrais y aller, de toute façon. Nous avons tous les deux des choses à faire.

Ireland se leva.

— Merci pour le déjeuner. La prochaine fois, tu n'as pas besoin d'en faire autant et de commander autant. Je ne suis pas difficile. Je mange n'importe quoi.

— Heureux de savoir que tu prévois une autre fois. Je passe te prendre vendredi à dix-neuf heures.

— Je viendrai plutôt te rejoindre.

— Je peux venir te chercher. En plus, je sais déjà où tu vis.

Elle sourit.

— Et je peux me conduire moi-même.

Je secouai la tête.

— Tu es toujours une emmerdeuse, n'est-ce pas ? Je te verrai vendredi à dix-neuf heures à la marina.

Ireland récupéra mon emballage vide ainsi que le sien sur la table, puis les mit dans un sac. Elle me tendit la poubelle.

— Oh. Et je devrais te dire que je n'embrasse pas lors d'un premier rendez-vous.

Je saisis la poignée du sac plastique, ainsi que sa main et l'utilisai pour la rapprocher de moi.

— C'est bien. Parce que c'était notre premier rendez-vous. On se voit vendredi, Ireland.

. . .

— Je ne veux pas que l'alarme soit connectée au commissariat. Je n'aime pas les armes dans la maison.

L'installateur me regarda et je lui fis signe de continuer à travailler alors que je guidais ma grand-mère dans la cuisine pour parler.

— Mamie, si l'alarme se déclenche et que tu ne l'entends pas, ils sauront qu'ils doivent aller chercher papy. Je l'ai enregistré à la police, donc ils comprendront que c'est une affaire de personne disparue, ils n'entreront pas par effraction avec leur flingue dégainé.

Elle s'assit.

— Je suis capable de prendre soin de lui.

Pire était l'état de papy, plus les choses étaient difficiles pour elle, aussi. Elle se sentait handicapée quand elle demandait de l'aide pour l'homme avec qui elle était mariée depuis cinquante ans.

Je m'assis en face d'elle et posai ma main sur la sienne. Une couple âgé et indépendant n'acceptait pas plus d'aide qu'un enfant placé. Ils ne voulaient pas s'appuyer sur quelqu'un d'autre qu'eux-mêmes. Les arguments logiques ne fonctionnaient pas, puisque leur lutte était émotionnelle et non pratique. Tout comme avec Leo, je savais donc qu'il valait mieux ne pas essayer de raisonner ma grand-mère. Elle avait besoin de savoir que ses émotions étaient validées.

— Je comprends que tu n'aies pas *besoin* d'aide, mamie. Tu pourrais très bien le gérer toute seule. Mais *je veux* aider. Si maman était toujours là, elle aurait emménagé et elle aurait dormi par terre dans la chambre pour s'assurer que papy ne déambule pas et ne se fasse pas mal. Si tu me laisses aider papy, c'est pour maman et moi. Ce n'est pas parce que tu es incapable de le faire toi-même.

Ma grand-mère en eut les larmes aux yeux. J'avais sorti l'artillerie lourde en mentionnant maman, mais c'était la vérité et nous devions passer outre sa réticence. Malheureusement, les choses n'allaient pas en s'améliorant.

Elle me serra la main et acquiesça.

— D'accord. Mais si j'accepte, je pourrais avoir besoin d'aide pour autre chose.

— Dis-moi.

Leo jaillit dans la cuisine et papy le suivit.

— Regarde ce que papy a fabriqué. C'est une chaise électrique !

Génial. Encore quelque chose que j'allais devoir expliquer à l'assistante sociale de Leo à un moment ou un autre. Lors de sa retraite, mon grand-père avait commencé à bâtir des répliques de maisons miniatures. Toutes ses années comme constructeur de bateaux avaient été utiles et il avait passé les deux premières années à bâtir une réplique exacte de leur maison, jusqu'aux meubles de salle de bain et au calcaire craquelé dans le jardin. Leo et moi rendions souvent visite à mes grands-parents et il essayait d'intéresser le petit pour son petit hobby. Mais étant donné que c'était ado typique de onze ans, Leo pensait que fabriquer une maison de poupées était ennuyeux. Enfin, jusqu'à ce que papy commence à travailler sur une maison *hantée*. Toute la bâtisse était une exposition de trucs bizarre. Mais papy et Leo avaient bâti chaque détail de ce musée des horreurs et le gosse était devenu assez doué pour le travail du bois.

Je pris la chaise électrique des mains de Leo et l'inspectai. Les détails étaient assez géniaux, jusqu'à la petite bande de cuir sur les accoudoirs et ce qui ressemblait à quelques gouttes de sang sur le siège.

— C'est génial. Mais s'il te plaît, rends-moi service et ne le ramène pas à ta famille d'accueil. Déjà que la mère me soupçonne d'être satanique depuis que tu as ramené cette poupée miniature flippante pour la massacrer.

— D'accord, répondit-il en levant les yeux au ciel. Bref.

Mamie se leva.

— Qu'est-ce que je peux te faire à manger, Leo ? Pourquoi pas un sandwich au beurre de cacahuète et à la banane pour le goûter ?

Il sourit.

— Sans croûte ?

Mamie avança vers la boîte à pain et l'ouvrit.

— On ne peut pas faire confiance aux gens qui mangent la croûte.

Leo s'assit sur un tabouret au bar en granit et releva ses pieds sur celui d'à côté.

Je les retirai.

— Ne mets pas tes pieds sur les meubles.

Papy dit qu'il allait faire une sieste, donc je le prévins que j'allais le suivre pour vérifier le ventilateur qui, selon mamie, ne fonctionnait pas.

Lorsque je revins dans la cuisine quelques minutes plus tard, mamie et Leo étaient en train de rire.

— Qu'y a-t-il de si drôle ?

— Toi. En costume de père Noël.

Leo gloussa.

Je pris un morceau de son sandwich beurre et cacahuète et banane sur son assiette et le mis dans ma bouche.

— De quoi parles-tu ?

Mamie répondit.

— Tout à l'heure, quand on disait que tu aimais tout faire pour aider, tu as dit que tu me donnerais tout ce dont j'avais besoin, n'est-ce pas ?

Je plissai les yeux.

— Oui. Mais pourquoi la façon dont tu poses la question me donne-t-elle l'impression que c'est un piège ?

Leo rit.

— Parce qu'elle va t'entuber pour que tu joues le père Noël ce week-end, à la place de papy.

Je pointai Leo du doigt.

— Surveille ton langage.

— Qu'est-ce que j'ai dit ? Entuber ? Ce n'est même pas un gros mot. Je t'ai entendu dire bien pire.

— Je suis un adulte.

— Et alors ?

— Et alors, tu n'en es pas un.

Mamie se leva et prit l'assiette vide du petit.

— Il n'a pas tort, Grant. Si tu veux qu'il agisse d'une certaine façon, tu as besoin de suivre tes propres règles.

Leo me lança un sourire prétentieux. Cette petite merde savait que je ne contredirais pas mamie.

— Ouais, Grant. Je ne dis des gros mots que parce que je les entends dans ta bouche.

Je grimaçai pour montrer que je savais qu'il avait tort.

— Mon cul.

Leo me montra du doigt et fixa mamie.

— Tu vois, il recommence !

Ma grand-mère soupira et se retourna vers l'évier pour rincer l'assiette de Leo.

— Calmez-vous, maintenant, les garçons.

Le sale gosse s'apprêtait à manger la dernière bouchée de son sandwich quand je lui arrachai de la main et le mis dans ma bouche.

— Hé…, geignit Leo.

Je souris.

— Tu as entendu la dame. Calme-toi maintenant, garçon.

Mamie revint à la table.

— Grant, j'ai vraiment besoin que tu joues le père Noël ce week-end pour la fête de Noël en juillet à *Pia's Place*. Tu sais que papy le fait, d'habitude. Mais je ne pense pas qu'il puisse, cette année. Parfois, il oublie ce qu'il fait et je ne veux pas qu'il effraie les petits.

— Tu ne peux pas trouver quelqu'un d'autre ?

Mamie fronça les sourcils.

— C'est une tradition familiale. Je pense qu'elle devrait t'être transmise.

Le sourire de Leo lui fendit le visage.

— Ouais, Grant. C'est une tradition familiale.

Ce petit con était d'une rare bonne humeur, aujourd'hui. Mais je ne pouvais pas dire non à ma grand-mère. Même si, à mon avis, elle avait déjà donné mon nom dès le début. Elle m'avait attiré dans cette conversation où je disais que je faisais des choses pour elle, donc je ne pouvais plus refuser, maintenant.

— D'accord, répondis-je en boudant. Mais si un gamin me pisse dessus, je te le dis tout de suite, la tradition sera transmise au mari de Kate, l'année prochaine.

Mamie avança vers moi pour prendre mon visage.

— Merci, mon chéri. Ça signifie beaucoup pour moi.

Plus tard dans la soirée, sur le trajet jusqu'à chez Leo, il mentionna qu'il allait à San Bernardino le week-end prochain donc il ne pourrait pas assister au festival de Noël en juillet cette année.

Je lui jetai un coup d'œil avant de me reconcentrer sur la route.

— San Bernardino ? Qu'est-ce que tu vas faire, là-bas ?

Je ne connaissais qu'une raison de faire ce voyage et j'espérais avoir tort.

— Ma mère est de retour en ville. Elle passe me prendre et m'emmène rendre visite à ma sœur.

Merde.

— Rose t'emmène voir Lily ?

Leo fronça les sourcils.

— C'est ce que mon assistante sociale a dit.

Grant – Onze ans plus tôt

— Ne la laisse pas conduire. Elle est restée debout toute la nuit, tu sais ? me chuchota maman alors que nous étions dans la cuisine en train de boire un café.

— Oui, je sais. Elle peignait dans le garage. Elle va probablement s'endormir dans la voiture sur le chemin. Je ne la laisserai pas monter derrière le volant.

Lily vivait à nouveau avec nous depuis quelques mois, c'était la quatrième fois qu'elle revenait en quatre ans. Le système de placement avait créé un cercle vicieux. Chaque fois que Lily commençait à être à l'aise avec nous, ils la remettaient avec sa mère, même si elle n'en avait pas du tout envie. Une fois qu'elle vivait avec sa mère, elle se sentait responsable de ses soins et ne voulait pas qu'on le renvoie dans un hôpital psychiatrique. Les choses redevenaient finalement vraiment mauvaises et Lily, furieuse, était retirée à sa mère. Elle était revenue chez nous et il lui faudrait plusieurs mois pour se sentir à l'aise. Dans sept ou huit mois, tout le cercle idiot recommencerait.

Foutu système. Même si, aujourd'hui, Lily ne faisait officiellement plus partie du monde des enfants placés puisqu'elle fêtait son dix-huitième anniversaire.

Malheureusement, la seule chose qu'elle souhaitait, c'était conduire jusqu'au nord de l'État et rendre visite à sa mère. Ce qui était l'une des raisons pour lesquelles elle était restée debout toute la nuit. Elle devenait anxieuse quand il y avait quelque chose en rapport avec Rose, et peindre l'apaisait lorsque son esprit ne pouvait se reposer.

— Papa et moi, on a discuté, annonça maman. Nous croyons que peut-être, Lily devrait voir un thérapeute. Quelqu'un que nous choisissons, en dehors du service social. Elle a eu cinq psychologues différents depuis qu'elle est venue ici et je pense qu'un peu de régularité lui ferait du bien. Elle a traversé beaucoup de choses, elle n'a pas arrêté de déménager, elle a été enlevée à sa mère, on a déménagé à Big Bear, près de Los Angeles, à cause de mes rendez-vous, comme je suis malade...

Évidemment, ça faisait beaucoup et elle avait raison. Lily avait aussi mal pris le diagnostic du cancer ovarien de maman que moi. Je ne doutais pas que ma petite amie *devrait* parler à quelqu'un de façon régulière. Mais elle avait surtout eu hâte d'avoir dix-huit ans puisque l'État ainsi ne pourrait plus la forcer à voir un psy une fois par mois. Pour elle, consulter un thérapeute signifiait qu'elle était folle comme sa mère.

— Je ne sais pas, maman. Elle ne voudra pas y aller.

— Si quelqu'un peut la convaincre, c'est toi. Tous les deux, vous êtes plus proches qu'un frère et une sœur.

Je fronçai les sourcils. Je me sentais mal à l'idée que nous mentions à ma mère et à tout le monde. Mais si mes parents savaient que nous étions en couple depuis nos quinze ans, ils n'auraient peut-être pas repris Lily. L'État ne l'aurait clairement pas autorisé. Puis, lorsque nous avions vieilli, nous n'avions rien dit puisque c'était plus simple de garder notre intimité. Si maman avait été au courant que nous étions ensemble, elle ne nous aurait plus jamais permis de fermer les portes, surtout pas quand mes petites sœurs étaient dans le coin.

— Je vais voir ce que je peux faire.

Lily arriva dans la cuisine en chantonnant :

— *Bonjour*.

Elle était pleine d'énergie, même si elle avait passé toute la nuit à peindre. Visiblement, elle n'avait que deux humeurs dernièrement : bonne ou mauvaise. Il n'y avait plus vraiment d'entre-deux. Mais je pouvais le comprendre, elle avait traversé beaucoup de choses.

— Joyeux anniversaire.

Maman se leva et étreignit Lily. Elle prit ensuite son visage, piégeant quelques mèches de cheveux.

— Dix-huit ans. Cette journée t'apporte beaucoup de libertés. Tu as passé du temps avec nous au fil des ans parce que tu le devais, mais j'espère que tu resteras encore plus longtemps parce que tu en as envie. Tu fais partie de cette famille, Lily.

— Merci, Pia.

Maman renifla et secoua la tête.

— Je ne veux pas gâcher ton anniversaire en étant tout émue. Alors, laisse-moi simplement te donner tes cadeaux.

Elle se retourna, prit deux boîtes emballées sur le plan de travail de cuisine et les donna à Lily.

— Joyeux anniversaire, ma chérie.

Lily la remercia et ouvrit le premier. Son regard s'éclaira alors qu'elle découvrait un kit de peintures luxueuses qu'elle contemplait toujours dans le magasin.

— Merci beaucoup. J'en ai envie depuis si longtemps. Mais elles sont tellement chères. Vous n'auriez pas dû.

— Grant m'a dit à quel point tu les admirais.

Elle ouvrit la seconde boîte, de la papeterie annotée au nom de *Lily* avec des lys enroulés autour du nom.

Elle passa son doigt sur la gravure.

— C'est beau.

— Je me suis dit que tu pourrais l'utiliser pour écrire à Grant quand il partira à l'université.

Lily me regarda brusquement, puis elle sourit à maman.

— Merci. C'est parfait. J'adore, vraiment.

Quatre ans plus tôt, quand Lily avait réaménagé avec sa mère pour la première fois, elle m'avait dit qu'elle m'écrirait tous les jours où nous ne pouvions être ensemble. J'avais cru qu'elle exagérait, mais la dernière fois que j'avais compté, j'avais plus de cinq cents lettres. Certains jours, elle m'envoyait trois ou quatre pages pour me parler de sa journée, d'autres fois, elle ne rédigeait que quelques phrases et parfois, j'avais un poème ou un dessin qu'elle avait fait. Mais elle ne ratait jamais une seule journée. La papeterie était donc une très bonne idée, même si elle ne l'utilisait pas quand j'irai à l'université. J'avais décidé de rester à la maison. Encore quelque chose que ni Lily ni moi n'avions mentionné à maman.

Je regardai ma montre.

— Tu es prête à y aller ?

— Oui.

— Faites attention, tous les deux, dit maman.

Elle se retourna vers Lily.

— Profite de ta visite à ta mère.

Si aujourd'hui ressemblait à tous les autres jours avec Rose, les chances pour que cela se passe bien étaient de cinquante pour cent.

• • •

Un centre psychiatrique était peut-être un hôpital, mais c'était très différent de l'endroit où l'on allait quand on avait un bébé ou autre chose, du moins, celui-ci l'était. Les murs blancs étaient nus, sans aucune peinture joyeuse ou photo encadrée pour adoucir l'insensibilité de l'environnement. Puisque l'étage que nous visitions au Crescent Psychiatric Hospital n'était réservé qu'aux adultes, tout le monde était habillé de façon décontractée, surtout en vêtement de ville. Mais quelques personnes s'affairaient en pyjama, même si nous étions au milieu de la journée.

La mère de Lily, Rose, n'était pas dans le pôle activité ni dans aucune pièce commune. Nous la trouvâmes dans sa chambre, allongée sur le lit en position fœtale avec les yeux ouverts. Son gros ventre se voyait bien maintenant. Trois mois plus tôt, lorsqu'elle avait été admise, nous avions découvert qu'elle était enceinte de quatre mois. Elle était au milieu d'une crise de folie, à ce moment-là, bafouillant à propos de plans que le père de bébé et elle avaient. Même si, d'après ce que je savais, l'homme mystère qui l'avait mise enceinte ne s'était jamais montré, pas même une fois depuis son admission. Et quelque chose m'indiquait qu'il ne le ferait jamais.

Rose nous remarqua quand nous entrâmes, mais elle ne bougea pas.

— Maman, comment vas-tu ?

Lily alla s'asseoir sur le lit. Elle balaya les cheveux de sa mère en arrière, comme j'avais vu la mienne le faire avec mes sœurs des centaines de fois.

Rose marmonna quelque chose d'incohérent.

Lily se pencha et l'embrassa sur la joue.

— Tes cheveux sont beaux et doux. Tu les as lavés aujourd'hui ?

Sa mère laissa échapper davantage de bafouillage décousu, pourtant Lily donnait l'impression qu'elles avaient une véritable conversation.

— Regarde, Grant est avec moi.

Elle me montra du doigt, là où je me tenais près de la porte et le regard de sa mère suivi quelques secondes, mais Rose recommença ensuite à fixer le vide.

Je n'étais pas sûr de savoir quels médicaments ils lui donnaient, mais elle n'était que légèrement plus alerte que catatonique. Ou peut-être qu'ils ne lui donnaient rien. Elle était enceinte, après tout.

Lily se leva, alla de l'autre côté du lit et grimpa derrière sa mère pour la câliner.

— Tu m'as manquée.

Je clignai des yeux à plusieurs reprises à cause de la scène que j'avais devant moi et qui me rappelait un souvenir. Six mois plus tôt, Lily avait été triste quand sa mère n'était pas venue ou n'avait pas passé d'appel pour leur rendez-vous hebdomadaire planifié. Après avoir attendu toute la journée du dimanche, Lily s'était mise au lit et y était restée plusieurs jours... allongée dans une position fœtale. J'avais cru qu'elle broyait juste du noir et était mélancolique, et j'avais fait de mon mieux pour la mettre de meilleure humeur, y compris en passant quelques heures blotti derrière elle, ce qui ressemblait grandement à ce qu'elle faisait avec sa mère actuellement.

Cette idée me rendit fébrile.

— Je vais faire un tour, pour vous accorder du temps à toutes les deux.

Lily acquiesça.

J'attrapai ma veste et ouvris la porte, mais je jetai un coup d'œil par-dessus mon épaule une dernière fois avant de partir. Un mauvais pressentiment s'installa dans ma poitrine quand je songeai à quel point leur position ressemblait à celle que j'avais eue avec Lily quelque temps auparavant.

Sauf que Lily avait simplement beaucoup de choses à gérer. Elle n'était pas malade comme sa mère.

CHAPITRE 15

Ireland

J'étais *tellement* nerveuse.

Le bateau de Grant n'était qu'à vingt minutes en voiture de mon appartement, mais je voulais passer prendre quelque chose pour l'amener avec moi, donc je partis une heure plus tôt. L'arrêt au magasin d'alcool ne me prit que quelques minutes, donc j'arrivai à la marina presque une demi-heure avant l'heure supposée. Je donnai mon nom au gardien dans la cabine et il me montra la place affectée à Grant. Je voyais le long dock qui menait jusqu'à l'endroit où son bateau était stationné. Il y avait un fourmillement d'activités, des gens qui venaient et partaient de leur navire, ainsi que des chaises installées pour que les plaisanciers s'assoient sur le port et discutent avec leurs voisins.

On aurait dit une communauté amicale et je me demandai pourquoi Grant ne faisait venir aucun rendez-vous ici. Son bateau était impressionnant et le décor était clairement idéal pour la romance. Je notai mentalement de poser davantage de questions sur cette interdiction sur le bateau, et je baissai le pare-soleil pour vérifier mon maquillage dans le miroir. Lorsque je le remontai, je vis Grant dehors, à l'arrière de son bateau. Il était habillé de façon décontractée, avec un short, une chemise sortie de son pantalon et des lunettes de soleil. Il sauta ensuite par-dessus le tableau arrière et je constatai qu'il n'avait pas de chaussures.

Un vieux monsieur avança pour lui parler et cela me donna la chance de l'observer en dehors du monde du travail. Mon Dieu, il était sexy. J'avais toujours eu un faible pour les hommes en costume sur mesure. La façon dont ils les portaient leur conférait un air de puissance, mais quand je baissai les yeux vers le dock, je me rendis compte que le costume n'avait rien à voir avec l'impression de puissance émanant de Grant Lexington. Il se tenait, nonchalamment, et parlait avec un gentleman, pourtant, il y avait quelque chose dans la façon dont il se tenait. Ses pieds étaient écartés, ses épaules tirées en arrière et ses bras croisés sur son torse. L'homme suintait la confiance, même les pieds nus. Chez certains, c'était le costume qui faisait l'homme. Pas chez Grant. C'était lui qui rendait le costume beau.

Je le regardai quelques minutes supplémentaires pendant qu'il achevait la conversation avec cet homme. Il resserra ensuite quelques cordes, déroula des escaliers transportables et les posa sur le dock. Quand il entra dans la cabine, je pris une profonde inspiration et sortis de la voiture.

Son bateau était l'avant-dernier du ponton. Il y avait probablement près de trente bateaux dans la marina.

J'étais passé à côté de dix d'entre eux quand il émergea à nouveau de la cabine. Il me repéra immédiatement et resta planté là, à me regarder pendant que j'avançais vers lui. Chaque pas me gênait un peu plus. Et la nervosité qui m'avait envahie dans la voiture revint férocement. Même si je ne le laissais pas voir que je stressais. Je redressai donc le dos et ajoutai un petit rebond dans mes pas, de la façon qui, je le savais, agitait le bas de ma robe d'été légère.

— Salut.

Je me plaçai sur le dock à côté du bateau et Grant me tendit une main pour que je puisse embarquer en utilisant les marches qu'il avait installées.

— Eh bien, ça rend certainement les choses plus faciles. Surtout avec ses semelles composées.

Grant ne relâcha ma main que lorsque nous fûmes en sécurité, à bord.

— J'ai dû dépoussiérer ces marches. Je ne les utilise jamais.

— J'aurais pu grimper comme on l'a fait l'autre soir. Pas besoin de les sortir. Désolée si je suis un peu en avance. Je n'étais pas certaine de savoir combien de temps il me faudrait pour arriver ici et je voulais m'arrêter pour récupérer ça.

Je lui tendis la bouteille de vin.

— Merci. Je me demandais combien de temps tu allais rester dans ta voiture à me regarder.

J'écarquillai les yeux. *Merde*. Il m'avait vu.

— Je ne te matais pas, si c'est ce que tu penses. J'étais juste en avance et je ne voulais pas m'imposer.

Il poussa les lunettes de soleil sur son nez pour que je puisse voir ses yeux.

— C'est dommage. Tu as le droit de me mater quand tu veux. Ce ne serait que partie remise puisque je ne vais pas pouvoir arrêter de te regarder dans cette robe.

Je m'étais changé trois fois et avais finalement opté pour une petite robe d'été blanche et bleu marine avec de fines bretelles et un col en V. Le décolleté était plus grand que ce que je portais habituellement, mais ma colocataire m'avait convaincue de la porter. Désormais, j'étais ravie de l'avoir écoutée.

— Viens. Je vais te faire la visite et ouvrir le vin.

Je suivis Grant jusqu'à la cabine. Nous étions restés dehors l'autre soir, avec son grand-père, donc c'était la première fois que je voyais l'intérieur et où il vivait. La pièce dans laquelle nous entrâmes était un grand salon. Il y avait un canapé d'angle, deux fauteuils assortis, une longue crédence et une télévision à écran plat. Le salon que je partageais avec Mia faisait probablement la même taille.

— C'est facile d'oublier qu'on est sur un bateau, n'est-ce pas ?

Il me montra la baie vitrée.

— Deux stores se baissent. L'un bloque le soleil et permet de garder la fraîcheur, mais on peut quand même voir au travers et l'autre nous coupe totalement de l'extérieur. On ne sait pas si c'est le jour ou la nuit quand ils sont baissés, et encore moins où l'on est.

Je suivis Grant dans la cuisine et fus surprise de découvrir qu'elle était presque aussi grande que le salon.

— Je ne sais pas pourquoi, mais je m'attendais à une petite cambuse, pas à un espace comme celui-ci.

— Elle était plus petite, à l'origine. Il y avait une chambre ici, mais j'ai abattu le mur et tout ouvert. J'aime cuisiner.

Je haussai un sourcil.

— Tu cuisines ?

— Pourquoi ça te surprend ?

— Je ne sais pas. J'imagine que ça semble très domestique. Je te prenais plus pour le genre de personne qui aimait aller au restaurant et prendre à emporter.

— Ma mère était italienne et préparait un grand repas tous les soirs. La cuisine était le centre de la maison quand j'ai grandi. Des enfants placés venaient et repartaient, donc elle avait l'habitude de cuisiner pour tous nous rassembler au moins une fois par jour.

Je souris.

— C'est vraiment sympa.

— Je suis passé prendre à manger pour ce soir, en rentrant, mais ce n'est pas parce que je ne cuisine pas. J'étais en retard et tu ne voulais pas d'un rendez-vous, donc je me suis dit que je ne devrais pas faire un véritable repas.

Grant me fit visiter le reste du bateau : une petite chambre en bas qu'il avait transformé en bureau, une chambre d'invités, deux salles de bain, puis il ouvrit la porte sur une chambre gigantesque.

— C'est énorme.

— C'est le genre de phrases que j'aime entendre ici.

Il me fit un clin d'œil.

Je fis quelques pas à l'intérieur et regardai autour de moi. La pièce était en bois sombre et un lit king-size était fait avec des draps soyeux en lin. L'un des murs était couvert de photos en noir et blanc de bateaux voguant sur l'eau, avec des cadres d'un noir mat. J'avançai et regardai certaines d'entre elles.

— Elles sont belles. C'est toi qui les as prises ?

— Non. Ce sont différents modèles que mon grand-père a construit au fil des ans. Elles représentent tous les prototypes lors de leur première navigation.

Je montrai celle au centre.

— Nous sommes sur ce bateau-ci ?

Grant se tenait près de moi, assez pour que je sente la chaleur émaner de son corps.

— C'est ça. Elle a été prise en 1965.

— C'est fou. Je n'arrive pas à croire comme ce bateau est vieux. Si tu me disais qu'il n'avait qu'un an, je te croirais.

— C'est ce que les gens adorent avec ce modèle. Sa qualité infinie.

Je regardai la photo de plus près.

— Il n'y a pas encore de nom à l'arrière.

— Les maquettes pour les salons et les prototypes n'ont jamais de nom. Cela porte malheur de changer le nom d'un bateau. Donc c'est au premier propriétaire de le lui attribuer.

Je me retournai et soudain, la grande pièce sembla bien plus petite. Grant ne recula pas.

— Les bateaux ont toujours un nom de femme ?

Il acquiesça.

— Papy disait que les marins, par le passé, étaient presque uniquement des hommes, et qu'ils dédiaient souvent leur bateau à des déesses qui protégeraient leur vaisseau sur les mers agitées.

Grant glissa une main sur mon épaule.

— Mais je pense que ce sont des femmes parce qu'elles coûtent cher à entretenir.

— Elles coûtent cher à entretenir, hein ? Eh bien, tu vis sur un bateau, donc ça ne doit pas te déranger, n'est-ce pas ?

Il baissa les yeux vers mes lèvres et me lança un sourire narquois.

— Apparemment, c'est mon genre, ce qui est pénible. La facilité, c'est monotone.

Je crus qu'il allait se pencher et m'embrasser et, sur le moment, je l'aurais laissé faire, mais à la place, son regard croisa le mien.

— Bien. Je t'ai promis un verre au coucher du soleil.

Nous allâmes à l'avant du bateau et Grant posa un plateau avec différentes nourritures à grignoter qu'il avait acheté au marché italien. Il y en avait assez pour trois repas.

— Tu achètes toujours suffisamment à manger pour dix personnes ? J'ai l'impression que c'est répétitif entre le déjeuner de l'autre jour et tout ça.

— Ce qui est répétitif, c'est que je veux m'assurer qu'on prend soin de toi, je ne veux pas gâcher ce repas.

Je souris.

— Tu es toujours aussi arrangeant avec tes rendez-vous ?

— Étant donné que tu es la première femme assise sur mon bateau pour un coucher de soleil, je dois dire que non.

J'inclinai la tête.

— Quelle est ton histoire ? Tu as dit l'autre jour que tu n'avais pas eu de relation en sept ans. C'est parce que tu travailles beaucoup ?

Grant sembla réfléchir à sa réponse.

— En partie. C'est vrai que je travaille beaucoup. Contrairement à l'opinion initiale que tu avais de moi, quand tu supposais que j'étais un gamin gâté né avec une cuillère en argent dans la bouche qui ne bossait pas, je travaille dix à douze heures au bureau la plupart des jours de la semaine, et une demi-journée le samedi.

— Tu ne me laisseras jamais oublier cet e-mail, n'est-ce pas ?

Il secoua la tête.

— C'est peu probable.

Je soupirai.

— D'accord, monsieur le forcené. Alors, revenons à nos moutons. Je t'ai demandé si tu n'avais pas eu de relation en sept ans parce que tu étais occupé et ta réponse est *partielle*. Quelle est l'autre partie ? Pour une quelconque raison, j'ai l'impression que tu oublies un bout important de l'histoire.

Grant posa les yeux sur moi pendant quelques secondes, mais il détourna ensuite le regard pour récupérer son verre de vin.

— J'étais marié. Je suis divorcé depuis sept ans.

— Tu as dû te marier tôt. Ou es-tu plus âgé que tu en as l'air ?

Il acquiesça.

Quelques minutes plus tard, il semblait détendu, mais son calme se mua totalement. Sa mâchoire se contracta, il évita de me regarder et ses mouvements étaient rigides, comme si tous les muscles de son corps s'étaient crispés en même temps.

— J'ai vingt-neuf ans. Je me suis marié à vingt et un.

Même s'il paraissait parfaitement mal à l'aise à l'idée de discuter de ce sujet, j'insistai un peu plus.

— Alors tu n'es resté marié qu'un an ?

Il but son vin cul sec.

— Presque, oui. Un peu moins.

— Vous étiez des amoureux de lycée ou quelque chose comme ça ?

— En quelque sorte. Lily était l'un des enfants accueillis par mes parents pendant un moment. En fait, elle est souvent venue et partie au fil des ans.

Même s'il répondait à ma question, il n'offrait pas beaucoup d'informations. Je sirotai mon vin.

— Je peux te demander ce qu'il s'est passé ? Vous vous êtes éloignés ou un truc de ce genre ?

Grant resta silencieux pendant un moment et me regarda dans les yeux.

— Non, elle a gâché ma vie.

D'accord. Il parla de façon si sévère que je fus prise au dépourvu. J'ignorais totalement comment répondre. Même si Grant s'en chargea pour moi.

— Pourquoi ne parlerait-on pas de toi ? J'essaie de passer d'un verre à un véritable rendez-vous. Me rappeler les conneries de mon ex-femme ne va pas m'aider.

— Qu'est-ce que tu voudrais savoir ?

— Je ne sais pas. Le jeu que nous avons joué dans la voiture en repartant quand je t'ai raccompagnée a bien fonctionné. Dis-moi quelque chose que je ne sais pas sur toi.

L'humeur s'était clairement détériorée et Grant avait raison. Nous n'avions pas besoin de sortir les cadavres de nos placards lors de la première soirée que nous passions ensemble. Je dis alors quelque chose qui, je le pensais, pourrait rendre l'atmosphère plus amusante.

— J'adore les accents. Quand j'étais petite, chaque fois que j'en entendais un nouveau, je l'étudiais jusqu'à devenir une pro. En fait, je continue à le faire de temps en temps.

Grant parut amusé.

— Fais-moi écouter l'australien.

Je m'assis et m'éclaircis la gorge.

— D'accord. Laisse-moi réfléchir.

Je tapotai ma lèvre.

— Voici : *mettons la clim, il fait chaud ici. M'tons l'clim. Fé tro cho « ci.*

Grant rit.

— C'était pas mal, et le britannique ?

— D'accord. Voici, *Je n'utilise pas souvent mon portable.*

Je m'éclaircis à nouveau la gorge.

— *Je n'uTIliseuh pas souVENT mon porTAbleuh.*

Il gloussa.

— Sympa.

— À ton tour. Dis-moi quelque chose sur toi que je ne sais pas.

Il toisa mes lèvres.

— Je veux te dévorer la bouche.

Je déglutis.

— Ça, je le savais déjà.

Grant continua de me fixer et je me tortillai. Pourtant, il ne se pencha pas et ne m'embrassa pas. À la façon dont il me scrutait, j'étais à deux doigts de faire le premier pas moi-même. Toutefois, il regarda ensuite par-dessus mon épaule.

— Quand est-ce que c'est arrivé ?

Je clignai des yeux à plusieurs reprises.

— Quoi ?

Il leva son menton pour désigner un endroit derrière moi.

— Ça.

Je me retournai. Le ciel était d'une teinte orange sublime, mélangée avec des nuances d'un violet profond.

— Oh mon Dieu. C'est incroyable.

Je me levai pour observer la vue tout entière et Grant se plaça derrière moi. Nous restâmes tous les deux silencieux en regardant le ciel s'illuminer de couleurs quand le soleil se coucha. Il passa une main autour de ma taille et posa sa tête sur la mienne.

— Je sais que tu dis que tu n'amènes pas de rendez-vous ici, mais tu le fais souvent, ça ? Apprécier la vue, je veux dire.

— Oui, en fait. Chaque jour, je m'assure de prendre quelques minutes pour regarder le soleil se lever ou se coucher. Le matin, je cours sur la plage et l'observe. Si ma journée commence tôt, je fais en sorte de revenir avant le coucher du soleil.

J'appuyai ma tête contre le torse de Grant.

— J'aime bien.

Il me serra davantage.

— Tant mieux. J'aime que tu aimes.

Le temps nous échappa juste comme ça. Nous parlâmes pendant des heures et avant que nous nous en rendions compte, il était près de minuit.

Je bâillai.

— Tu es fatiguée.

— Oui. Je me lève à trois heures trente.

— Tu veux que je te ramène chez toi ? Je peux venir te chercher pour que tu récupères ta voiture demain matin.

Je souris.

— Non, je peux encore conduire. Mais je devrais y aller.

Grant acquiesça.

— Je vais te raccompagner jusqu'à ta voiture.

Il m'aida à descendre de l'embarcation et le nom peint en doré à l'arrière se refléta avec les lumières des docks. *Leilani May*.

— Le bateau porte le nom de qui ?

Grant détourna le regard.

— Personne.

Pour un homme d'affaires, il n'était pas un très bon menteur. Mais la soirée avait été si belle que je ne la gâchai pas en insistant.

Nous avançâmes sur le dock, main dans la main, et quand nous arrivâmes à ma voiture, Grant me prit l'autre également. Il entrelaça ses doigts avec les miens.

— Alors, j'ai passé ton test ? Est-ce que j'ai droit à un vrai rendez-vous ?

Je lui lançai un sourire narquois.

— Peut-être.

— Bien, donc je n'ai plus besoin d'adopter mon meilleur comportement.

Grant lâcha mes mains pour poser les siennes sur mes joues. Il me guida, me faisant faire quelques pas, et avant que je me rende compte de ce qui arrivait, mon dos fut contre ma voiture et il planta ses lèvres sur les miennes. Je haletai et il ne gâcha pas cette occasion pour plonger sa langue à l'intérieur. Son baiser était assuré, et pourtant doux à la fois. Il inclina la tête et grogna quand le baiser s'approfondit. Le bruit éperdu m'excita presque autant que la sensation de son corps solide appuyé contre le mien. Mon sac à main tomba sur le gravier et mes mains passèrent autour de son dos. Lorsque je plongeai mes ongles, il attrapa mes fesses et me souleva. Nous nous caressâmes, mes jambes se coinçant derrière sa taille alors qu'il se frottait contre moi. Je sentais à quel point il durcissait, même au travers de nos vêtements.

Lorsque le baiser fut enfin brisé, je luttai pour reprendre ma respiration.

— Waouh.

J'avais été embrassée, auparavant, très bien embrassée même, mais personne ne l'avait fait au point de me retourner la tête. Mon esprit se retrouva dans un brouillard après ce baiser.

Il sourit et utilisa son pouce pour essuyer ma lèvre inférieure.

— Mon Dieu, j'ai eu terriblement envie de faire ça toute la soirée.

Je lui lançai un sourire idiot.

— Ravie que tu aies attendu jusqu'à ce que je sois sur le parking. Sinon, je ne serais peut-être pas partie.

Grant fit semblant de se cogner la tête contre ma voiture.

— Bon sang ! Tu étais obligée de me dire ça ?

Je gloussai.

— Merci d'avoir partagé le coucher du soleil avec moi. J'ai passé un très bon moment.

— Le lever est encore plus beau. Tu es la bienvenue si tu veux rester pour la nuit et le voir demain matin.

Je souris.

— Une autre fois, peut-être.

Il me fallut toute ma volonté pour m'éloigner de Grant. J'avais été taquine, mais j'étais si excitée que j'avais effectivement de la chance qu'il ait attendu pour m'embrasser de cette façon. J'effleurai une fois de plus ses lèvres avec les miennes et ouvris la portière. Il resta planté là alors que j'attachais ma ceinture et allumais le contact.

Quand j'enclenchai la marche arrière pour sortir, je baissai ma vitre.

— Bonne nuit, Grant.

— On peut dîner, bientôt ?

Je souris.

— Peut-être. Si tu m'avais dit qui avait donné son nom au bateau, ma réponse aurait clairement été oui.

Grant – Huit ans plus tôt

La porte de la douche s'ouvrit et la vapeur en sortit. Je souris, trouvant une Lily nue prête à se joindre à moi.

— Salut. Tu te sens mieux ?

Lily entra dans la douche et ferma la porte derrière elle. Elle posa ses deux paumes sur mon torse.

— Oui. Ça devait être la grippe ou quelque chose du genre.

La grippe. C'était ainsi qu'elle l'appelait toujours. Lily semblait l'attraper de plus en plus souvent depuis un an. Pourtant, les jours qu'elle passait blottie sur le lit n'étaient jamais accompagnés de toux ou de fièvre. Lily était déprimée. Évidemment, elle avait tous les droits de l'être. Elle avait laissé tomber l'université parce qu'elle détestait les cours qui ne concernaient pas l'art, et sa mère était aux abonnés absents depuis un an, ayant emmené son petit frère de trois ans, Leo. Enfin, tous les deux, nous avions eu du mal à vivre la mort de maman quelques mois plus tôt.

Néanmoins, les épisodes dépressifs constants de Lily lors desquels elle était clouée au lit semblaient être plus qu'une mélancolie ordinaire. Elle se refermait sur elle-même pendant des jours quand elle avait *la grippe*. Elle ne mangeait pas, ne parlait pas, ne fonctionnait pas comme une personne. Et même si elle passait presque vingt-quatre heures sur vingt-quatre au lit, elle dormait rarement. Elle se contentait de regarder le vide, dans le brouillard, perdu dans sa propre tête.

Cela m'effrayait. Je ne le dis pas, mais de plus en plus, dernièrement, ses hauts et ses bas me rappelaient ceux de sa mère. Au point que je l'avais poussée à voir un psychologue. La discussion transformait toujours sa dépression en colère. Puisque pour elle, avoir besoin d'aide signifiait qu'elle était comme sa génitrice.

Lily se pencha et appuya son corps contre le mien. Elle ferma les yeux et leva la tête vers l'eau qui coulait sur elle. Un immense sourire s'étira sur son visage et je n'aurais pas pu empêcher celui qui se dessinait sur le mien, même si j'essayais. C'était le truc avec Lily, son sourire était contagieux. Quand elle n'avait pas la grippe, elle était si pleine de vie et de joie, plus qu'une personne moyenne. Les moments joyeux semblaient toujours me faire oublier les passages plus tristes... jusqu'à ce que tout se reproduise quelques mois plus tard.

Elle se mit sur la pointe des pieds et appuya ses lèvres contre les miennes. L'eau au-dessus de ma tête coula sur nos lèvres jointes. Cela nous chatouilla et nous finîmes tous les deux par rire.

— Je pensais à quelque chose, dit-elle.

J'écartai les cheveux mouillés de son visage et souris.

— J'espère que tu es en train de songer à te pencher devant moi et à t'agripper au mur derrière toi.

Lily gloussa.

— Je suis sérieuse.

Je lui pris la main et la glissai entre nous, jusqu'à mon érection.

— Moi aussi. Tu ne le vois pas ?

Elle rit davantage.

— Je pensais à quel point je t'aime.

— Eh bien, j'aime bien ce que tu dis. Continue.

— Et comme j'aime vivre ici avec toi.

Mon grand-père m'avait donné un bateau quelques mois plus tôt, pour mon vingt et unième anniversaire, le premier qu'il avait bâti. À la mort de ma mère, Lily et moi avions décidé d'emménager dessus et de vivre à la marina. Ce n'était pas vraiment une maison traditionnelle, mais ma chérie n'était pas exactement traditionnelle non plus et cela la rendait heureuse. De plus, nous passions chaque week-end à voguer et à explorer de nouveaux endroits, ensemble. Depuis que j'avais commencé à travailler pour l'entreprise familiale après avoir obtenu mon diplôme universitaire, nous pouvions plus ou moins nous permettre de vivre où nous le souhaitions. Mais le bateau semblait nous convenir. Et Lily en était heureuse, la plupart du temps.

— Moi aussi, j'adore vivre ici avec toi.

— Alors je me disais que...

Lily baissa les yeux et devint silencieuse.

Je passai deux doigts sous son menton et inclinai sa tête vers le haut pour que nos regards se croisent.

— Qu'est-ce que tu as en tête, Lily ? Parle-moi.

— Je me disais... eh bien...

Elle tomba à genoux.

La conversation ne prenait pas la direction que je pensais, mais cela me convenait clairement.

Elle leva ensuite la tête et prit ma main, avant de se placer sur un seul genou. Mon pouls devint erratique.

— Je t'aime, Grant, dit-elle en souriant. Veux-tu... m'épouser ?

Je la relevai.

— Viens ici. C'est moi, qui devrais avoir un genou à terre, pas toi. En fait, je pense beaucoup à nous dernièrement. Et j'adorerai t'épouser.

Lily sourit.

— Mais..., nuançai-je.

Son sourire se tordit.

J'avais beaucoup réfléchi à cette discussion, même si je l'avais un peu mieux planifiée pour que nous ne l'ayons pas, dénudés, dans cette petite douche. Mais cette vie, avec Lily, était imprévisible et une aventure constante. J'avais appris à m'adapter à tout grâce à elle.

Je pris son visage dans mes mains.

— Je veux t'épouser, plus que tout. Mais tu as beaucoup... la grippe... ces temps-ci. Et je veux vraiment que tu parles à quelqu'un, que tu ailles voir un médecin.

L'expression sur le visage de Lily me brisa le cœur. Toute discussion lors de laquelle nous évoquions l'aide qu'elle devrait recevoir l'atteignait au plus profond. Elle se retourna brusquement, ouvrit la porte de la douche, et courut hors de la salle de bain.

— Lily ! Attends !

Je coupai l'eau et sortis de la douche. Lors de mon second pas, je posai le pied dans une flaque qu'elle avait laissée derrière et il se déroba. J'atterris donc sur les fesses.

— Nom de Dieu. Lily, attends !

Mais il était trop tard. Le temps que je me relève, Lily continua de courir. Elle était déjà dans les escaliers et hors de la cabine avant même que je puisse prendre une serviette et la suivre. J'émergeai sur le pont à l'arrière, enroulant toujours le tissu autour de ma taille et elle sauta du bateau, totalement nue.

— Lily !

Elle m'ignora et courut sur le dock. Lorsque je l'attrapai, je passai mes bras autour d'elle.

— Arrête. Arrête de fuir. Nous devons parler.

À ce moment-là, un couple plus âgé sortit de la cabine de leur bateau. Ils écarquillèrent les yeux. Je levai la main et leur parlai.

— Pardon. Nous allons partir. Nous... jouons juste à un petit jeu et il a dérapé. Tout va bien.

Me rendant compte de ce à quoi cela pouvait ressembler, comme je tenais une femme nue qui essayait de fuir, je m'adressai à Lily.

— Tu vas bien, chérie ? Dis au gentil couple que tout va bien.

Quand Lily était partie, elle était en colère, mais son humeur changea à cause de la calamité dans laquelle nous nous trouvions. Elle se mit à rire.

— Une partie de chat à poil, cria-t-elle au couple bouche bée. J'imagine que c'est moi le chat, maintenant.

Nous commençâmes à éclater de rire. Je retirai la serviette autour de ma taille et l'enroulai autour de Lily pour cacher son corps. Je restai collé à elle pour ne pas m'exposer totalement alors que nous retournions vers notre bateau. Je fis un signe de la main quand nous marchâmes en tandem.

— Excusez-nous. Passez une bonne journée.

Une fois que nous fûmes de retour sur le bateau, nous rîmes dans la cabine pendant cinq minutes. C'était ma Lily. Ma chérie sauvage, belle et aventureuse qui, une minute, me faisait paniquer, et la suivante, faisait couler des larmes de rire sur mes joues. Je me laissai tomber sur le canapé et l'attirai sur mes genoux, la débarrassant de la serviette en même temps. Je pris son visage entre mes mains.

— Je t'aime, ma sauvageonne. J'ai envie de t'épouser. Mais je pense sincèrement que tu dois consulter quelqu'un.

Lily fronça les sourcils.

— Je ne suis pas folle comme ma mère.

— Je le sais. Mais fais-le pour moi.

Lily y songea, puis acquiesça.

— D'accord, je vais voir qui tu veux. Prends-moi un rendez-vous, aujourd'hui.

Je souris.

— Je ne voulais pas dire que ça devait être à la minute. Mais je vais chercher quelqu'un. D'accord ?

— Alors on peut se marier ?

Je la scrutai au plus profond de son regard.

— Je te le promets. Mais accorde-moi un peu de temps pour qu'on fasse ce qu'il faut.

· · ·

Aujourd'hui était le septième anniversaire du jour de notre rencontre. J'avais acheté une belle bague, réservé un restaurant chic et convaincu le propriétaire de la galerie d'art préférée de Lily d'ouvrir juste pour nous, ce soir, pour que je puisse faire ma demande. Tout serait parfait. Cela faisait trois semaines que Lily avait fait sa demande et quelques jours plus tôt, elle était allée à son premier rendez-vous avec une psychologue. Étonnamment, elle était revenue chez nous et avait dit qu'elle aimait beaucoup ce médecin. Pourtant, même si tout était parfait, mes paumes furent sacrément moites quand le propriétaire de la galerie s'éclipsa afin que nous ne soyons que tous les deux.

— Je n'arrive pas à croire que tu aies fait tout ça.

— Je ferai n'importe quoi pour ma chérie.

Nous déambulâmes, main dans la main, prenant notre temps devant chaque tableau, comme Lily aimait le faire. Le jour où j'étais venu dans la galerie pour parler au gérant, j'avais fait un tour et avais scruté toutes les œuvres d'art. L'une d'entre elles avait attiré mon regard et m'avait convaincu que je prenais la bonne décision en lui demandant de m'épouser. À deux toiles de là se trouvait une peinture du nom de *Promesses*. C'était une représentation abstraite d'une femme devant l'autel. Seul l'arrière de sa robe était visible, mais le point principal de cette œuvre était les pétales de fleurs dans la nef de l'église. Si tout le reste était noir et blanc, les fleurs étaient colorées et vibrantes. À la minute où je l'avais vu, ce jour-là, j'avais pensé à Lily. Elle était ces pétales sur le sol, pour moi. Je savais que c'était l'endroit parfait pour faire ma demande.

Je pris une profonde inspiration lorsque nous avançâmes devant la peinture. Le visage de Lily s'illumina quand elle le vit. Et comme d'habitude, je souris en constatant son sourire. Tandis qu'elle admirait le tableau, je mis un genou à terre.

Elle poussa un cri, couvrant sa bouche quand elle s'en rendit compte.

— Oui !

Je gloussai.

— Je n'ai encore rien demandé, chérie.

Elle s'abaissa pour que nous soyons tous les deux dans la même position.

— Grant.

— Oui ?

— Moi aussi, j'ai une surprise pour toi.

— Qu'est-ce que c'est ?

— Je suis enceinte.

CHAPITRE 17

Grant

J'avais pris l'habitude d'enregistrer les actualités matinales et de les regarder à mon bureau. J'avais une pile de dossiers à consulter, un tas d'e-mail qui attendaient ma réponse et pourtant, voilà où j'étais, assis à mon bureau, un samedi, à regarder l'émission d'hier matin pour la deuxième fois. Ireland était belle, en turquoise. Cela faisait ressortir la couleur de ses yeux. Même si je ne pouvais voir correctement la robe puisqu'elle était toujours derrière une table. Peut-être devrais-je suggérer que les présentateurs se lèvent à un moment de l'émission, pour changer un peu les choses.

Nom de Dieu. Était-ce vraiment ce que je faisais ? J'analysais la garde-robe d'une femme pour décider quelle tenue était la mieux assortie à ses yeux. Et je débattais pour savoir si je devais appeler le directeur de la communication et exiger que la présentatrice se lève afin de pouvoir mieux observer son corps. Il fallait que j'aille chez le psy.

Laissant échapper un souffle chaud, je m'obligeai à fermer la fenêtre avec la vidéo. J'avais du travail à faire. Un tas. Avant Ireland Saint James, je n'aurais même pas pu donner le nom de la chaîne dont nous étions propriétaires, et encore moins ce que les journalistes portaient comme vêtement. Dire que cette femme m'avait distrait serait un euphémisme.

Je récupérai un dossier et commençai à analyser une perspective d'investissement qui était sur mon bureau depuis la semaine dernière. Toutefois, après deux pages, mon téléphone vibra et même si je l'ignorais habituellement quand je travaillais, je le sortis de ma poche.

Ireland : Merci pour les fleurs. Moi aussi, j'ai passé un bon moment, hier soir. Surtout quand on a fini contre ma voiture.

Elle avait inclus un petit clin d'œil à la fin de son SMS. Normalement, les gens qui utilisaient des émojis dans leurs messages m'agaçaient. Pourtant, je me surpris à sourire devant le petit visage jaune. Je lui répondis.

Grant : On va dîner, ce soir ?
Ireland : Je ne peux pas. J'ai des plans.

Puisque j'avais quelque chose de prévu dimanche, je lui répondis en suggérant le week-end prochain, mais elle était aussi occupée. Une heure plus tard, l'échange de SMS me gênait toujours.

Elle avait des plans.

Avait-elle un rendez-vous ? Je n'avais bu qu'un verre avec elle, donc dîner avec une autre personne n'était pas exactement hors limite. Pourtant, l'idée qu'elle sorte avec un homme me rendait fou.

Je m'obligeai à me reconcentrer sur mon travail et tentai de ne pas penser à elle avec un autre. Néanmoins, je relus trois fois la même page et ignorais encore totalement ce dont elle parlait. Je jetai donc le fichier sur le côté et récupérai mon téléphone.

Grant : Tes plans, pour ce soir, c'est un rendez-vous ?

Les points de suspension commencèrent à danser sur l'écran, puis s'arrêtèrent et recommencèrent à plusieurs reprises.

Ireland : Ça te mettrait en colère ?

Je détestais tout autant ceux qui répondaient à une question par une autre que ceux qui utilisaient des émojis. Cette femme jouait avec moi. Moi, je ne jouais pas. Je n'avais pas de temps pour ça. Ce qui me rappela... que je devais me remettre au travail.

Je jetai mon portable sur le côté et me replongeai dans le programme d'investissement que j'essayais d'avaler.

Mais vingt minutes plus tard, j'avais à nouveau mon smartphone en main. J'étais complètement distrait par un simple message. Je n'étais pas sûr de savoir si j'étais plus en colère contre moi-même pour avoir eu besoin de connaître ses plans ou contre elle parce qu'elle ne répondait pas à ma question.

Grant : Contente-toi de répondre à la question.

Sa réponse fut immédiate.

Ireland : Bon sang, tu es de mauvaise humeur.

Je pris une profonde inspiration, ce qui ne m'aida pas à me détendre.

Grant : C'est sûrement parce que j'attends toujours une réponse à ma question...

Ireland : Est-ce que le muscle de ta mâchoire est crispé, là ?

Je lus son message et regardai le plafond. Cette femme allait causer ma mort. Et je commençais à avoir une migraine tant je serrais les dents. Elle n'avait donc pas tort à propos du muscle de ma mâchoire.

Grant : Ireland... réponds à cette foutue question.

Mon téléphone commença à vibrer pour signaler un appel entrant, plutôt qu'un message. Le nom de la jeune femme éclaira mon écran. Je décrochai.

— Pourquoi dois-tu être si difficile ? déclarai-je en guise de salutations.

Ireland rit et le bruit desserra instantanément le muscle de ma mâchoire.

— C'est amusant, de jouer avec toi.

Je m'enfonçai sur mon fauteuil.

— C'est plus amusant, si on joue *d'une autre façon*. Et si on passait à cette phase-là de notre relation au lieu d'attendre que tu me rendes fou ?

Je perçus qu'elle souriait quand elle prit la parole.

— J'ai un rendez-vous, ce soir, mais tu n'as pas à t'inquiéter parce qu'il est déjà marié.

— Pardon ?

Elle gloussa.

— C'est le dîner de répétitions du mariage de ma meilleure amie, Mia, qui aura lieu le week-end prochain. Mon partenaire pendant le mariage est son frère, qui a épousé un homme. Techniquement, j'imagine qu'il est mon rendez-vous de ce soir.

Génial. Maintenant, je suis jaloux d'un homme gay et marié...

— Et dimanche ? demanda-t-elle.

Je décidai de voir s'il était juste de retourner la situation.

— Je ne peux pas. J'ai un rendez-vous.

Évidemment, ce rendez-vous était avec ma grand-mère pour jouer au père Noël à la fête annuelle de *Pia's Place*...

Elle resta silencieuse pendant un moment, puis déclara d'un ton sec :

— Eh bien, si tu as un rendez-vous, tu n'as pas besoin d'en avoir un second avec moi.

Je souris.

— Tu vois ce que ça fait, Ireland ? Ce n'est pas très plaisant, n'est-ce pas ? Surtout quand j'essaie de travailler. Demain, j'ai rendez-vous avec ma grand-mère.

— Oh.

— Le week-end prochain, alors ? demandai-je.

Je n'avais vraiment pas envie d'attendre aussi longtemps.

Ireland soupira.

— Le week-end prochain, c'est le mariage. Mia et moi, on va passer notre dernière nuit ensemble à l'appartement, vendredi soir. Ensuite, samedi, c'est le mariage et dimanche, c'est le brunch avec les invités. Généralement, je ne sors pas la semaine parce que je me lève très tôt pour le travail. Mais peut-être qu'on peut dîner tôt ou quelque chose comme ça, un soir ?

— Je pars lundi pour un voyage d'affaires sur la côte est et je ne reviens pas avant jeudi soir.

— Oh.

Au moins, elle semblait aussi déçue que moi.

— Eh bien, peut-être le week-end d'après, alors. Ou peut-être... ce serait trop bizarre si je te demandais de venir avec moi au dîner de répétitions, ce soir ? Certaines personnes viennent avec un ami qui n'est pas invité au mariage. Alors, il n'y aura pas que les proches, ce soir.

J'avais envisagé que notre rendez-vous puisse être une soirée calme, juste tous les deux, et non un moment avec tous ses amis autour d'une répétition de mariage. Mais attendre deux semaines pour la voir n'était pas une option. J'allais donc devoir accepter ce qu'on me donnerait.

— À quelle heure dois-je passer te prendre ?

— Vraiment ? Tu vas venir ?

— Apparemment, c'est ma seule façon de te voir, donc oui. Mais, pour être honnête, je ne viens que parce que j'ai hâte de te pousser encore une fois contre ta voiture et de te dévorer la bouche.

Elle rit.

— Ça me va. On se dit dix-huit heures trente ? La répétition est à dix-sept heures et le dîner, juste après. Ils vont se marier au restaurant, donc la partie répétition ne prendra pas trop de temps.

— Je serai là à dix-huit heures quinze. Parce que je ne vais pas attendre la fin du dîner pour avoir mon baiser.

. . .

Ce soir-là, mon cœur commença à tambouriner à une allure presque inquiétante à la minute où elle ouvrit la porte. Les cheveux d'Ireland étaient écartés de son visage et attachés. Elle portait une autre tenue bleue, celle-ci était une robe moulante pastel avec un col plongeant qui exposait sa clavicule. Il y avait donc un léger décolleté sacrément sexy, mais quelque chose à propos de cette clavicule me faisait saliver. Je l'avais taquinée au téléphone en lui disant que je viendrais la chercher plus tôt pour avoir mon deuxième round de baisers, mais je n'avais pas prévu de lui sauter dessus à la minute où elle ouvrirait la porte.

Mais vous savez ce qu'on dit sur les plans préparés avec le plus de minutie...

Ireland sourit et me dit bonjour, faisant un pas sur le côté pour que j'entre, même si je ne fis que quelques pas. La reculant contre la porte de l'appartement, je plaçai mes mains sur ses joues et appuyai mes lèvres sur les siennes. Elle ne s'y attendait pas, pourtant il ne fallut pas longtemps pour qu'elle me réponde. Elle plongea ses mains dans mes cheveux et tira, et je suçotai sa douce langue. Baissant la main, je saisis l'arrière de sa cuisse et la levai pour me rapprocher. Avant que je m'en rende compte, ses jambes étaient enroulées autour de ma taille et je frottais mon érection entre ses cuisses. Si je l'appréciais un peu moins, je serais tombé à genoux et j'aurais plongé mon visage entre ses jambes pour la goûter là, contre la porte. Toutefois, Ireland méritait davantage de respect que ça. À contrecœur, je mis donc fin au baiser.

Elle cligna des yeux à plusieurs reprises et cela me fit sourire qu'elle semble aussi perdue dans le moment que moi.

— Bon sang. C'était aussi bon que la première fois.

Je levai mon pouce jusqu'à sa bouche pour essuyer du rouge à lèvres étalé sous sa lèvre inférieure.

— Je n'ai pas pu me concentrer sur autre chose que ta bouche depuis que tu as quitté le parking, l'autre soir.

Elle sourit.

— J'aime que tu sois aussi honnête.

J'effleurai ses lèvres avec les miennes et parlai sans qu'elles se touchent.

— Si tu aimes mon honnêteté, il y a beaucoup de choses que je serai ravi de te dire, des choses que j'aimerais te faire.

Elle gloussa et me poussa d'un air joueur.

— Pourquoi ne viens-tu pas pour que je puisse fermer la porte ? J'ai déjà été virée pour comportement indécent, une fois. Je ne voudrais pas que cela se reproduise.

— Crois-moi. Si tu as envie de te promener toute nue là, tu ne seras certainement pas virée.

L'intérieur de l'appartement était rempli de cartons. Elle me montra un espace vide sur le canapé et déclara :

— Assieds-toi où tu peux trouver de la place. Il faut juste que j'aille chercher mon sac à main et que je me rafraîchisse puisque tu portes la moitié de mon rouge à lèvres, maintenant. Je m'essuyai les lèvres du pouce.

— Prends ton temps.

Alors qu'Ireland disparaissait dans le couloir, j'observai un peu l'appartement. Il y avait quelques photos encadrées sur la bibliothèque, dont deux avec elle et une autre femme qui, je le supposais, était sa colocataire. Dans une autre, Ireland semblait avoir sept ou huit ans et était visiblement avec sa mère. Enfin, une autre avait été prise récemment et la montrait avec une femme plus âgée.

Ireland arriva derrière moi quand j'avais ce cliché en main.

— C'est ma tante Opal. La sœur de ma mère. Elle m'a élevée à sa mort. Elle est comme ma seconde maman. Il y a trois mois, elle a déménagé en Floride. C'est étrange de ne plus l'avoir aussi près de moi.

— Vous êtes restées proches ?

Elle acquiesça.

— Elle a une dégénérescence maculaire, donc elle perd lentement la vue. Elle est partie vivre avec sa fille sur Sanibel Island. Carly a douze ans de plus que moi. Elle était déjà partie de la maison quand sa mère m'a accueillie à l'âge de dix ans. Mais nous sommes proches. On s'envoie des SMS presque tous les jours. Je vais leur rendre visite le mois prochain.

— J'avais cinq ans, quand j'ai emménagé avec ma mère.

— Ça te dérange si je te demande pourquoi tu as fini en foyer d'accueil ?

Ce n'était pas une chose dont je parlais souvent, mais Ireland avait été tellement ouverte quant à l'histoire de sa famille.

— Ma mère biologique avait quinze ans, quand je suis né. Mon père n'est pas nommé sur le certificat de naissance et il n'est jamais apparu. Elle avait une vie difficile, chez elle, et on allait de maison en maison. Finalement, elle s'est mise à prendre de la drogue et nous vivions dans un abri. Un jour, elle est sortie et n'est jamais revenue. Je ne l'ai pas revue depuis.

Ireland posa une main sur son cœur.

— Oh mon Dieu. Je suis tellement désolée.

Je posai la photo encadrée.

— Ne le sois pas. J'ai eu de la chance. La première famille dans laquelle j'ai été placé, c'est avec mes parents. Je n'ai pas été ballotté à droite et à gauche comme beaucoup de gamins. J'ai eu une belle enfance. Pia était la meilleure maman du monde. Mon père travaillait beaucoup, mais il était génial, aussi. Ce sont eux, mes parents.

Ireland sourit tristement.

— Oui. Je ressens plus ou moins la même chose. Même si j'ai de bons souvenirs de ma mère, j'ai l'impression que c'est Opal qui m'a élevée. Viens avec moi. Je veux te montrer quelque chose.

Je la suivis dans la chambre et elle montra un tableau au-dessus de son lit.

Sans pluie, pas de fleurs.

— Une grande partie de la mort de ma mère et tout ce qu'il s'est passé à ce moment-là est un brouillard. Mais je me souviens du prêtre qui est venu me parler après les funérailles et qui m'a dit ces mots quand je pleurais. Curieusement, ils me sont restés en tête toutes ces années. Ça semble convenir à ton histoire aussi.

Je la regardai dans les yeux. *Merde, alors.* Cette femme était vraiment différente. Je me tenais à trois mètres de son lit et tout ce que je voulais faire, c'était passer mes bras autour d'elle. Que je n'aie pas envie de la pencher sur le lit et de la prendre dans tous les sens me faisait légèrement flipper.

Je clignai plusieurs fois des yeux.

— C'est une belle citation.

Ireland attrapa un pull dans son armoire et son sac à main sur sa commode.

— Prêt à rencontrer mes amis ?

— Je préférerais t'avoir pour moi tout seul, mais je suis prêt à partir, si c'est ce que tu demandes.

Elle sourit et me prit les mains.

— Tu veux savoir un secret ?

— Qu'est-ce que c'est ?

— J'ai un peu peur d'être seule avec toi. C'est honnêtement l'une des raisons pour lesquelles j'ai insisté pour boire un verre plutôt que d'avoir un vrai rendez-vous.

— Pourquoi ?

— Je ne sais pas. J'imagine que je ne me fais pas vraiment confiance. Tu me rends… nerveuse. Pas d'une mauvaise façon, si tu vois ce que je veux dire.

Je levai nos mains jointes jusqu'à mes lèvres pour embrasser ses articulations.

— C'est vraiment logique. Tu sais pourquoi ?

— Pourquoi ?

— Parce que toi aussi, tu me fais carrément peur.

Ireland

— Te voilà.

Grant avait disparu pendant la répétition. Le pasteur était resté quand tout fut terminé et avait parlé pendant si longtemps que je n'avais pas pu m'échapper plus tôt pour aller chercher mon rendez-vous.

— Pardon. J'ai eu un appel du bureau et j'ai dû le prendre, donc je suis sorti.

Grant détourna le regard en parlant. Je ne le connaissais pas depuis suffisamment longtemps pour analyser ses expressions, pourtant c'était la première fois que j'avais l'impression distincte qu'il racontait des conneries. À nouveau, je laissai couler.

— Oh, d'accord. Je t'ai perdu pendant la répétition. Le dîner ne va pas tarder à être servi.

Grant acquiesça.

— Tout va bien ?

— Bien sûr. J'ai juste été distrait un moment.

Il ne croisait toujours pas mon regard. Peut-être que j'analysais un peu trop les choses. Même s'il n'était pas sorti pour prendre un appel et avait juste eu besoin d'un bol d'air frais, ça n'avait pas vraiment d'importance.

Je souris.

— J'imagine qu'une répétition de mariage où tu rencontres tous mes amis n'est pas exactement ce que tu avais en tête quand tu m'as proposé un second rendez-vous.

Grant passa ses bras autour de ma taille.

— Non. Mais je vais prendre ce que je peux avoir.

Je levai les mains pour les placer derrière son cou.

— Je ne l'aurais jamais cru, mais tu es beau joueur. Je devrais me rattraper, plus tard.

Le regard de Grant s'assombrit.

— J'aime ce que tu dis.

Il se pencha en avant et effleura mes lèvres avec les siennes.

Notre moment privé fut interrompu par la voix de ma meilleure amie.

— Trouvez-vous une chambre.

Je souris et présentai Grant à la future mariée.

— Grant, voici ma meilleure amie, l'horrible mariée monstrueuse. Anciennement connue sous le nom de Mia.

Grant et moi nous séparâmes, et il tendit une main. Mais Mia n'allait pas se contenter de ça. Elle l'étreignit.

— Ravi d'enfin te rencontrer, patron.

Il gloussa.

— Enchanté également.

Elle passa son bras dans le creux du sien et commença à marcher vers la porte.

— Viens. Je vais te présenter tout le monde et te raconter tous leurs secrets pour que tu n'aies pas l'impression d'être un intrus.

Grant rit, supposant qu'elle plaisantait, mais je la connaissais mieux que ça.

À l'intérieur, Mia le présenta à une dizaine de personnes et lorsque le dîner commença, elle s'assit avec nous, plutôt qu'avec Christian, son futur mari, qui était à l'autre bout de la longue table.

Elle mangea un bout de saumon et pointa sa fourchette en direction de notre amie Tatiana.

— Elle s'est fait refaire les seins.

Grant regarda. Il baissa brièvement les yeux vers la poitrine énorme, puis se retourna en gloussant.

— À mon avis, ce n'est pas un secret pour beaucoup de personnes.

Il avait absolument raison. Les implants de Tatiana étaient presque aussi gros que ma tête et son menton retombait pratiquement dessus, tant ils étaient hauts.

— C'est vrai.

Mia fit un signe de tête vers l'extrémité de la table vers la femme assise en face de Christian.

— Callie, ma future belle-sœur, la blonde à ma place, dort avec un ours en peluche.

Elle leva son menton vers la table en face de nous où le père et son épouse étaient assis près des parents de Christian.

— Ma belle-mère, Elaine, a un tas de lettres d'amour d'un ancien copain qu'elle garde dissimulées dans le grenier.

Grant haussa les sourcils.

— On dirait que tu as quelque chose sur tout le monde.

Mia continua son tour de la pièce, racontant des secrets sur presque tout le monde. Quand elle en eut visiblement fini, Grant me regarda, tout en lui parlant.

— Tu as oublié quelqu'un.

Mia se mordit la lèvre, comme si elle pensait à ses options, et elle se pencha vers Grant.

— Elle cache du porno dans les vieux DVD Disney dans le placard du salon. Elle croit que je ne le sais pas.

— Mia !

J'écarquillai les yeux et sentis mon visage rougir. Je ne m'étais effectivement pas rendu compte qu'elle était au courant. Mais tous les trois, nous nous mîmes à rire. Bien sûr, le pasteur choisit ce moment pour avancer. Il posa une main sur l'épaule de Mia et sourit.

— Désolé de vous interrompre. On dirait que vous passez un bon moment. Je voulais juste dire au revoir à la future mariée.

Mia répondit au pasteur qu'elle allait le raccompagner et quand elle commença à s'éloigner, elle se pencha vers nous en chuchotant :

— Je reviendrai avec son secret dans dix minutes.

Grant gloussa.

— J'aime bien ton amie.

— Elle est folle, mais elle va clairement me manquer. En fait, je n'ai jamais vécu seule. Je suis passée de la maison de mes parents, à celle de ma tante, puis à ma chambre d'université avec une colocataire et enfin j'ai partagé un appartement avec Mia.

— Tu vas en prendre une autre ?

— J'ai publié une annonce sur Craiglist. J'ai réduit la liste à deux hommes.

— Des hommes ?

— Oui. Jacque est un mannequin sous-vêtement français qui vit aux États-Unis depuis un an et Marco est pompier.

L'expression sur le visage de Grant était si sérieuse que je ne pus continuer. Je commençai à rire.

— Je plaisante. Mais tu devrais voir ta tête.

Il plissa les yeux.

— Très mignon.

— En fait, j'ai vraiment hâte de vivre toute seule. Je t'ai dit que je faisais construire une maison. Ce n'est pas grand-chose, mais j'aime bien le coin. C'est un nouveau lotissement. Toute une nouvelle communauté bâtie autour d'un grand et beau lac, même si ma parcelle n'est pas en face parce que celles-ci valaient quatre fois le prix. Mais j'aime que cela reste boisé et que ce soit loin d'autres maisons. Ça ressemble à un lieu de vacances serein. Lorsque j'ai acheté le terrain, j'ai demandé à un architecte de faire les plans de ma maison de rêve. Ensuite, j'ai demandé des estimations pour la faire construire et je me suis rendu compte que je rêvais trop grand, donc j'ai réduit un peu mes attentes. C'est bien plus petit, maintenant, mais j'ai hâte que ce soit fini. Les travaux sont achevés à environ soixante pour cent, pour l'instant.

Il sourit.

— C'est génial. J'adorerai la voir.

— J'aime conduire jusqu'à la propriété de temps en temps pour la voir. Peut-être que la prochaine fois, tu peux venir avec moi, je te montrerai le lac et je te ferai faire un tour de ma maison à moitié bâtie.

— J'aimerais bien.

• • •

Deux heures plus tard, Grant me reconduisit chez moi et se gara devant mon immeuble.

— Merci d'être venu avec moi, lui dis-je. Je sais que ce n'était pas un rendez-vous idéal, mais je l'ai quand même apprécié.

— Moi aussi.

Je n'étais clairement pas prêt pour qu'il parte.

— Tu veux entrer ?

Grant me regarda dans les yeux.

— Tu n'imagines pas à quel point j'en ai envie.

Je souris, mais alors que nous sortions de la voiture et avancions vers l'ascenseur, je devins extrêmement anxieuse. Lorsque je mis ma clé dans le verrou, Grant remarqua que ma main tremblait.

— Tu as froid ?

Je secouai la tête.

— Je suis nerveuse, j'imagine. C'est juste que... Tu m'attires vraiment et je t'aime bien, mais je ne suis pas prête à... ce que tu passes la nuit ici. Je ne veux pas que tu te fasses des idées parce que je t'invite à entrer.

Grant m'obligea à me retourner et plaça deux doigts sous mon menton, le levant pour que je le regarde dans les yeux.

— Le choix reste le tien. Nous pouvons y aller aussi lentement que tu le veux.

Mes épaules se détendirent et je soupirai.

— Merci.

Je fus beaucoup plus calme après ça. À l'intérieur, j'allai dans ma chambre pour me changer et laissai Grant ouvrir une bouteille de vin. Lorsque je sortis, il se tenait dans le salon avec un verre de vin dans une main et *La Belle et la Bête* dans l'autre.

Il haussa un sourcil.

— Elle ne plaisantait pas.

Je sentis la chaleur monter sur mon visage et lui arrachai le boîtier des mains.

— J'ai eu une période sèche. Ne me dis pas que tu n'as jamais regardé de porno.

Il sourit.

— Bien sûr que j'en ai déjà regardé. C'est juste que je ne mets pas les miens dans des DVD Disney.

Je ris, lui pris le vin des mains et en bus la moitié en une gorgée. Tant que nous étions sur ce sujet, je me disais que je ferais aussi bien de savoir ce qu'il aimait regarder. *Qui sait ? Je vais peut-être trouver un genre de fétiche ?*

— Est-ce que ta collection est spécifique sur un certain type de porno ?

Grant plissa les yeux ?

— Tu es en train de me demander si j'aime les jeux de rôle ou si j'ai un quelconque fétiche ?

— J'imagine. C'est juste que je découvre que certaines choses fonctionnent pour moi et d'autres, non.

Il me prit le verre de vin des mains et en but l'autre moitié.

— Je ne suis pas difficile. Mais j'ai désespérément envie de savoir ce qui te plaît.

Je laissai échapper un rire nerveux et saisis le verre vide.

— J'ai besoin de plus de vin pour cette conversation.

Une fois servie à nouveau, je guidai Grant vers le canapé.

— Est-ce que tu peux juste faire comme si tu n'avais pas ouvert *La Belle et la Bête* ?

Grant secoua la tête avec un sourire malicieux alors que je posais mes pieds sur ses genoux. Il commença à les masser.

— Aucune chance, ma belle. Raconte. Qu'est-ce qui te fait fantasmer ?

— Ce n'est pas vraiment un fantasme.

— Alors, écoutons ça. Ou ai-je besoin de dévoiler toute ta collection Disney pour le découvrir par moi-même ?

Je bus un peu plus de courage liquide.

— Il s'avère que j'aime les vidéos où la femme fait plaisir à l'homme.

Grant arrêta de me caresser les pieds.

— Tu aimes regarder une femme faire une fellation ?

C'était le nouveau millénaire. Je ne devrais pas être embarrassée par quoi que ce soit qui me donnait un certain pouvoir sexuel, pourtant, je me mordis la lèvre et acquiesçai.

— Nom de Dieu, grommela Grant. Tu es tellement parfaite. Comment as-tu pu avoir une période sèche ?

Je ris.

— Je me la suis imposée. J'ai un rythme. Je choisis un crétin avec qui je sors. Ensuite, je mets toute la faute sur nos ébats et je fais une longue pause.

— Tu es assise là, avec moi. Est-ce que ça veut dire que je suis un crétin ?

Je sirotai mon verre.

— Je ne sais pas, tu en es un ?

Son sourire joueur se tordit.

— Je peux l'être. Mais je n'en ai pas envie avec toi.

— Pas besoin d'être Sigmund Freud pour savoir d'où viennent mes problèmes. J'en ai de sérieux pour faire confiance, Grant. Mon père accusait tout le temps ma mère de le tromper. Je ne saurai jamais s'il y avait une quelconque vérité dans ses accusations. J'aime croire que non, qu'il était juste irrationnel et instable. Mais c'est pour ça qu'ils se disputaient tout le temps et qu'ils se sont engueulés la nuit où il l'a tuée. Lorsqu'il a paniqué et est parti, il m'a laissée menottée au radiateur où personne ne m'a trouvée avant deux jours. Et pourtant, j'ai toujours tendance à être attirée par les hommes dominateurs et idiots.

— Et tu me vois comme l'un d'entre eux ?

Je haussai les épaules.

— Plus maintenant. Même si, je ne le vois jamais au premier coup d'œil. J'aime les hommes confiants, ceux qui sont sûrs d'eux et qui dégagent une certaine énergie. Tu corresponds vraiment à ce genre de personne. Mais par expérience, je peux dire que les hommes qui aiment tout prendre en charge et que je trouve attirants ne sont pas nécessairement mes meilleurs partenaires. Le dernier avec qui je suis sorti aimait tout contrôler. Il n'appréciait pas que je traîne avec mes amis, et quand je le faisais, il me posait des questions. Quand je lui demandais de me laisser de l'espace, il avait tendance à me faire sentir coupable.

Grant me prit la main.

— Je suis désolé. Nous avons tous des relations précédentes qui changent notre façon de gérer les choses à l'avenir.

— Tu sais comment j'ai finalement décidé qu'il était temps de me séparer de Scott, mon ex ?

— Comment ?

— Sans même m'en rendre compte, j'ai commencé à faire cliquer mon stylo.

— Ce qui signifie...

— Scott avait une bête noire. Il *détestait* ceux qui faisaient cliquer leur stylo.

Grant plissa les yeux.

— Tu as dit que Bickman détestait quand on tapait des pieds et le lourd parfum, mais que tu le faisais en secret pour l'agacer.

Je souris.

— Bingo. Je faisais inconsciemment ces choses pour l'agacer. Ce n'est pas un signe de relation stable. Alors j'ai rompu.

— Je vais devoir m'en souvenir. Quand tu m'enverras des messages en majuscules, je saurai ce que ça veut dire.

Je ris.

— C'est ça, ta bête noire ? Je ne suis pas sûre que tu aurais dû la partager avec moi.

Grant sourit.

— Tu as un côté maléfique, Saint James.

J'avais l'impression d'avoir beaucoup partagé mon passé, pourtant je ne savais pas grand-chose du sien. Du moins, pas les choses importantes. Je savais qu'il avait été adopté par sa famille d'accueil, mais j'avais l'impression que son bagage ne venait pas de là.

— Je peux te demander ce qu'il s'est passé entre ton ex-femme et toi ?

Grant contracta sa mâchoire. Il détourna le regard une minute, puis baissa les yeux vers moi quand il commença enfin à parler.

— Lily avait un passé qui ressemblait au mien : une mère instable et pas de père. Sauf que sa mère était malade mentale et non pas accro comme la mienne. Quand on s'est rencontré, elle m'a attiré tant elle était différente des autres. Je ne savais pas à l'époque que cette maladie mentale était héréditaire. Je pensais qu'elle était spontanée et sauvage. Et pendant un moment, elle l'a été. Mais lentement, au fil de temps, les bons moments qu'elle connaissait ont commencé à devenir très mauvais. Il n'y avait pas de juste milieu, avec elle.

J'avais appris beaucoup de choses sur les troubles mentaux au fil des ans. Une part de moi voulait toujours croire que quelque chose n'allait pas chez mon père. Je voulais reprocher ce qu'il avait fait à *n'importe qui* sauf lui, mais c'était plus facile d'accepter qu'il avait tué ma mère si ce n'était pas sa faute. Je savais donc que les problèmes de bipolarité et les autres maladies liées à la dépression commençaient souvent aux alentours de la vingtaine.

— Je suis désolée. C'est difficile.

Grant resta silencieux pendant un moment, puis leva les yeux vers moi.

— Merci. Comme tu l'as dit, pas besoin d'être Freud pour comprendre pourquoi je n'ai pas eu beaucoup de relations saines avec les femmes depuis. Je n'ai pas menti. Je me suis toujours assuré qu'elles comprennent que je ne cherchais pas l'amour. J'imagine que nous avions tous les deux des problèmes de confiance.

J'acquiesçai.

— J'apprécie ton honnêteté. Mais c'est ce que tu veux de moi aussi ? Tu m'attires incroyablement. Une relation uniquement sexuelle avec toi peut me convenir si c'est tout ce que tu veux vraiment. Mais je me vois bien tomber amoureuse de toi, Grant. J'apprécierais si tu pouvais être franc quant à ce que tu recherches.

Il tira sur ma main et me guida pour que je ne sois plus assis à côté de lui, mais sur lui. Il prit mon visage entre ses paumes et me regarda dans les yeux.

— J'en veux plus avec toi. Mais je ne suis pas sûr d'en être capable, Ireland. Je ne vais pas te promettre ce que je ne suis pas sûr de pouvoir respecter. Pourtant, j'aimerais essayer de tout faire fonctionner.

Ses mots pesaient lourdement sur ma poitrine. Cela me rendait triste pour lui qu'il pense être incapable d'aimer.

Je m'obligeai à sourire.

— Merci pour ton honnêteté. J'imagine que chaque relation est risquée. Alors, on va y aller pas à pas et on va voir où cela nous mène.

Grant acquiesça, même s'il ne semblait pas très confiant.

— Comment on est passé du porno à nos vies tordues ? demandai-je.

Il sourit.

— Je ne sais pas, je préférerais clairement recommencer à parler du fait que tu apprécies regarder une femme faire une fellation.

Je lui donnai une petite tape sur le torse.

— Évidemment.

Grant plia son doigt vers moi.

— Viens ici.

J'étais assis sur lui, mais je levai une jambe pour le chevaucher. M'installant, je rapprochai mon visage assez près pour que nos nez se touchent.

— Où ? Ici ?

Il s'agrippa à ma nuque et parla avec ses lèvres appuyées contre les miennes.

— Juste ici. Exactement ici.

Nous nous embrassâmes comme deux adolescents excités après ça. Lorsque notre baiser se brisa, il tira sur mes cheveux pour exposer ma gorge et plonger son visage dans mon cou. Il m'embrassa et lécha un chemin jusqu'à mon oreille.

— Dis-moi, Ireland. Il n'y a que les femmes que tu aimes voir pratiquer le sexe oral ? Parce que j'ai hâte de plonger mon visage entre tes jambes et que tu me regardes te lécher.

— Oh mon Dieu.

J'adorais ce qu'il disait. Mon corps était déjà en feu à cause du baiser et je sentais son érection appuyée contre mon clitoris gonflé. Peut-être que je n'avais qu'à me frotter plusieurs fois sur lui pour jouir s'il continuait de me parler ainsi à l'oreille. J'étais à deux doigts de le faire... jusqu'à ce qu'une voix interrompe ce moment.

— Ça a l'air plus sympa que ce que j'ai vu dans le DVD d'*Aladin*. Je crois que je vais aller me préparer du pop-corn.

Je sursautai en entendant la voix de Mia. Littéralement. Je bondis des cuisses de Grant et atterris par terre, sur les fesses. Je me frottai le derrière.

— Nom de Dieu, Mia. Tu m'as vraiment fait peur.

Elle gloussa.

— J'ai fait du bruit, en entrant. Vous étiez juste trop concentrés sur ce que vous faisiez.

Elle agita sa main vers nous.

— Continuez. Faites comme si je n'étais pas là. Je vais au lit, de toute façon.

Grant tendit une main et m'aida à me relever.

— Je croyais que tu dormais chez Christian.

— Non. Il va rester chaste pendant deux semaines avant notre mariage.

Je ris.

— Pauvre Christian. Tu es une monstrueuse mariée qui ne se calme jamais.

Mia me tira la langue.

— Bonne nuit, les tourtereaux.

Une fois qu'elle fut partie, je me rassis sur le canapé à côté de Grant.

— Pardon.

— Ce n'est rien. C'est probablement une bonne chose qu'elle soit rentrée. Tu veux qu'on y aille lentement et entre ton allure ce soir dans cette robe, ta collection de porno et ce baiser, je crois que je n'aurais pas été capable de me contrôler plus longtemps. Je pense que c'était mon signal pour partir.

Je voulais lui dire de rester, de venir dans ma chambre avec moi pour que je lui montre toutes les techniques apprises dans ces vidéos. Mais il avait raison. Si les choses ne ralentissaient pas, ce serait moi, qui finirais par être blessée. Je le savais bien.

Alors, j'acquiesçai.

— D'accord. Merci encore d'être venu avec moi. Tu veux bien... être mon rendez-vous pour le mariage, samedi prochain ?

Il se pencha en avant et déposa un baiser sur mes lèvres.

— J'adorerais.

J'avançai vers la porte et l'ouvris, mais je retardai le moment de lui dire au revoir.

— Où vas-tu, cette semaine ?

— Sur la côte est.

— D'accord. Envoie-moi un message, si tu as le temps.

Mon regard parcourut son visage.

— Je vais m'arranger pour en avoir.

Mon ventre fit un petit salto. Je ressentis étrangement cette sensation chaude et niaise. Grant m'embrassa pour me dire bonne nuit et je souris, avant de fermer la porte. Mais quelques secondes plus tard, on frappa à nouveau. Comme la dernière fois, je me dis qu'il avait oublié quelque chose.

— Je te manque déjà ? le taquinai-je.

— Si tu es libre, demain après-midi, il y a une fête à *Pia's Place*.

— Oh ? L'association de ta mère ?

— Oui. Le siège est à Glendale. Ils organisent quelques fêtes pendant l'année pour les enfants et les

Grands. Demain, c'est Noël en juillet. C'est une foire sur le thème des fêtes de fin d'année. Ma grand-mère m'a entubé pour que j'y participe, mais je devrais en avoir fini à quatorze heures.

Je souris.

— Ça me semble génial.

Grant acquiesça.

— Je t'enverrai l'adresse par message.

Quand je refermai la porte, je songeai à la soirée. Une partie se distinguait. Le moment où je lui avais dit que je m'imaginais facilement tomber amoureuse de lui. Ce qui était en quelque sorte un mensonge. J'étais déjà amoureuse.

Ireland

Je ne m'attendais pas à ce que la fête soit si grande. J'ignorais pourquoi, mais je m'attendais à quelques dizaines de personnes, une petite ferme avec des animaux et une machine à barbe à papa. Mais des centaines de personnes fourmillaient autour d'une grande roue, de food-trucks éparpillés et de spectacles de Noël.

Je déambulai pendant un moment, observant tout ce qu'il y avait, mais Grant n'était nulle part. Une femme s'approcha avec des papiers à la main. Elle sourit.

— Tu es une Grande Sœur ? Je ne crois pas qu'on se soit rencontrée.

— Oh, non. Je ne fais pas partie du programme.

Elle me tendit un pamphlet.

— Je suis Liz, la directrice de *Pia's Place*.

— Salut, je suis Ireland. En fait, je viens retrouver quelqu'un.

— Oh, d'accord. Eh bien, c'est un programme génial. Ça ne peut pas vous faire de mal de consulter les informations. Je pense que vous trouverez ça très gratifiant.

Je pris le prospectus.

— Merci.

— Mon numéro est au dos, si vous avez des questions. Passez un bon après-midi. Profitez de la foire.

Elle commença à s'éloigner, mais je l'arrêtai.

— Liz, y a-t-il une chance pour que vous connaissiez Grant Lexington ?

— Bien sûr.

— Vous l'avez vu dans le coin ? Je suis censé le retrouver après quatorze heures, mais je ne le trouve nulle part.

Liz sourit.

— Il a commencé tard.

Elle regarda par-dessus son épaule pendant un moment.

— Mais on dirait qu'il a bientôt fini. La file diminue enfin.

Je fronçai les sourcils.

— La file ?

Elle me montra quelque chose du doigt.

— Pour le père Noël.

Je scrutai la zone à côté de laquelle j'étais passée deux fois et plissai les yeux, examinant les gens. Observant longuement le père Noël, j'écarquillai les yeux.

— Oh mon Dieu. Est-ce...

Liz rit.

— Seule sa grand-mère a pu le convaincre de le faire. C'est la première fois qu'il joue au père Noël pour nous. Son grand-père l'a fait pendant ces vingt dernières années. J'imagine qu'il lui passe le témoin.

Une fois Liz partit, je restai plantée là, à regarder de loin. Cet homme était certainement une énigme. Il portait des costumes taillés sur mesure, poussait tout le monde à se redresser un peu quand il entrait dans une salle de réunion, et avait une attitude brusque et distante. Pourtant, voilà qu'un dimanche après-midi, il portait un costume de père Noël et prenait des enfants sur ses cuisses. Plus je regardais, plus mon sourire s'élargissait. Surtout quand il prit une petite fille de deux ou trois ans et qu'elle commença immédiatement à pleurer. Je gloussai et étudiai la façon dont il gérait la crise.

Il essaya sincèrement de la calmer, baissant même sa barbe pour qu'elle voie qu'il y avait un homme en dessous, mais la petite fille ne se laissa pas faire. L'expression sur le visage de Grant était purement stressée jusqu'à ce qu'un elfe vienne l'aider. Alors que je continuais de regarder, la file se réduisit à quatre enfants, donc je décidai de la rejoindre.

Grant secoua la tête et rit quand il me vit attendre derrière un enfant de cinq ans. Nos regards se croisèrent plusieurs fois quand chaque enfant devant moi passa. Je n'arrivais pas à m'arrêter de sourire. Toute la scène était si amusante. Lorsque les autres enfants en eurent fini, j'avançai et plantai mes fesses sur les genoux du père Noël.

Je passai un bras autour de son cou et tapotai son ventre rembourré.

— Tu as bien mangé au déjeuner ?

— J'étais censé en avoir fini avec cette bouffonnerie avant que tu arrives.

Je tirai doucement sur sa barbe.

— J'aime bien. Les cheveux blancs te vont bien. Je parie que tu seras canon quand tu auras les cheveux poivre et sel.

— Ravi que tu le penses, parce que certains de ces gamins m'ont donné des cheveux blancs, aujourd'hui.

Je gloussai.

— J'ai vu la petite fille en robe rose. Elle n'était pas une grande fan.

— Ça allait bien au début, parce que j'avais un grand paquet de bonbons à côté de moi. Quand ils les ont finis, je n'avais plus rien pour les acheter.

— Tu dois avoir chaud dans ce costume.

— Oui. Je devrais aller me changer avant qu'un autre petit monstre fasse la queue.

Je souris et passai mon autre bras autour de son cou.

— Je n'ai pas le droit de dire au père Noël ce que je veux ?

— Il le sait déjà. Davantage de DVD Disney.

Je ris et voulus me lever, mais il me maintint en place.

— Alors, écoutons ça. Que veux-tu pour Noël, ma petite fille ?

— Hmm.

Je tapotai mon doigt contre ma lèvre.

— N'importe quel paquet que tu auras envie de me donner.

— Oh, je dois te donner mon paquet, d'accord. Quoi d'autre ?

Je me sentais déprimée avant de venir ici à cause d'une lettre arrivée hier.

— Pourquoi pas une dérogation ?

— Une dérogation ?

Je soupirai.

— Oui. J'ai ouvert le courrier ce matin et j'avais une lettre de la Ville. Ils ordonnent l'arrêt de ma construction. Apparemment, un inspecteur est passé et s'est rendu compte que l'entrepreneur a construit mon garage deux centimètres trop près de la route, et j'ai maintenant besoin d'une dérogation pour avoir le droit de continuer. Ou alors, je dois me débarrasser du garage. J'ai appelé l'architecte pour voir ce qu'il faudrait pour avoir l'approbation et il a dit que nous devrions l'avoir sans problème. Mais la Ville a fait machine arrière et il faudra plusieurs mois avant qu'on puisse obtenir une audience. Oh et je me suis engueulé avec l'entrepreneur à cause de ça et il m'a laissé sur le carreau.

— Ça craint. Qu'est-ce que tu vas faire ?

— Je ne sais pas. Il faut que j'y réfléchisse.

Je me levai.

— Mais va te changer. Je sens la chaleur irradier de ton corps.

Grant acquiesça et me guida vers le bâtiment principal. Il attendit que nous soyons à l'intérieur pour enlever son chapeau et sa barbe.

— Une douche me plairait bien, mais je vais juste devoir changer de vêtements, là.

Nous progressâmes dans le bâtiment jusqu'à trouver un bureau. Grant sortit ses clés de sa poche et ouvrit la porte. À l'intérieur du grand espace se trouvait un sac marin sur le bureau. Il l'ouvrit et en sortit des vêtements, avant de commencer à retirer le costume de père Noël.

Je m'appuyai contre le bureau et le regardai déboutonner sa veste rouge.

— J'ai rencontré quelqu'un du nom de Liz qui m'a donné une brochure sur le programme. Elle a dit que c'était la première fois que tu jouais le père Noël.

Grant se débarrassa de sa veste et la jeta sur le bureau, puis commença à se débarrasser de son pantalon en laine rouge. Il secoua la tête.

— Ma grand-mère a peut-être l'air d'une douce et vieille femme, mais négocier avec elle est impossible.

Il jeta le pantalon par-dessus la veste. En dessous, il portait un survêtement gris et un tee-shirt blanc. En y réfléchissant, il attrapa l'ourlet de ce dernier et le passa par-dessus sa tête.

— Je trouve que c'est mignon que tu...

Je m'arrêtai au milieu de ma phrase quand ma mâchoire s'ouvrit en grand. *Nom de Dieu*. J'avais senti ses bras et son torse, donc je savais qu'il était physiquement en forme, mais bon sang, l'homme était bien foutu. Ses abdominaux hâlés étaient bien définis et il avait des tablettes de chocolat sans même les contracter.

Grant me regarda et vit que j'étais en train de le fixer. Complètement ignorant, il baissa les yeux pour voir ce qui pourrait me rendre bouche bée. Visiblement, il s'attendait à trouver quelque chose qui n'allait pas, comme s'il avait besoin d'une grosse marque ou d'autre chose sur son torse pour que quelqu'un s'arrête et le scrute. Confus quand il ne trouva rien, il leva les yeux vers moi à la recherche d'une explication.

Je montrai son torse.

— Euh... ça, c'est pas juste.

Il haussa les sourcils et gloussa.

— Tu es en train de dire que tu aimes ce que tu vois ?

Il plaisantait ? J'avais envie de *lécher* ce que je voyais.

— Tu es... juste beau de la tête aux pieds.

Il avait sorti un tee-shirt propre de son sac marin, mais il le jeta sur le sol et avança vers moi. Torse nu, il posa une main de chaque côté de mon corps appuyé contre le bureau et il me regarda de haut en bas.

— Ravi que tu le penses, puisque cette sensation est mutuelle.

Grant enroula une main autour de ma nuque, l'utilisant pour approcher mes lèvres des siennes. Il m'embrassa passionnément, son torse chaud et dur appuyé contre mon corps mou.

Les choses se réchauffaient vraiment quand la porte derrière lui s'ouvrit brutalement.

— C'est quoi ce délire ? dit une voix.

Grant mit fin au baiser, mais resta figé et ferma les yeux, tout en secouant la tête.

— Ferme la porte, Leo.

— C'est qui cette fille ?

— Leo !

Il éleva la voix.

— Ferme la porte. On arrive tout de suite.

Je regardai derrière Grant et vis un garçon qui ne semblait pas avoir plus de onze ou douze ans. Il me fit un signe de la main, et son visage était fendu d'un immense sourire.

— Elle est trop belle pour ton sale cul.

Grant baissa la tête et gloussa.

— Sors, Leo. Et surveille ton langage.

La porte claqua et je regardai Grant.

— Il aurait pu entrer.

Grant baissa les yeux et mon regard suivit jusqu'à une bosse dans son survêtement.

Je couvris ma bouche et gloussai.

— Oh mon Dieu. Oui, j'imagine que c'était judicieux.

Il attrapa son tee-shirt et l'enfila.

— Leo est mon petit frère de l'association.

Grant retira son survêtement gris et se tint là en boxer noir. Le renflement considérable me mettait l'eau à la bouche. Cela faisait longtemps, trop longtemps, apparemment. Il enfila son jean, réussit à remonter la braguette au-dessus du gonflement, puis mit toutes ses affaires dans le sac.

— Il était censé voir sa mère ce week-end, mais elle a annulé. Ce qui est une bonne chose, si tu veux mon avis. Il reviendra dans deux minutes si je ne sors pas. Il est aussi impatient que mon membre est collé contre mon pantalon en ce moment.

Je ris et déposai un baiser chaste sur ses lèvres.

— D'accord, allons-y.

Grant fit les présentations dans le couloir et Leo nous informa que sa grand-mère le cherchait parce que papy avait besoin d'aller aux toilettes. Il était donc sacrément confus.

— Elle veut que tu ailles avec lui, expliqua le petit.

— Merde. D'accord.

Leo lança un sourire narquois et le pointa du doigt.

— Ton langage, Grant.

Celui-ci secoua la tête. Il me regarda.

— Je reviens tout de suite. Et si vous alliez chercher quelque chose à manger, je vous rejoindrai aux tables de pique-nique ?

Une fois Grant parti, Leo m'accompagna jusqu'à la zone des food-trucks. Nous venions de décider de manger une glace, donc nous commençâmes à faire la queue.

— Alors, Grant est ton Grand Frère ?

— J'imagine. Mais on se voit plus souvent que les autres enfants avec leurs grands frères et sœurs du programme.

— Depuis combien de temps êtes-vous liés ?

— Aussi loin que je m'en souvienne. Il me gardait souvent quand j'étais petit. Avant que ma sœur devienne malade.

Mon sourire disparut.

— Oh. Je suis désolée que ta sœur soit malade.

Leo haussa les épaules.

— Ce n'est rien. Elle va beaucoup mieux maintenant. Ce n'est pas comme lorsque Grant et elle étaient mariés.

Les gens devant nous dans la file d'attente furent servis et Leo avança. J'étais toujours figée sur place.

— Ta sœur était mariée avec Grant ?

Leo acquiesça.

— Oui. Ma sœur s'appelle Lily.

J'écarquillai les yeux. Grant avait mentionné Lily, et Leo également. Mais à mon avis, la connexion entre eux deux ne s'était jamais faite. Quand nous avions évoqué son ex-femme, j'avais cru comprendre qu'il ne voulait rien avoir à faire avec elle. Je trouvai donc ça intéressant qu'il soit le Grand Frère du véritable petit frère de cette femme. D'après ce qu'il m'avait dit, leur mère avait une maladie mentale, donc ce petit garçon avait au moins deux femmes instables dans sa vie.

Quand ce fut à notre tour de commander, Leo choisit un double cône de glace à l'italienne vanille et chocolat, recouvert de vermicelles. Je commandai une seule boule de chocolat avec des bonbons au chocolat. Nous allâmes nous asseoir à une table de pique-nique non loin, où Grant nous retrouva quelques minutes plus tard.

Il chevaucha le banc, me prit le cône des mains et le lécha.

— Du chocolat sur du chocolat.

Il me fit un clin d'œil.

— C'est un bon choix.

— Tout va bien avec ton grand-père ?

— Oui, il devient juste fatigué, donc ma grand-mère va le ramener à la maison. Visiblement, il est plus confus quand il est crevé.

— Je suis désolée de ne pas avoir pu rencontrer ta grand-mère, encore une fois. Mais je comprends.

Je volai mon cône à Grant.

— Elle ne sera pas ravie quand elle va découvrir que j'ai amené quelqu'un à la fête et qu'elle n'a pas pu la rencontrer. Mais si je lui disais, elle insisterait pour venir. Je me suis dit que papy avait besoin de repos plus que ma grand-mère n'avait besoin de t'interroger.

Je souris.

— Peut-être qu'elle ne l'apprendra pas.

Grant jeta un coup d'œil à Leo.

— Aucune chance.

Tous les trois, nous discutions depuis un moment quand je remarquai deux femmes en train de nous observer. Je ne reconnus pas la première, mais l'autre, je la connaissais, évidemment.

— N'est-ce pas ta sœur, Kate ?

Grant regarda.

— Oui. Et mon autre sœur, Jillian. Si on se lève et qu'on court dans l'autre direction, on peut s'en sortir indemne.

Je ris.

— Je suis sûr que tu exagères.

Il secoua la tête.

— Tu t'apprêtes à le découvrir.

Les deux femmes avancèrent.

— Salut, dit Jillian. Tu ne serais pas Ireland Richardson, la présentatrice de la matinale sur la chaîne d'infos ?

— Si. Et tu es Jillian, n'est-ce pas ?

— C'est ça. Ravie de te rencontrer.

Le regard de Kate vacilla vers Grant avant de se reposer sur moi.

— Comment vas-tu, Ireland ?

— Je vais bien. Je profite de la fête foraine. On dirait que tout le monde passe un bon moment.

— C'est une journée sympa.

Elle inclina la tête.

— Tu es Grande Sœur ?

— Non, mais j'ai vu Liz, tout à l'heure, et elle m'a donné des informations sur le programme. Ça m'a l'air génial, donc j'ai hâte d'en apprendre plus. Je suis juste venue retrouver Grant.

Kate plissa les yeux vers son frère avant de me regarder.

— Un rendez-vous professionnel un dimanche ?

Je secouai la tête.

— Non. Grant et moi… sortons ensemble, j'imagine.

Elle haussa les sourcils, puis sa sœur et elle s'assirent à notre table.

— Vous sortez ensemble, hein ? Grant ne nous raconte rien de personnel. Depuis combien de temps ça dure ?

Il baissa la tête et marmonna :

— On aurait dû s'enfuir quand il était encore temps.

Je lui donnai un coup de coude.

— Quelques semaines.

— Intéressant. Et tu es dans le nouveau comité que Grant dirige, n'est-ce pas ?

— Oui.

— Vous étiez ensemble avant le nouveau comité ou est-ce qu'il est arrivé après ?

Si Kate essayait d'être discrète en cherchant ses informations, elle ne faisait pas un très bon travail. Et j'avais une assez bonne idée d'où elle voulait en venir. J'avais également été suspicieuse quant aux motivations de Grant.

— Après.

Kate plissa davantage les yeux et jeta un coup d'œil à son frère, qui évita tout contact visuel.

Elle me lança un sourire narquois.

— Quelle coïncidence ! Il a formé un comité et, maintenant, vous sortez ensemble.

Je gloussai.

— Oui. Grande coïncidence, n'est-ce pas ?

Kate et moi rîmes avec une compréhension tacite qui brisa la glace. Après ça, nous discutâmes presque une heure. Grant et Leo disparurent pour aller jouer à la fête foraine, et lorsqu'il revint seul, Grant ne s'assit pas.

Il me regarda.

— Prête à y aller ?

— Euh... Bien sûr.

Je souris à Kate et Jillian.

— C'était vraiment agréable de vous parler.

— Déjeunons ensemble, un jour, proposa Kate.

Grant leva les yeux au ciel.

— J'adorerai.

— Tu veux que je raccompagne Leo chez lui ? demanda la jeune femme.

— Non, je m'occupe de lui. Passez une bonne soirée, toutes les deux.

Nous allâmes trouver Leo et lui dîmes que nous partions. Sur le parking, Grant me prit la main, ce qui me provoqua une chaude sensation dans le ventre.

— Où es-tu garé ? s'enquit-il.

Je lui indiquai du doigt.

— Tout au fond. C'était bondé quand je suis arrivée.

Il me raccompagna jusqu'à ma voiture. Levant nos mains jointes jusqu'à ses lèvres, il embrassa mes articulations.

— Tu viens boire un verre chez moi ?

— Tu n'en as pas encore assez de moi ? On a passé les deux dernières soirées ensemble.

Le visage de Grant se crispa.

— Non. Tu en as assez de moi ?

Je lui serrai la main.

— Je plaisantais. Pas du tout. Et j'adorerai revenir chez toi. Tu veux dire le bateau ?

Il acquiesça.

Je me mis sur la pointe des pieds et appuyai mes lèvres sur les siennes dans un doux baiser.

— Je te retrouve là-bas.

Pendant tout le trajet, je ressentis une sorte d'étourdissement nerveux. Je savais que Grant avait dit qu'il n'était pas sûr de savoir comment il s'en sortirait dans une relation, mais il m'avait présenté à ses sœurs et à Leo, et j'avais déjà rencontré son grand-père. Pour quelqu'un qui n'était pas sûr de savoir où cela pourrait nous mener, il était clair qu'il avançait dans la bonne direction.

Tout de même, Grant me rendait nerveuse, et ce, depuis le début. Ce qui était la raison pour laquelle j'avais dit que je voulais y aller lentement. Je savais dans mon esprit que c'était la chose à faire. Le seul problème, c'était que je n'étais pas certaine que mon cœur écoute.

Ireland

— Je commençais à penser que tu allais me poser un lapin, dit Grant depuis l'arrière du bateau.

Il avait enfilé un short et un tee-shirt, tandis que ses pieds étaient nus. Quelque chose dans son absence de chaussures me fit sourire. Ça ne lui ressemblait vraiment pas.

Je levai une boîte de pâtisserie.

— J'ai eu une horrible envie de cheese-cake, il fallait que j'aille en acheter. Attends. Tu aimes le cheese-cake ? Je ne suis pas sûre qu'on puisse se fréquenter si ce n'est pas le cas.

Il tendit une main pour que je grimpe les escaliers puis à bord du bateau.

— J'aime bien, le cheese-cake. Même si je ne suis pas un grand-fan de dessert.

Une fois que je fus sur l'embarcation, Grant garda ma main et l'utilisa pour m'attirer vers lui. Il passa l'autre autour de mon cou et posa ses lèvres sur les miennes.

— À moins que tu sois sur le menu.

Mon corps réagit à cette intimité en rougissant. Ce baiser me coupa le souffle. Lorsqu'il posa sa bouche sur mon cou, je laissai tomber le cheese-cake par terre.

Sa voix était tendue.

— Ce n'est pas facile d'y aller lentement avec toi. Tu apportes le dessert et tout ce que j'arrive à me dire, c'est que j'ai envie de l'étaler sur ton corps et de le lécher.

Oh. Mon. Dieu.

Je venais juste d'arriver et il m'avait déjà fait mouiller ma culotte.

Grant dévora mon cou. Je n'étais même pas sûre de savoir comment je pouvais rester debout.

Mais un bruit de voix pas loin le fit grogner et reculer. Des gens étaient sortis de leur bateau juste à côté. Grant passa une main dans ses cheveux.

— Merde. Tu ferais mieux de rester ici pendant que je vais chercher du vin. L'intimité peut être dangereuse pour toi.

Je me mordis la lèvre.

— Ou... je pourrais t'aider à l'intérieur.

Les yeux verts de Grant s'assombrirent pour devenir presque gris. Ils parcoururent mon corps et remontèrent.

— Tu en es sûre ?

Je déglutis et acquiesçai.

Grant se pencha pour récupérer le cheese-cake et me lança un sourire narquois.

— On aura besoin de ça.

Il ne fallut que quelques pas pour entrer dans la cabine, mais le court trajet entre la poupe et la porte permit à mon désir de se transformer en nervosité. Grant ferma derrière nous et le monde extérieur devint silencieux.

Je regardai autour de moi et vis que les stores étaient fermés. Je me souvins de ce qu'il m'avait dit sur les différentes opacités. Ici, les stores étaient presque entièrement fermés et les lumières étaient allumées à l'intérieur.

Grant attira mon regard.

— Je les ai fermés avant que tu arrives puisque le soleil de fin d'après-midi réchauffait l'intérieur, pas parce que je prévoyais de t'attirer ici. Je peux ouvrir si cela te met mal à l'aise. On pourra bientôt voir le coucher du soleil, de toute façon.

Je songeai à celui que nous avions vu quelques jours plus tôt. La vue était spectaculaire. Mais pour être honnête, la scène devant moi était assez incroyable également. Je fis quelques pas vers Grant et serrai son tee-shirt dans mes poings.

— Je crois que je préfère un peu d'intimité, là.

Les pupilles de Grant se dilatèrent alors qu'il baissait les yeux vers moi.

— Ah oui ?

J'acquiesçai.

Il me regarda dans les yeux. Trouvant visiblement ce qu'il cherchait, il leva son menton vers le canapé.

— Va t'asseoir. On va prendre le dessert.

Quelque chose dans le ton de sa voix m'indiquait qu'il ne prévoyait pas juste de m'apporter une part de cheese-cake. Tout mon corps vibra d'impatience. M'asseyant sur le canapé, je regardai Grant couper le fil rouge autour de la boîte et prendre deux morceaux de gâteau crémeux. Il les posa tous les deux sur une assiette, prit une fourchette dans le tiroir et avança vers moi pour me la donner.

— Seulement une assiette et une fourchette... Est-ce qu'on partage ou tu me donnes les deux parts ?

Grant ne répondit pas. À la place, il leva la fourchette et prit un gros morceau de l'une des parts. Il le guida vers mes lèvres et je m'ouvris pour lui. Le gâteau était délicieux, mais la façon dont Grant me regardait m'aidait plus à me concentrer sur lui qu'autre chose. Il eut un éclat diabolique dans le regard lorsqu'il me vit mâcher et déglutir. Je me léchai les lèvres, même s'il ne m'avait pas sali.

— C'est bon ? me demanda-t-il.

— Délicieux. Goûte.

Son sourire était vraiment maléfique. Il posa la fourchette sur l'assiette et utilisa deux doigts pour prendre un grand morceau de la seconde part. Lentement, il leva sa main vers ma bouche, mais lorsque j'entrouvris les lèvres pour qu'il me donne à manger, il secoua la tête.

— Ne sois pas avare. Tu en as déjà eu.

Il étala le cheese-cake sur mon cou, traçant une lente ligne sur ma gorge, continuant sur ma poitrine et descendant jusqu'au décolleté.

Je haletai quand sa bouche goba ce bazar crémeux. Il prit son temps, commençant dans mon cou, léchant, suçotant et glissant lentement vers mon décolleté. Lorsqu'il arriva au renflement de mes seins, il me taquina et donna un coup de langue. Ma poitrine se gonfla et retomba rapidement à l'unisson avec ma respiration difficile.

Grant leva les yeux vers moi avec ses paupières lourdes et ses cils sombres.

— Tu as raison. Le gâteau est excellent.

Je réussis curieusement à me retenir de baisser sa tête à nouveau quand il se rassit et reprit la fourchette. C'était son jeu et ça ne me dérangeait certainement pas de participer. Il me donna une autre bouchée de cheese-cake et encore une fois, il me regarda mâcher et avaler. Ses yeux n'arrêtèrent jamais de fixer mes lèvres.

Lorsque je terminai, il reposa la fourchette sur l'assiette et saisit un autre morceau avec ses doigts. Mes jambes étaient croisées. Il passa sa main libre sous mon genou et les décroisa. Il appuya ensuite doucement pour les ouvrir.

Ma respiration s'accéléra quand il prit le gâteau et tacha l'intérieur de ma cuisse, juste au-dessus du genou pour remonter au niveau de la peau sensible sous mon short. Il leva les yeux vers moi avec le plus sexy des sourires tout en se penchant et en suivant ce chemin.

Cette fois-ci, il ne fut pas aussi doux qu'il l'avait été avec mon cou. Il suçota, lécha et mordilla. Chaque petite morsure envoyait une décharge directement vers mon clitoris. Quand il remonta jusqu'à l'ourlet de mon short, je gigotais sur mon siège. Je voulais prendre sa tête et la placer directement entre mes jambes.

Le sourire malicieux sur le visage de Grant, alors qu'il se relevait, m'indiqua qu'il savait exactement ce qu'il me faisait.

Je soufflai.

— Tu me taquines. Je ne t'aurais pas pris pour ce genre d'hommes.

— Je te taquinerais si je t'offrais quelque chose sans jamais te le donner complètement. Je serai ravi de te conférer tout ce que tu veux.

Il inclina la tête.

— Dis-moi ce que tu veux, Ireland.

Un million d'idées me passèrent par la tête. Je ne voulais pas qu'il s'arrête en haut de ma poitrine. Je souhaitais qu'il mordille mon téton comme il l'avait fait avec l'intérieur de ma cuisse. J'avais envie qu'il suçote mon clitoris comme il l'avait fait avec mon cou.

— Je... Je ne veux pas que tu arrêtes.

Il sourit et me prit le gâteau des mains.

— Penche-toi en arrière, mets tes fesses au bord du canapé.

Grant se mit à genoux devant moi. Il leva son pouce et le frotta contre mon clitoris au travers de mon short.

— Enlevons ça.

Mes mains tremblèrent quand j'ouvris le bouton et baissai la petite braguette.

Il sourit.

— Soulève.

Je m'exécutai. Il fit glisser mon short et ma culotte sur mes jambes avant de les jeter sur le côté. J'étais assise devant lui, nue, et je me sentis soudain très exposée.

— Ouvre tes jambes en grand, pour moi.

J'hésitai et il leva les yeux vers moi.

— J'ai eu envie de te goûter depuis la minute où j'ai posé les yeux sur toi.

Il marqua une pause et baissa les yeux.

— Plus grand, Ireland.

Ignorant l'envie urgente de faire exactement le contraire, j'écartai mes jambes aussi largement que possible. Grant me lança un sourire narquois d'approbation et se lécha les lèvres avant de plonger son visage contre moi. Il me lécha d'un bout à l'autre et donna un coup de langue sur mon clitoris dans une torture délicieuse. La timidité qui me restait et me donnait envie de refermer les jambes s'envola par la fenêtre lorsqu'il suçota mon clitoris. Mes hanches se tordirent et je plongeai mes doigts dans ses cheveux avant de tirer. C'était si incroyablement bon que les larmes commencèrent à me picoter le coin des yeux.

— Oh mon Dieu.

Je me cambrai lorsque Grant plongea sa langue en moi.

— Je veux boire chaque goutte venant de toi. Jouis sur ma langue, ma chérie.

La vibration de ses mots contre ma peau tendre me fit trembler. Grant lécha à nouveau mon clitoris et soudain, deux de ses doigts poussèrent en moi. Tout devint trop écrasant, trop rapide, et il grogna, me forçant à jouir dans sa bouche.

Lorsque je relevai mes fesses du canapé et plongeai mes ongles dans son crâne, Grant me maintint en place. Il plia ses doigts en moi et suçota avec plus d'ardeur.

— Oh mon Dieu... oh... oui... oui.

Mon orgasme me traversa violemment. Je rejetai la tête sur le côté, puis de l'autre, alors que Grant massait et caressait le point tendre en moi, jusqu'à ce que toute contraction ait fini de dévaster mon corps. Je me sentis toute molle en redescendant, haletant et voyant des étoiles sous mes paupières fermées.

Finalement, Grant se leva, puis se pencha et me prit dans ses bras pour me soulever du canapé. Il me nicha contre lui alors que je m'asseyais là où il s'était trouvé. J'appuyai ma tête contre son torse et un sourire niais s'étira sur mes lèvres.

— C'était le meilleur cheese-cake du monde.

Grant gloussa. Il appuya ses lèvres contre les miennes.

— Tu as meilleur goût que n'importe quel dessert.

Je rougis, même si la tête de cet homme avait été à un endroit des plus intimes.

— Je suis désolée, je suis un peu inutile, là. J'ai juste besoin d'une minute pour reprendre mes repères, ensuite je pourrais m'occuper de toi.

Grant fronça les sourcils.

— Ce n'est pas nécessairement donnant-donnant, Ireland.

— Je sais... mais je ne t'ai même pas touché.

Il attira ma tête en arrière pour me regarder dans les yeux.

— Ça me va. Ne te méprends pas, je vais prendre une longue douche tout à l'heure. Mais la première fois que je jouis avec toi, je veux être *en* toi. J'ai un peu insisté pour que ce qu'on vient de faire arrive, mais je ne presserai pas ça. Quand tu seras prête, tu me le diras.

Je soupirai.

— Honnêtement, je ne t'aurais pas arrêté si les choses étaient allées jusque-là.

— Ton corps était prêt.

Il marqua une pause et tapota ma tempe.

— Mais ici, tu l'étais ?

J'avais envie de lui dire qu'il avait tort, mais il avait raison à cent pour cent. Mon corps le voulait, mais mon esprit n'en était pas encore là. Qu'il s'inquiète du fait que nous soyons tous les deux en phase comptait beaucoup pour moi.

Je souris.

— Merci.

— Pour l'orgasme ou pour ne pas avoir insisté ?

— Les deux.

Un peu plus tard, Grant alla dans la salle de bain et je me rhabillai, relevant les stores pour regarder à l'extérieur. Le soleil commençait à se coucher. La vue était vraiment spectaculaire ici, à la marina. Grant revint et passa ses bras autour de ma taille. Il m'embrassa sur l'épaule.

— Tu veux aller voir le coucher de soleil à l'extérieur ? Je te couperai une nouvelle part de cheesecake et je te laisserai la finir, cette fois-ci.

Je souris.

— D'accord.

Nous nous assîmes à l'arrière, dans un silence confortable. Grant s'appuya contre l'un des mâts, les genoux pliés, et je m'installai entre ses jambes en retombant sur son torse. Nous sirotâmes du vin et montrâmes du doigt ce que nous voyions dans les nuages. Nous n'avions presque pas parlé aujourd'hui, puisque nous étions passés directement à la satisfaction d'une frustration refoulée quand j'étais arrivée.

J'étais curieuse d'en apprendre plus sur Leo, même si je ne voulais pas donner l'impression de farfouiller, maintenant que je savais que Lily était sa sœur. Je commençai donc avec quelque chose de plus malicieux.

— Alors... tes sœurs étaient sympas.

Grant soupira.

— Ce sont de vraies emmerdeuses et elles chargeaient autant que possible, aujourd'hui.

Je souris.

— Tu veux parler du moment où ta sœur était suspicieuse à propos du comité que tu as créé pour qu'on puisse passer du temps ensemble ?

Il secoua la tête.

— Elle n'arrêtera jamais de m'en parler. Honnêtement, j'ignore totalement ce qui m'est passé par la tête quand j'ai fait ça.

— Donc tu admets enfin que tu as créé ce comité juste pour avoir une raison de m'appeler ?

— Non. Ce comité n'existait même pas dans ma tête quand je t'ai appelé. Je voulais simplement t'entendre. Je me suis dit que vérifier comment se passait ta première journée après ton retour serait une raison suffisante pour te contacter. Mais il a fallu que tu me le fasses remarquer, en me demandant si j'appelais tous les employés pour savoir comment se passait leur journée. Donc j'ai paniqué et j'ai inventé cette connerie quand j'étais encore au téléphone.

J'inclinai la tête pour le regarder et souris.

— Ne jubile pas, chérie. Tu es aussi malléable entre mes mains que je le suis entre les tiennes. Mais moi, je ne te le répète pas tout le temps.

— Je ne suis pas malléable entre tes mains.

— Ah non ? Alors, donne-moi cette bouche, et voyons voir si tu m'arrêteras quand je te tripoterai et que tous les voisins qui regardent le coucher du soleil nous verront.

— Tu es un crétin.

— Peut-être. Mais je parierai quand même ce bateau que si on commence à s'embrasser, tu ne m'empêcherais pas de glisser mes doigts dans ton short et de doigter ta belle chatte.

J'en fus bouche bée.

Grant se pencha et m'embrassa sur le menton

— Attention, me chuchota-t-il à l'oreille. Si tu gardes cette bouche ouverte trop longtemps, je vais peut-être la remplir.

Je voulais lui dire qu'il était fou, mais honnêtement, même l'entendre *dire* « doigter ta belle chatte » me picota l'entrejambe à nouveau. Il n'avait donc pas complètement tort. Plutôt que de le défier, je tournai ma tête et l'appuyai contre son torse.

— Leo et toi, vous avez un rapport intéressant.

— Le nouveau hobby de ce gamin est d'être un emmerdeur avec moi.

Je ris.

— Il dit que tu es son Grand Frère depuis longtemps.

Grant resta silencieux un moment.

— C'est le demi-frère de mon ex-femme. Ils partagent la même mère instable. Il est né à l'hôpital quand sa mère était patiente dans l'aile psychiatrique. Son père est un mec qu'elle a rencontré quand ils vivaient dans un centre de réadaptation. Elle a arrêté ses médicaments pendant sa grossesse et est retournée en asile. Le troisième jour de sa vie, le petit était en foyer d'accueil.

— C'est difficile. Et il est toujours en foyer ?

— Il vit avec la tante de son père, qui a une garde temporaire depuis quelques années. Mais elle est âgée et pas vraiment équipée pour un adolescent. J'ai essayé d'avoir la garde à un moment, quand il a eu des problèmes pour avoir commis un vol, mais la famille passe avant un proche célibataire qui ne partage pas son sang, vit sur un bateau et travaille soixante heures par semaine.

J'appréciais qu'il soit devenu aussi honnête avec moi et que je n'aie pas besoin de le forcer à parler, comme au début. J'aimais vraiment qu'il soit le type d'homme à essayer d'obtenir la garde d'un enfant troublé, frère de son ex-femme. Je me retournai, le regardai dans les yeux, appuyant mes lèvres contre les siennes.

— C'était pour quoi, ça ?

Je haussai les épaules.

— Je t'aime beaucoup, c'est tout. Plus j'apprends à te connaître, plus je découvre des choses que j'aime.

Grant détourna les yeux un instant.

— Tu te souviens, tu as dit que tu ne voyais pas toujours les choses clairement quand tu commençais à sortir avec un homme, et que tu avais l'habitude de choisir des idiots ?

— Oui.

Il me regarda droit dans les yeux.

— Tu recommences.

Mon visage se plissa.

— Qu'est-ce que tu veux dire ?

— Les contes de fées ont un prince charmant et un mauvais garçon. La vie n'est pas si noire et blanche. Parfois, un prince charmant représente les deux.

— Je... Je ne comprends pas.

Grant secoua la tête.

— Je ne veux pas que tu sois déçue.

— Mais pourquoi le serais-je ?

— Ireland, je suis le genre d'homme qui amène des femmes dans un appartement où je ne vis pas pour m'envoyer en l'air.

Je clignai des yeux à plusieurs reprises.

— D'accord... eh bien, tu l'as mentionné. Mais je suis ici, maintenant. Et tu sais que tu aurais pu insister et coucher avec moi quand on était dans la cabine. Pourtant, tu ne l'as pas fait.

Il me regarda fixement.

— Je ne veux pas te faire de mal, Ireland.

— D'accord. Je te crois. Mais je suis une grande fille. Si tu le fais, je survivrais. Pas besoin de m'avertir.

Grant ferma les yeux. Après une bonne minute, il les rouvrit et acquiesça.

— D'accord.

L'ambiance changea clairement après cette petite discussion. Je devais travailler tôt dans la matinée, donc une fois que la nuit fut totalement tombée, je lui dis que je devais y aller.

Grant me raccompagna jusqu'à ma voiture.

— Merci d'être venue à la fête, aujourd'hui.

— Je me suis bien amusée. Tu t'en vas pour un voyage d'affaires, demain, c'est ça ?

— Oui. J'ai un vol à sept heures du matin.

— On se lève tous les deux bien avant l'aube, alors.

Il se pencha et déposa un doux baiser sur mes lèvres.

— On se parle dans la semaine.

— D'accord.

Pendant tout le trajet jusqu'à chez moi, je me repassai ce qu'il s'était passé pendant la journée. L'après-midi m'avait semblé parfaite, suivie d'un orgasme époustouflant dans la soirée et un coucher de soleil idyllique. Pourtant, Grant n'acceptait pas que cela se passe ainsi. Il avait dû me dire qu'il était un mauvais garçon, même si tout ce que j'avais vu jusqu'ici, lors du temps que j'avais passé avec lui, me montrait justement le contraire. Je tournai en rond, encore et encore, analysant quand les choses avaient pris ce tournant et je trouvai un point commun avec chaque conversation. Dès que nous parlions de son ex-femme, il faisait machine arrière.

Il devait me manquer un morceau du puzzle.

Grant – Sept ans plus tôt

— Elle est parfaite.

J'embrassai le front de Lily et baissai les yeux vers la petite princesse bien emmitouflée. Trois kilos sept cents de perfection. Un petit pied continuait de se frayer un chemin hors de la couverture. Difficile d'imaginer comment une si petite chose pouvait avoir une si grande empreinte avec une telle rapidité sur mon cœur. Mais c'était ainsi que cela s'était produit. Je vis son visage et mon cœur gonfla immédiatement dans ma poitrine.

Les derniers mois avaient été assez géniaux. La grossesse semblait bien aller à Lily, ou peut-être que c'était le psychologue qu'elle voyait. Je n'en étais pas sûr, mais elle avait été si heureuse et enthousiaste pendant les neuf mois. Nous avions beaucoup parlé de nos propres vies de famille et de ce que nos expériences personnelles nous avaient appris et montré ce qu'il fallait éviter. Nous étions tous les deux excités à l'idée de donner à notre enfant le genre de vie dont nous avions rêvé avec nos propres parents. Nous voulions lui offrir la même vie que Pia et William m'avaient permis d'avoir.

Je tirai la couverture et couvris le pied de la petite fille.

— C'est bizarre de dire que je me sens déjà différent ?

Lily sourit.

— Ça ne fait que deux heures. Alors, peut-être.

Je ne pouvais décrire ce qui avait changé au moment où ma fille était née. Je la regardai dans les yeux et ne vis rien d'autre que de l'innocence et soudain, la gravité de mon rôle de père me frappa. Je n'étais pas juste là pour changer des couches et payer, un jour, des frais étudiants. Mon travail était de la protéger de tout ce qui pourrait lui voler l'innocence avec laquelle nous naissions. Les médicaments de ma mère et la maladie mentale de celle de Lily nous avaient fait grandir trop vite. Mais ça n'arriverait pas avec ma petite fille. J'allais la protéger des maléfices du monde tant que je le pouvais.

Lily frotta son nez contre celui du bébé.

— Et si on l'appelait Leilani ?

J'avais voulu choisir des noms, ces derniers mois, mais Lily disait qu'un enfant était comme une œuvre d'art. On ne lui donnait pas de nom. Il se le donnait tout seul après sa naissance. Honnêtement, j'avais pris ça pour des bêtises, mais alors que j'abaissais les yeux sur le beau visage de ma fille, je me rendis compte que ma femme avait eu raison.

J'acquiesçai.

— Leilani. Ça me semble bien.

Lily leva les yeux vers moi.

— C'est parfait. Comme elle.

J'embrassai ma femme sur le sommet de son crâne.

— Comme vous l'êtes toutes les deux. Mes chéries. Lily et Leilani. Je prendrai soin de vous deux pour toujours.

Ireland

— Merci, George.

Le préposé du courrier venait juste de me déposer un paquet. Sur le dessus se trouvait une enveloppe en papier kraft, avec mon nom.

J'enlevai mes chaussures et m'assis à mon bureau pour l'ouvrir. À l'intérieur, je vis une convocation à une audience pour mon litige et un petit post-it jaune était collé au milieu de la page.

Monsieur Lexington m'a demandé de vous le transmettre quand c'est arrivé. — Millie

Au début, j'étais confuse. Que diable faisait Grant avec les papiers de ma maison ? Je regardai ensuite la date de l'audience : dans une semaine. L'architecte m'avait dit que le département se chargeant des logements avait des mois de retard. L'avais-je mentionné à Grant ? Ahhh... Je l'avais dit à papa Noël. Comment avait-il réussi cet exploit ?

Je pris mon téléphone et commençai à lui envoyer un message, puis je décidai à la place de lui passer un coup de fil. Je voulais lui rappeler quelque chose, de toute façon.

Grant décrocha à la première sonnerie.

— Tu es vraiment le père Noël ou un truc du genre ?

Il gloussa.

— Attends une seconde.

J'entendis le bruit d'un téléphone qu'on couvrait, puis un « excusez-moi une minute, messieurs » étouffé, avant qu'une porte s'ouvre et se referme. Grant revint à l'autre bout du fil.

— Je devine que tu as reçu les papiers de la ville.

— Oui. Mais comment ?

— J'ai un ami au département qui se charge des logements et il me devait un service. Je l'ai appelé et lui ai demandé de faire passer en priorité ce dont tu avais besoin.

Je secouai la tête.

— Je n'arrive pas à croire que tu aies fait ça. Merci beaucoup.

— Je ne peux pas me permettre que mes employés soient sans abri, n'est-ce pas ?

— C'est pour cette raison que tu l'as fait ? Parce que je suis ton employée ? Si c'est le cas, je crois que j'ai entendu Jim de la compta dire que son propriétaire allait le virer de son appartement pour y mettre sa propre fille. Je vais passer et lui dire que tu t'en charges, que tu vas lui trouver un nouvel endroit où vivre.

Grant gloussa.

— Tu ne laisses rien passer, n'est-ce pas ?

Je m'enfonçai sur mon fauteuil.

— Merci beaucoup d'avoir fait ça. C'était vraiment gentil. Et moi qui pensais que nous étions déjà mercredi et que je n'avais pas eu de tes nouvelles, donc que tu m'avais laissé en plan.

Grant resta silencieux une minute.

— Je me suis dit que c'était peut-être mieux de te laisser un peu d'espace.

— C'est ce que *toi*, tu veux ? De l'espace ?

— Qu'est-ce que tu veux que je te dise, Ireland ? Que je n'ai pas réussi à te sortir de ma tête depuis le jour où je t'ai rencontrée ? Que je me suis branlé tous les jours de cette semaine en revoyant ta tête quand tu as joui sur ma langue, la semaine dernière ?

— Si c'est vrai, alors oui.

Il souffla et je visualisai les rides d'inquiétude sur son front pendant qu'il passait une main dans ses cheveux.

Lorsqu'il redevint silencieux, je me levai et fermai la porte de mon bureau.

— Ça t'aiderait, si je partageais aussi avec toi ? Tu n'es pas le seul. J'ai été incapable d'arrêter de penser à toi, moi aussi. En fait, j'ai pensé à toi, hier quand j'étais dans ma baignoire.

La voix de Grant devint rauque.

— Ireland...

— Tu te souviens quand tu m'as dit que tu pouvais passer ta main dans mon short pendant qu'on était sur le bateau et me doigter pendant que les gens regardaient ? Que je ne pourrais pas me contrôler une fois qu'on commencerait à s'embrasser.

— Oui, gronde-t-il.

— Eh bien, j'ai fermé les yeux et l'ai imaginé. Tu glissais tes doigts en moi... mais puisque tu n'étais pas là, j'ai dû utiliser les miens et faire comme s'il s'agissait de toi.

— Ireland...

— C'est amusant. Le ton de ma voix quand je répétais ton nom encore et encore hier soir était à peu près le même que le tien, là. C'est presque douloureux, non ?

— Merde...

Il soupira lourdement.

Je souris.

— Bref, je crois que j'ai interrompu un rendez-vous quand je t'ai appelé. Je suis sûre que tu es très occupé. Je voulais juste remercier le père Noël et te rappeler que nous avons un mariage, samedi. Je te laisse retourner au travail.

Grant grogna.

— Tu ne penses pas sincèrement que je vais pouvoir retourner en réunion maintenant que tu m'as dit que tu t'étais masturbée en faisant comme si tes doigts étaient les miens, n'est-ce pas ?

— Oh, gloussai-je. J'imagine que c'est un peu plus facile pour moi de cacher mon excitation que pour toi.

— Oui, merci.

— Si tu veux, je peux rester au téléphone et continuer de te raconter mon bain d'hier soir, pendant que tu vas dans les toilettes des hommes et que tu fais ta petite affaire.

— Aussi tentant que soit, je crois que je vais juste faire un petit tour.

Je souris.

— D'accord. Eh bien, encore merci d'avoir tiré les ficelles avec la Commission du Logement.

— Pas de problème.

— Passe un bon après-midi. J'espère que ta réunion n'est pas trop *dure*.

— J'ai hâte de te faire payer cette torture, Ireland. Très bientôt.

Quand je raccrochai, je restai assise à mon bureau, souriant. Je me sentais mieux que depuis des années. Grant n'avait peut-être pas appelé parce qu'il tentait de me laisser un peu d'espace, mais ce qu'il avait fait pour obtenir ma dérogation m'indiquait que le peu de contact que nous avions eu ne l'avait pas empêché de penser à nous. Sans parler du fait que j'étais étourdie après l'avoir entendu dire qu'il avait fait la même chose que moi sous la douche.

Je partis vers treize heures, ce qui était techniquement la fin de ma journée de travail puisque je commençais à cinq heures, même si je partais rarement avant quinze heures. Il fallait que j'aille récupérer ma robe chez le tailleur pour le mariage de Mia, ce week-end, et faire quelques courses. Puisque ma journée de travail se terminait quand la plupart des gens partaient déjeuner, l'entrée fourmillait. Alors que je m'apprêtais à sortir, la sœur de Grant entra dans le bâtiment.

Elle sourit en me voyant.

— Salut. J'allais t'appeler. J'ai adoré torturer mon frère à la fête foraine, mais je ne plaisantais pas quand je disais que j'aimerais qu'on déjeune.

Je souris.

— J'adorerais. À quel jour pensais-tu ?

Elle haussa les épaules.

— Je rentre tout juste d'une réunion et je n'ai pas encore mangé. Mais peut-être que tu allais ailleurs ?

J'avais un milliard de choses à faire, mais... je n'avais rien mangé d'autre qu'une barre protéinée en venant au bureau à cinq heures, ce matin. En plus, j'avais tant de questions sans réponses à propos de Grant. Qui mieux que sa sœur pour éclairer légèrement ma lanterne ? Alors, au diable mes doutes. *Pourquoi pas ?* Le tailleur serait toujours ouvert dans une heure ou deux.

— Bien sûr. Allons-y.

. . .

— Alors... mon frère t'aime vraiment beaucoup, je le vois bien, annonça Kate.

Elle et moi avions discuté de choses et d'autre pendant le déjeuner. Je fus soulagée quand elle aborda Grant de façon peu subtile pendant le café.

Je souris et levai la tasse jusqu'à mes lèvres.

— Je l'aime beaucoup, moi aussi. Même si parfois, il peut être...

Pendant que je réfléchissais aux bons mots (*difficile,* indéchiffrable, *abrupt),* Kate remplit le blanc pour moi.

— Un véritable emmerdeur.

Je ris.

— Oui, ça.

Elle me sourit chaleureusement.

— Il ne ramène pas souvent de femmes, pas « juste comme ça », en tout cas. Il vient avec un rendez-vous aux galas formels qui en nécessitent un, mais ça fait des années que je ne l'ai pas vu porter un jean quand il est avec une femme. C'est comme si elles devenaient des compagnes indispensables pour les événements sociaux et, eh bien, pour d'autres choses, j'en suis sûre, mais nous n'avons pas besoin d'en discuter à moins que tu aies envie de me voir vomir mon déjeuner sur cette table. Mais elles ne font plus vraiment partie de sa vie.

D'après ce que Grant m'avait dit sur sa vie personnelle, le jugement de sa sœur visait dans le mille. Il gardait les femmes très séparées et distantes de ce qui comptait vraiment dans sa vie. Mais bien que le commentaire de Kate ne soit pas une surprise, j'espérais qu'elle pouvait m'éclairer sur la raison pour laquelle il était ainsi.

J'acquiesçai.

— Quand on a parlé de ses relations précédentes, c'est plus ou moins ce à quoi il a fait allusion. En fait, il n'y a pas fait allusion. Il l'a déclaré franchement et dit honnêtement qu'avec les femmes avec qui il était sorti ces dernières années, il ne cherchait pas une relation sérieuse.

Kate fronça les sourcils.

— Ce que vous aviez tous les deux, dimanche, ressemblait vraiment à une relation. Quelque chose de différent de ce que je l'ai vu partager avec d'autres femmes. Il est chaleureux, pas froid. Je vous ai vu marcher jusqu'au parking. Il t'a même pris la main.

— Il essaie. Mais quand nous faisons un pas en avant, il en fait un en arrière.

Kate soupira.

— Mon frère a dû mal à accepter les gens.

Je n'étais pas sûre de savoir si je devrais discuter des choses que Grant m'avait confiées sur son mariage.

Toutefois, je savais que cela devait être la racine du cynisme dans ses relations. Il avait été trop brûlé et il avait peur de s'approcher du feu à nouveau.

— Son mariage a évidemment eu un impact profond sur la personne qu'il est aujourd'hui.

— Est-ce qu'il a… discuté de son mariage avec toi ?

— Un peu. Il m'a parlé des problèmes mentaux de Lily.

Kate resta silencieuse un moment. Soit elle se demandait si elle devait me dire quelque chose, soit elle était perdue dans ses pensées. Finalement, elle déclara :

— Est-ce qu'il est allé dans les… détails quant à la façon dont ça s'est terminé ?

— Pas vraiment. C'était plus général, j'imagine.

Kate acquiesça. À nouveau, elle fut silencieuse en songeant à ses mots. Puis elle tendit la main de l'autre côté de la table et couvrit la mienne.

— Mon frère est comme une huître. Il se renferme et ne va peut-être plus jamais s'ouvrir, ou peut-être que c'est toi qui le forceras à se détendre. Si ça arrive, je te promets que ce sera une perle, qui t'attendra.

● ● ●

Le jeudi matin, Grant appela et dit qu'il prenait un vol plus tôt que prévu pour rentrer et il me demanda de le rejoindre pour le dîner. Il allait revenir directement de l'aéroport, puisqu'il savait que ma routine exigeait que je sois au lit à vingt heures, en semaine.

Je me mis d'accord avec lui pour le retrouver dans un restaurant non loin de ma maison et quand j'arrivai, je le trouvai déjà assis au bar. Une femme dans une robe verte moulante se tenait à côté de lui, sa main posée sur son dos quand elle lui parlait.

— Salut. Pardon, j'ai quelques minutes de retard, dis-je en approchant.

Grant se leva et m'embrassa sur les lèvres.

— Le vol a atterri plus tôt. Tu n'es pas en retard.

Il garda sa main dans mon dos et la femme se leva, attendant d'être présentée.

Grant s'éclaircit la gorge.

— Ireland, voici Shannon. Elle est hôtesse ici. Elle travaillait au steak house à côté de notre bureau.

— Ravie de vous rencontrer, dis-je en souriant.

Même si elle afficha un sourire forcé et me montra ses dents toutes blanches, elle baissa rapidement les yeux pour me juger, ce qui en disait long. Lorsqu'une femme se tient à côté d'un homme et qu'une autre arrive, elle la jauge pour deux raisons, pour voir si elle est une adversaire ou pour voir avec qui l'homme qu'elle avait perdu se relançait. Je n'étais pas sûre de savoir quelle option choisir.

— Ravie de vous rencontrer également, déclara-t-elle enfin.

Elle tendit la main et toucha le bras de Grant.

— Je vais voir si votre table est prête.

Lorsqu'elle s'éloigna, Grant plongea son visage dans mes cheveux. Il prit une grande inspiration.

— Hmm... Tu m'as manquée.

— Vraiment ? Visiblement, tu étais en bonne compagnie...

Grant haussa un sourcil.

— C'est de la jalousie, que je détecte ?

— Ai-je une raison de l'être ?

Il secoua la tête.

— Pas du tout. Mais pour être honnête, Shannon et moi sommes sortis ensemble à plusieurs reprises.

Je fronçai les sourcils.

— Elle a visité ton appartement ?

Grant baissa les yeux.

— Je sais que tu ne croyais pas que j'étais vierge. Mais si j'avais su qu'elle travaillait ici, je n'aurais pas choisi cet endroit.

Il leva les yeux et focalisa son regard sur moi.

— Enfin, je comprends. Je ne serai pas vraiment ravi en présence de quelqu'un que tu as fréquenté.

Je me sentis mieux quand je constatai qu'il ne dénigrait pas ce que je ressentais. En plus, j'étais bête. Nous avions tous les deux un passé. Je haussai les épaules.

— Tout va bien. Je suis une grande fille.

Shannon se rapprocha de nous.

— Votrc table est prête.

Quand nous suivîmes la femme avec qui il couchait avant jusqu'à notre table, je me rendis compte que nous n'avions jamais parlé de la fréquentation d'autres personnes. L'imaginer avec quelqu'un d'autre me rendait folle. Même si, j'imaginais que, techniquement, nous avions tous les deux le droit de le faire.

Grant tira ma chaise et une fois que nous fûmes tous les deux assis, Shannon dit qu'elle nous enverrait le serveur pour prendre notre commande de boissons. Je secouai ma serviette et la mis sur mes genoux.

— Nous n'avons jamais parlé du fait de fréquenter d'autres personnes.

Grant avait saisi son verre d'eau et se figea, à mi-chemin de sa bouche.

— Je supposais qu'on avait une relation exclusive au point où on en était.

— Oh. D'accord.

— Ça me rend dingue de t'imaginer avec un autre homme.

Je souris.

— Je ressens la même chose.

Il se pencha au-dessus de la table.

— Ravi que nous ayons eu cette discussion. C'est une torture pour moi d'être près de toi et de ne pas savoir ce que c'est d'être en toi. Mais apparemment, il y a bien pire que de ne pas te baiser, c'est de t'imaginer avec quelqu'un d'autre.

Je ris.

— Eh bien, retire-toi cette idée de la tête. Comment s'est passé ton voyage d'affaires ?

Grant secoua sa serviette.

— Il a été productif. On acquiert un bâtiment sur la côte est et on va y relocaliser le siège de nos plus petites boutiques en ville. C'est le bon moment d'acheter.

— Oh, c'est excitant.

— C'est ce que je me disais. Même si je me rends compte combien je vais devoir dépenser pour que ça arrive. J'aime New York, mais c'est loin.

— Je n'y suis pas allée depuis des années. J'aimerais y aller à Noël. Je suis sûr que c'est bondé de touristes, mais ce serait sympa de patiner au Rockefeller Center et de faire la queue pour voir les vitrines de Bloomingdale's.

— Tu parles comme Leo.

— Il veut aller à New York à Noël ?

Grant acquiesça.

— Peut-être qu'on l'y emmènera.

J'eus à nouveau cette sensation chaude et floue au fond de mon estomac. Il n'hésitait pas quand il parlait de l'avenir, comme s'il était acquis que nous serions ensemble.

Le serveur vint prendre nos commandes de boissons. J'appréciai que Grant se souvienne du vin que j'aimais, mais cherche quand même mon approbation en le disant. J'adorais également la petite barbe de fin de journée sur sa mâchoire masculine, ainsi que son nez aquilin quand il se mit de profil et redonna la carte des vins au serveur.

J'avais hésité à mentionner que nous étions plusieurs à avoir réservé des chambres d'hôtel au bout du pâté de maisons pour le mariage de Mia. Ce serait étrange de ne pas rester au même endroit et pourtant, je n'étais pas sûre d'être prête pour ça. Même si nous venions de confirmer que nous étions dans une relation exclusive et que nous parlions de plans dans plusieurs mois. Qu'étais-je donc en train d'attendre ? Dieu seul savait que le désir n'était pas le problème. Je n'avais qu'à regarder de l'autre côté de la table pour que mes plumes se hérissent.

Donc quand le serveur s'éloigna, je décidai de me lancer.

— Euh... ce week-end... La plupart des invités du mariage vont rester au Park Place Hotel à un pâté de maisons du restaurant. Comme ça, on peut tous se faire plaisir et ne pas avoir à s'inquiéter de comment on rentrera à la maison. Et Mia organise un brunch le lendemain matin dans le restaurant de l'hôtel. J'ai réservé une chambre, si tu veux rester.

— C'est vraiment une question ?

Je ris.

— J'imagine que non. Mais je n'allais pas faire de supposition.

— Rendons les choses plus faciles à l'avenir. Si l'invitation implique l'éventualité que toi et moi soyons nus, je suis partant.

Ce qui avait débuté comme une arrivée gênante avec l'autre en robe verte se transformait en dîner amusant et confortable. Shannon passa à plusieurs reprises et, honnêtement, je voyais bien que Grant ne le remarqua pas. Il avait le don pour me faire croire que j'étais la seule femme dans la pièce, sans même essayer. Je *sentais* toute son attention, parce que je l'avais vraiment.

J'avais besoin d'aller aux toilettes, donc je m'excusai une fois que Grant commanda une part de cheese-cake que nous partagerions, en me lançant un clin d'œil. Lorsque je finis dans le cabinet, j'ouvris la porte et trouvai Shannon se remettant du rouge à lèvres. Elle plissa les yeux vers moi dans son reflet. Elle n'était pas surprise de me voir.

— Depuis combien de temps vous êtes ensemble, Grant et toi ?

J'avançai vers le lavabo pour me laver les mains. Je n'avais aucune envie de discuter avec cette femme ni avec aucune autre que Grant avait fréquentée. Mais une partie sadique de moi-même était curieuse.

— Pas très longtemps.

J'inclinai la tête et lui lançai un sourire peu sincère.

— Il a mentionné que tous les deux, vous étiez... amicaux.

— C'est ce qu'il t'a dit ? Qu'on était ami ?

Je me séchai les mains.

— Non. Mais, je trouvais ça plus poli que plan cul.

Elle plissa les yeux vers moi.

— Nous sommes restés ensemble environ six mois.

Cela me surprit.

Même si je ne lui donnais pas la satisfaction de le voir. Au lieu de ça, je la suivis et commençai à remettre du rouge à lèvres en regardant le miroir. Elle me fixa en silence.

J'enlevai l'excédent et lui lançai un regard appuyé.

— Vous vouliez me dire autre chose ?

— Je pensais te donner un petit conseil entre femmes. Quand il te dit qu'il n'est pas fait pour les relations, crois-le. Il dit une chose et agit d'une autre façon. Ça te fera penser que tu es différente du reste. Il est très convaincant. Je me souviens, une fois, ma voiture a été enlevée par la fourrière et je lui ai demandé s'il pouvait m'y emmener après le travail pour que je la récupère. Lorsque je suis sortie du bureau, ma voiture était garée à ma place habituelle sur le parking. Il l'avait même fait laver pour moi. Il est très mignon quand il veut l'être. Ça m'a pris un an pour passer à autre chose.

Même si mes entrailles flippaient, je gardai un visage stoïque. Je mis mon rouge à lèvres dans mon sac et passai derrière elle.

— Merci pour le conseil, déclarai-je en croisant son regard dans le miroir. Mais tu te voiles la face si tu crois qu'il t'a fallu un an pour passer à autre chose. Tu es évidemment encore à fond sur lui.

Je sortis des toilettes et m'arrêtai dans le couloir pour reprendre mon souffle, me sentant totalement secouée. Clairement, cette femme était toujours folle de Grant et voulait remuer un peu les choses entre nous. Étrangement, ce n'était pas ce qui me mettait en colère. C'était ce qu'elle avait raconté sur sa voiture. Ces derniers jours, j'avais cru que tout se passait bien avec Grant. J'avais ressenti la première impression de sécurité et que peut-être il ne m'arracherait pas le cœur. Et pourquoi ? À cause de la plus simple des choses : il avait eu un geste attentionné en prenant soin de mon problème avec la Commission Logement.

Ce n'était pas vraiment différent de la fois où il avait sorti la voiture de Shannon de la fourrière, n'est-ce pas ?

Grant

Quelque chose n'allait pas avec Ireland. Je l'avais senti l'autre soir, pendant le dessert, mais j'avais mis ça sur le compte de la fatigue puisqu'elle se levait tôt, le matin. Hier, je lui avais envoyé un message pour savoir si elle voulait aller déjeuner, et elle n'avait répondu que longtemps après mon retour à la maison, prétendant qu'elle avait été débordée, au travail. Désormais, aujourd'hui, je voyais bien qu'elle avait lu mon message et pourtant, une heure plus tard, toujours pas de réponse.

Tout en sachant que c'était une erreur, je traversai la rue et pris l'ascenseur jusqu'à l'étage des Actualités.

Ireland était debout, au téléphone, quand nos regards se croisèrent. Le changement de son expression confirma ma suspicion : quelque chose n'allait pas. Elle raccrocha quand j'entrai et fermai la porte derrière moi.

— Je n'aime pas venir ici parce que je ne veux pas rendre les choses difficiles pour toi, au travail.

Elle s'obligea à sourire.

— J'apprécie.

— Mais tu ne me laisses pas le choix quand tu m'évites.

— Je ne t'évite pas.

Je grimaçai, indiquant que je savais qu'elle racontait des conneries.

Ireland soupira et s'assit.

— D'accord.

— Qu'est-ce qui ne va pas ?

— Cette femme, l'autre soir, m'a juste fait flipper, je crois.

Je fronçai les sourcils. Au début, je n'étais vraiment pas sûr de savoir à quoi elle faisait référence.

— Shannon ?

Elle acquiesça.

— Nous avons arrêté de nous fréquenter il y a probablement deux ans. J'ignorais totalement qu'elle travaillait là.

— Je te crois. C'est juste à cause d'une chose qu'elle a dite.

J'essayai d'y réfléchir, mais je ne me souvenais pas que Shannon ait beaucoup parlé après l'arrivée d'Ireland.

— Qu'a-t-elle dit ?

— Elle est venue aux toilettes quand j'y étais et elle a dit que vous étiez sortis ensemble pendant six mois, et non pas que vous aviez eu quelques rendez-vous.

— Honnêtement, j'ignore totalement combien de temps ça a duré... Peut-être qu'on est sorti ensemble six fois en quatre mois, tout au plus. On dirait qu'elle essaie d'exagérer.

— Elle a aussi dit qu'il lui a fallu près d'un an pour passer à autre chose.

Je fronçai les sourcils.

— J'ignorais qu'elle t'avait suivie aux toilettes. Je suis désolé si c'est ce que tu as ressenti. Mais je te l'ai dit, j'étais honnête dès le début avec les femmes avec qui j'avais un arrangement.

— Je sais. Et elle l'a dit aussi. Mais...

Elle secoua la tête.

Tout était ma faute. J'étais en train de tout gâcher. Ireland avait peur d'être avec moi parce que je ne lui avais donné aucune raison de se sentir en sécurité. Le mieux que je lui avais offert, c'était que je n'étais pas certain de savoir ce dont j'étais capable. Si cela ne m'empêchait pas d'avancer, c'était le cas pour elle. Tous les deux, nous jouions perpétuellement à la poule mouillée et il était temps pour moi de m'engager sur une route inconnue et dire, merde ! C'était le moment de s'accrocher avec elle.

Je me penchai en avant.

— Je suis fou de toi, Ireland. La seule autre femme à qui j'ai dit ça, je l'ai épousée. Je suis désolé de t'avoir laissé douter. Je sais que je l'ai fait. Mais...

Je la regardai directement dans les yeux.

— Je veux que ça fonctionne avec toi. Ces sept dernières années, je ne *voulais pas* que quoi que ce soit marche. Je pense à toi à onze heures quand je suis en pleine réunion. Ces sept dernières années, je n'ai pensé à une femme à onze heures que quand j'étais seul. Ça fait une sacrée différence.

Ireland commença à avoir les larmes aux yeux.

— Je veux que ça fonctionne, moi aussi.

Je souris.

— Alors lançons-nous, chérie. Faisons en sorte que ça marche.

Il lui fallut une minute, peut-être pour digérer tout ce que j'avais dit.

— D'accord, dit-elle après avoir enfin souri.

Je soupirai.

— Tu veux aller déjeuner ?

Elle acquiesça.

— Il me faut environ vingt minutes pour finir.

Je me levai.

— Je vais nous commander quelque chose. Retrouve-moi à mon bureau quand tu as terminé.

— D'accord.

Je me retournai pour ouvrir la porte, mais je m'arrêtai une fois la main sur la poignée.

— Enlève tes sous-vêtements avant de venir. Parce que quand on en aura fini avec le déjeuner, je vais te bouffer sur mon bureau.

• • •

La mariée était censée occuper le centre de l'attention lors d'un mariage, mais je ne pouvais m'empêcher de regarder la femme en bleu royal. La robe sexy à fines bretelles embrassait chacune de ses courbes lascives et ses cheveux attachés dévoilaient un long cou délicat et cette clavicule que j'aimais tant. Sa peau était douce et crémeuse, parfaite et impeccable. Je m'assis sur ma chaise en salivant quand je m'imaginai y plonger mes dents ce soir, tout en déchirant sa jolie robe. Elle plissa les yeux et me lança un sourire narquois en avançant vers moi, à l'autre bout de la pièce.

— Tu as l'air sournois, dit-elle en arrivant à ma table.

Je lui pris la main et l'attirai pour qu'elle s'installe sur mes genoux.

— C'est parce que j'ai des pensées sournoises.

Elle gloussa.

— Ah oui ? Parle-m'en sur la piste de danse. Je crois que j'ai fini tous mes devoirs de demoiselle d'honneur, donc je suis tout à toi pour le reste de la soirée.

— J'aime bien ce que tu dis.

Sur la piste de danse, je l'attirai contre moi et appuyai ma joue contre la sienne. Je profitai de l'occasion pour chuchoter à son oreille.

— Je t'ai dit à quel point tu étais belle, ce soir ?

— Oui. Mais ce n'est pas grave. Ça ne me dérange pas de l'entendre encore.

— Généralement, les femmes ne portent pas les robes d'un mariage pour un autre événement, n'est-ce pas ?

— Généralement non. Mais je pense que celle-ci pourrait me resservir. Elle est si simple et jolie. Elle ne ressemble pas à la robe typique d'une demoiselle d'honneur.

Je nous fis tourbillonner.

— Je t'en achèterai une autre.

Ireland plissa son joli petit nez.

— Oh, mon Dieu, j'ai fait une tâche dessus ?

— Non, mais demain matin, elle sera en morceaux.

Elle écarquilla les yeux.

— Elle est déchirée ? Où ?

— Détends-toi. Elle n'est pas déchirée. Pas... encore. Mais je vais littéralement te l'arracher, tout à l'heure.

Elle sourit.

— C'est à ça que tu pensais quand je me suis approchée ? Tu avais un air si diabolique.

— C'est la seule chose à laquelle je pense depuis que je suis passé te prendre.

Elle posa sa tête contre la mienne, pour que nous soyons joue contre joue, et chuchota contre mon oreille.

— Tu te souviens quand on a dansé à la collecte de fonds ?

— Oui.

— Tout mon corps me picotait quand j'étais dans tes bras et j'ai dû faire semblant de ne pas être affectée quand on dansait.

Je souris.

— Et je devais garder mes hanches à distance pour que tu ne sentes pas à quel point tu me faisais bander.

— J'imagine qu'on était tous les deux attirés l'un par l'autre depuis le début.

— Chérie, tu n'imagines même pas à quel point. Tu as piqué ma curiosité avec un e-mail envoyé quand tu étais ivre et dans lequel tu me disais d'aller me faire voir.

Nous dansâmes dans un silence confortable pendant un moment. Une chanson se termina et une nouvelle commença. Je fus heureux que ce soit une autre chanson lente pour que j'aie une raison de garder Ireland dans mes bras. Je fermai les yeux et profitai du moment. Même si ma partenaire regardait tout autour d'elle.

— Je ne veux pas d'un grand mariage comme celui-ci, annonça-t-elle.

Normalement, une femme qui mentionnerait le *mariage* me ferait fuir en courant, mais pas cette fois-ci. Je voulais en savoir plus.

— Tu étais l'une de ces petites filles qui jouaient à la mariée quand tu étais petite ? Quand j'étais gamin, mes sœurs passaient la journée entière à préparer des décorations dans le salon pour leur pseudo mariage. Elles portaient la robe de ma mère tour à tour, et maman me demandait de jouer le rôle du mari. Je détestais ça.

Elle rit.

— Ça devait être adorable.

— C'était plus comme de la torture.

Elle soupira.

— Je n'avais pas de frère et sœur, et mes parents avaient une sale relation. C'est peut-être pour ça que je n'ai jamais vraiment imaginé le mariage, quand j'étais petite.

Je resserrai ma prise autour d'elle après cette déclaration.

— Je suis désolé.

— Ce n'est rien. Je ne suis pas sûre que ce soit sain pour des petites filles de rêver du mariage, de toute façon. Je n'ai pas joué à la mariée, mais j'ai clairement joué à la présentatrice de journal. J'ai passé des heures et des heures devant le miroir et je prenais ma brosse à cheveux comme micro. Au moins, je n'ai pas couru après un fantasme de ce à quoi devrait ressembler mon mariage.

— Donc pas de grande robe blanche ni trois cents personnes dans une salle de réception.

Elle secoua la tête.

— Non. Je veux être pieds nus sur une plage, quelque part. Peut-être au coucher de soleil avec quelques amis et la famille proche, des lumières accrochées entre des palmiers pendant qu'un groupe de calypso joue.

Je souris.

— Ça a l'air sympa.

C'était la première fois depuis une éternité que je discutais de quoi que ce soit en rapport avec le mariage, à cause de mon fiasco avec Lily. Je n'avais pas envie de penser à mon ex-femme quand Ireland était dans mes bras. Avec chaque femme que j'avais fréquentée depuis mon divorce, j'avais voulu ce rappel constant, ce souvenir de la raison pour laquelle j'avais besoin de garder mes distances. Pourtant, avec Ireland, je voulais oublier et aller de l'avant.

Le reste de la soirée, nous parlâmes à ses amis, passâmes du temps avec les deux époux, et dansâmes ensemble. Elle me fit même me déhancher au rythme d'une musique pop, ce que je ne faisais jamais. Mais cela valait la peine pour voir ses seins rebondir pendant qu'elle sautait. À la fin de la nuit, j'avais hâte de l'avoir juste pour moi, à l'hôtel. J'avais admis que j'avais hâte de lui arracher cette robe, mais je savais que je suivrais son rythme pour savoir ce qu'elle voulait. Elle m'avait invité à passer la nuit avec elle, mais je n'étais toujours pas certain qu'elle était prête à faire ce pas suivant.

Donc je ralentis une fois que nous fûmes dans sa suite. J'ouvris la bouteille de vin et la lui tendis alors qu'elle regardait l'océan depuis la fenêtre de sa chambre.

— Merci.

Je dus mettre ma main libre dans ma poche pour m'empêcher de la toucher. Un contact dans une pièce où nous étions seuls, avec rien d'autre qu'un lit, et je serais foutu. À la place, je sirotai mon vin et regardai la mer avec elle.

Elle se retourna vers moi.

— Tu es horriblement silencieux depuis qu'on est arrivé ici.

— Ah bon ?

Elle acquiesça.

— Hmm-hmm. Et tu es monstrueusement... loin de moi. Pour un homme qui m'a dit que ma robe allait être arrachée avant demain matin, je me suis dit que s'il y avait du silence, ce serait parce que ta langue serait plongée au fond de ma gorge, et que nous n'irions pas loin avant que tu me colles le dos à la porte.

Je tournai la tête vers elle.

— J'essaie d'agir en gentleman.

Elle inclina la tête.

— Pourquoi ?

— Parce que je n'étais pas certain de savoir ce à quoi tu t'attendais, pour ce soir. Je ne voulais pas supposer que ton invitation à rester ce soir signifiait que tu étais prête à plus que partager une chambre.

Ireland posa son verre de vin sur la table à côté d'elle. Elle commença ensuite à détacher ses boucles d'oreille.

— Si tu n'hésitais pas, que voudrais-tu ?

Elle posa une boucle d'oreille sur la table à côté de son verre de vin plein et commença à détacher la seconde.

— Qu'est-ce que tu veux dire ? Comment ça, qu'est-ce que je voudrais ?

J'avais besoin d'être sûr de ce qu'elle demandait, même s'il paraissait assez clair qu'elle voulait savoir ce que nous ferions en ce moment même si elle avait été partante.

— Qu'il se passe entre nous. Sur le plan sexuel, je veux dire.

Je bus une grande gorgée de mon vin tandis qu'elle posait l'autre boucle d'oreille sur la table.

— Tu es sûr de vouloir cette réponse ?

— Oui. Je veux entendre une réponse honnête.

Elle sourit, se retourna et me montra son dos.

— Ça te dérange de baisser la fermeture Éclair pour moi ?

Merde. Je déglutis.

— Eh bien, je veux t'écarter les jambes sur ce grand lit et te bouffer, pour commencer. Je veux te faire mouiller.

Sa voix devint plus rauque.

— Autre chose ?

Je tendis la main vers sa fermeture. Elle tremblait à cause de l'effort qu'il me fallait faire pour conserver mon contrôle. Le bruit des dents s'écartant lentement fit écho dans la pièce silencieuse.

— Beaucoup d'autres choses. Je te mettrai sur la commode derrière moi. Je l'ai déjà étudié, elle a l'angle parfait pour que je te baise debout. Je veux te voir jouir et te regarder dans les yeux quand je te pénètre aussi profondément que possible et te remplis de mon sperme.

Elle rit nerveusement.

— C'est assez spécifique.

— Je n'ai pas fini.

J'atteignis le bas de la fermeture et je ne pus m'en empêcher. Je glissai ma main à l'intérieur de sa robe et fis glisser mes doigts sur sa colonne vertébrale.

— Ensuite, on peut prendre une douche ensemble et je serrerais tes fesses dans mes mains, avec tes jambes enroulées autour de ma taille et ton dos contre le carrelage. Quand tu commenceras à jouir autour de ma queue, je glisserai un doigt dans ton anus pour que tu me sentes de toutes les façons possibles.

Elle frissonna, donc je pris cela pour un signe qu'elle voulait en entendre plus.

— Après ça, je te laisserai dormir un peu, et le matin, on prendra le petit déjeuner ensemble. Et par ça, je veux dire que je te remplirai la bouche avec ma queue pendant que je te boufferai. Tu seras en haut, donc tu penseras que tu as le contrôle. Mais quand tu commenceras à jouir sur mon visage, je soulèverai tes hanches et pousserai un peu plus dans ta gorge avant de la remplir avec ma semence bien chaude.

J'utilisai mes mains pour guider Ireland et la faire pivoter. Le regard sur son visage était un mélange de choc et d'excitation. C'était sacrément sexy.

Je pris son visage entre mes paumes.

— C'est trop ?

Elle laissa échapper un rire tremblant.

— Je ne pourrais jamais t'accuser de te retenir, hein ?

— Et toi ?

Je glissai mes doigts sur ses clavicules.

— Qu'est-ce que tu veux ? ajoutai-je.

Elle soutint mon regard en levant la main vers ses bretelles et en les faisant glisser sur ses épaules. Le dos défait, elle laissa tomber la robe au sol, dans une mare bleue à ses pieds.

— Je suis partante pour tout ce que tu mentionnes, sauf que j'aimerais ajouter une chose à laquelle je n'ai pas arrêté de penser.

Elle est si magnifique, devant moi, avec rien de plus qu'un soutien-gorge et une culotte en dentelle d'un bleu royal. Sa grande poitrine se déversa au-dessus des bonnets. Distrait, je l'avais entendu parler, mais je n'avais pas vraiment compris un seul mot de ce qu'elle avait dit.

Je secouai la tête.

— Pardon. Qu'est-ce que tu as dit ?

Ses lèvres se recourbèrent dans un sourire malicieux.

— J'ai dit que je voulais ajouter une chose à tes plans, ça ne te dérange pas ?

— Tout ce que tu veux.

Les yeux d'Ireland pétillèrent, juste avant qu'elle tombe à genoux.

Oh, merde.

J'avais un fort désir de fermer les yeux et de remercier Dieu d'avoir suffisamment enivré cette femme pour qu'elle m'écrive un e-mail cinglant, mais je ne pouvais arrêter de regarder Ireland, à genoux devant moi. Elle déboutonna mon pantalon et ouvrit la braguette pendant que je restais planté là, incapable de formuler de quelconques paroles. Lorsque sa petite main se tendit et alla serrer mon érection, je me dis que j'allais jouir ici et maintenant.

Je sifflai.

— Je ne vais pas tenir longtemps, ma chérie.

Elle leva les yeux et sourit en empoignant mon sexe.

— Ce n'est rien. Nous avons toute la nuit.

Elle exerça deux va-et-vient sur mon membre, lentement, pendant qu'elle s'humectait les lèvres, puis elle abaissa sa mâchoire et me glissa à l'intérieur. Il n'y eut pas de préambule, elle ne lécha pas l'extrémité et ne fit pas tourbillonner sa langue autour du gland, comme la plupart des femmes le faisaient, ce qui était agréable, mais totalement inutile quand un homme était déjà à la limite de se laisser aller. Je n'étais pas sûr de savoir si je devrais apprécier qu'Ireland semble le savoir ou si cela devrait me déranger. Toutefois, alors qu'elle commençait à bouger la tête de haut en bas, je ne me souvins même pas ce sur quoi je me posais des questions.

Une fois mon érection à l'intérieur de cette belle bouche, elle la baissa encore plus et me choqua carrément en avalant.

Merde alors. Elle peut faire une gorge profonde. Je suis foutu.

Aussi vite que je m'étais retrouvé dans sa gorge, elle se retira et laissa le plat de sa langue glisser sur le côté de ma verge alors qu'elle continuait de s'éloigner. Elle battit des cils et quand elle me regarda, je vis l'hilarité dans ses yeux.

— *Nom de Dieu, Ireland.*

Elle glissa à nouveau sur moi et me prit tout entier dans sa gorge. Je dus lever les yeux vers le plafond pour m'empêcher de jouir précocement avant même qu'elle ait vraiment commencé. La voir sur les genoux, en train de déglutir mon sexe, était trop difficile à gérer. Je grognai et tendis la main pour emmêler mes doigts dans ses cheveux.

J'essayai de ne pas baisser la tête ou de voir la sienne s'agiter chaque fois que mon sexe entrait et sortait de sa gorge, mais je ne pus m'en empêcher. La vue était simplement trop incroyable pour la manquer. Ireland me prit profondément encore plusieurs fois, puis passa de longues succions profondes à de petits coups rapides avec sa bouche et sa main.

C'était sérieusement la chose la plus brillante que j'avais jamais sentie. C'était comme si j'étais mort et que j'étais allé dans le paradis des stars du porno.

J'essayai de me retenir, mais c'était vraiment impossible. Surtout quand elle tendit la main et qu'elle poussa les miennes à guider le rythme. Elle m'avait plus ou moins donné le droit de lui baiser le visage. Même si j'aimerais rester là et continuer toute la journée, je ne donnai que trois coups de reins supplémentaires. L'envie de finir était trop forte, peu importait les efforts que je faisais.

Je lui avais dit que je voulais jouir dans sa gorge, et je le fis, plus que jamais, mais je n'étais pas non plus un salaud. Elle faisait peut-être des gorges profondes comme une star du porno, mais elle était une femme que je respectais. Je devais la prévenir.

— Ireland... chérie. *Merde*. Je vais... jouir.

Mais elle ne bougea pas. Je m'apprêtais à la prévenir, juste au cas où elle ne m'aurait pas entendu. Quand je baissai les yeux, ceux d'Ireland étaient fermés, mais quand elle me perçut, elle les ouvrit et me regarda.

— Chérie, je vais jouir.

Elle répondit en me suçant si profondément que je crus que je ne pourrais jamais en sortir, non pas que j'en avais envie. La gorge d'Ireland Saint James était mon nirvana et je ne voulais plus le quitter. Mais elle m'avait clairement entendu cette fois-ci, et elle voulait que je le sache. Elle souhaitait que je jaillisse dans sa gorge et j'étais vraiment ravi de lui rendre ce service. Avec le grognement de son nom et un coup de reins, j'arrêtai de bouger les hanches et me laissai aller, lui remplissant la gorge dans un flot infini.

J'eus à peine la force de l'aider à se relever quand elle en eut terminé.

— Nom de Dieu, Ireland. Comment diable as-tu appris à faire ça ?

Je secouai la tête, toujours étourdi à cause de ma jouissance.

— Oublie ça. Je ne veux pas savoir.

Ireland gloussa.

— Je t'ai dit que j'aimais regarder les hommes prendre leur pied. Peut-être que j'ai appris un truc ou deux.

Je levai les yeux vers le plafond. *Merci mon Dieu.* N'importe quelle réponse autre que « je l'ai appris en regardant une *vidéo* » aurait été totalement inacceptable.

Je souris.

— Tu ne pourrais pas être plus parfaite si je t'avais faite moi-même.

— Soit dit en passant, je prends la pilule.

Cela allait être une sacrée nuit.

Ireland

J'avais lu une fois un article disant que le temps moyen des préliminaires était de quatorze minutes. Évidemment, au début, les choses duraient plus longtemps, en général, pour un couple, mais je n'avais jamais passé deux heures à m'amuser avec un homme sans m'envoyer en l'air, même quand il n'y aurait que ça et rien de plus.

Mais Grant prenait son temps, et j'aimais vraiment, vraiment beaucoup. Après lui avoir fait une fellation, il me rendit la pareille en me provoquant deux orgasmes avec sa bouche. Nous parlâmes ensuite pendant qu'il caressait mon corps. Je crus qu'il allait avoir besoin de temps pour récupérer, mais je me blottis contre lui et sentis qu'il était déjà entièrement en érection, comprenant ainsi que ce n'était pas le cas.

Il étudia mon visage en touchant mon corps et me détailla ce qu'il voulait faire avec moi : se glisser entre mes seins et jouir sur mon cou, me prendre par-derrière, me mettre un bandeau, m'attacher au lit. J'aurais dû être satisfaite après deux orgasmes puissants, mais plus il parlait, plus je voulais l'avoir en moi.

Grant commença par mon oreille et m'embrassa jusqu'aux orteils. Puis, il lécha et suçota tout en remontant. J'étais déchaînée quand il commença enfin à m'embrasser à nouveau. J'étais folle à l'idée qu'il ne semble pas aussi désespéré que moi. Je m'en faisais donc ma mission personnelle de lui faire ressentir la même chose que moi.

Lorsqu'il m'embrassa dans le cou, je le poussai légèrement, l'encourageant à rouler sur le dos. Je grimpai ensuite sur lui. Je pris sa bouche dans un baiser tout en glissant mes hanches pour que mon centre mouillé soit aligné avec son érection. Je commençai à me frotter contre lui alors que le baiser se réchauffait. Cela fonctionna. Dans un rapide mouvement, je me retrouvai sur le dos et Grant me surplombait à nouveau. Seulement, cette fois-ci, il paraissait beaucoup plus impatient. Le sourire impatient que je lançai fut récompensé d'un grognement.

— J'essayais d'y aller doucement.

Je pris son visage.

— Je ne veux pas que ce soit lent. Je veux que ce soit *brutal*. Maintenant.

Grant grommela quelques jurons en tendant la main vers la table de nuit. Il attrapa son portefeuille et ouvrit un préservatif, jetant tout le reste par terre. Il se protégea ensuite en un temps record.

Il réapparut au-dessus de moi et me regarda droit dans les yeux.

— Tu es...

Il secoua la tête.

— ... incroyable.

Je l'attirai en bas pour que nos lèvres se rejoignent et je parlai contre elles.

— Chaque fois que je te regarde, je me sens à la fois excitée et terrifiée. Mais pour l'instant, il n'y a que l'excitation.

Grant n'arrêta pas une seule fois de me regarder en me pénétrant.

— Merde, dit-il avant de déglutir. Tu es tellement mouillée.

Il fit de lents va-et-vient, m'étirant légèrement. Même si j'étais prête pour lui, et que je savais à quel point il était épais et long puisque je l'avais eu dans ma bouche, cela faisait un moment que je n'avais pas été avec un homme et mon corps avait besoin d'un peu d'encouragement pour accueillir toute son érection. Ses bras tremblèrent alors qu'il prenait son temps et lorsqu'il fut entièrement en moi, il gronda. Le bruit était si guttural et rauque que j'en eus des frissons jusque dans les bras et les jambes.

Il me figea et m'embrassa doucement avant de me regarder dans les yeux et de me prendre de la façon dont j'en avais besoin, brusquement, crûment, violemment et sincèrement. Chaque coup de reins alla plus loin et devint plus brutal jusqu'à ce que les seuls bruits dans la pièce soient ceux de mes gémissements et du tapotement mouillé de nos corps l'un contre l'autre.

Je plongeai mes mains dans ses cheveux et tirai, prononçant son nom encore et encore. Les vagues palpitantes commencèrent à me traverser et la respiration de Grant devint difficile. Nous perdions tous les deux le contrôle en même temps.

— Merde. Tu es... si bonne. Si bonne.

Grant grinça des dents.

— N'arrête pas. Oui. Juste comme... oh... oh...

Mon orgasme me heurta comme un coup de poing et peu importait les mots que j'essayais de formuler, ils étaient balayés, ainsi que toute peur que je pouvais avoir.

Grant ferma les yeux. Le muscle dans sa mâchoire se contracta et les veines dans son cou gonflèrent. Il accéléra et continua pendant que je roulais sur ma vague. Alors que je me crispais autour de lui, il laissa échapper un rugissement.

— Meeerde !

Il cambra les hanches et se planta profondément en moi.

Après un instant, il m'embrassa dans le cou et continua à faire des va-et-vient à un rythme calme. J'écartai les cheveux mouillés de sueur loin de son front et il me sourit.

— C'est foutu après ce soir. Maintenant que je sais comme c'est bon d'être en toi, je n'aurais plus jamais envie de m'en éloigner.

Je souris.

— Ce n'est rien. J'aime bien quand tu es ici.

Il m'embrassa doucement et acquiesça.

— Oui. Moi aussi, j'aime bien être ici.

...

Nous fîmes la grasse matinée, le lendemain. Enfin, techniquement, pas vraiment puisque faire la grasse matinée signifiait dormir pendant une longue période. Mais puisque nous ne nous assoupîmes pas jusqu'à l'aube et que nous nous réveillâmes après la sonnerie de mon téléphone deux heures plus tard, nous fîmes plus ou moins cela.

J'ouvris un œil pour décrocher.

— Allô ?

— Pourquoi n'es-tu pas là ?

Merde. Mia. Je me relevai sur un coude.

— Quelle heure est-il ?

— Il est vingt minutes après le début du brunch.

— Oh. Merde. Je suis désolée. Je crois qu'on a fait la grasse matinée.

— C'est ce que tu as fait ou quelqu'un t'a empêché de dormir toute la nuit ?

— Les deux.

Mia lâcha un petit cri et je dus éloigner le portable de mon oreille. Grant plissa les yeux, donc je couvris le téléphone.

— C'est Mia. On est en retard pour le brunch.

— Dis-lui qu'on passe notre tour et que je vais te bouffer à la place.

Évidemment, ma meilleure amie entendit, même si j'avais couvert le téléphone. Elle couina à nouveau.

— Descends tout de suite. Je veux entendre tous les détails.

Grant me prit le smartphone de la main ct baissa les yeux vers moi en parlant.

— Il nous faut vingt minutes pour nous doucher.

Ses yeux se posèrent sur ma poitrine exposée.

— Trente, en fait.

J'ignorai totalement ce qu'elle disait, mais il éteignit le portable et plongea sa tête contre mon cou.

— Bonjour.

J'étais certaine d'avoir un sourire des plus idiots sur mon visage, même si je m'en moquais.

— Bonjour.

Sa main glissa entre mes jambes et il passa ses doigts sur ma chair gonflée.

— Tu es courbaturée ?

Je l'étais, mais je minimisai la chose.

— Un peu.

Il croisa mon regard.

— Tu en es sûre ?

J'acquiesçai.

Grant tira sur le téton, qui se durcit.

— Merde, dit-il d'une voix rauque. Je veux te prendre par-derrière dans la salle de bain, que tu te penches au-dessus du lavabo et que tu te regardes dans le miroir.

Mes muscles étaient douloureux et mon entrejambe était sensible à cause du nombre de fois où nous nous étions envoyés en l'air hier soir. Pourtant songer à Grant derrière moi, tandis que j'étais penchée, faisait déjà vibrer mon corps.

Je me mordis la lèvre.

— Alors pourquoi est-on toujours au lit ?

Quelques battements de cœur plus tard, Grant me leva du lit et me prit dans ses bras. Je hurlai de surprise, mais j'adorais ça. J'aimais la sensation d'être dans ses bras et la façon dont il pouvait me balader comme si je ne pesais rien.

Il me porta jusque dans la salle de bain avec un préservatif entre les dents, puis nous fîmes exactement ce que nous avions prévu. Il me prit par derrière par-dessus le lavabo pendant que je regardais. Ce fut rapide et énergique, mais pas moins satisfaisant. Nous jouîmes tous les deux violemment et c'était la façon parfaite de se réveiller. Nous nous préparâmes ensuite rapidement et descendîmes pour rejoindre le reste des invités du mariage pour un brunch.

Le regard de Mia s'illumina quand elle nous vit. Mes cheveux étaient attachés dans une queue de cheval humide et ceux de Grant étaient tirés en arrière à cause de la douche. Elle montra la chaise vide à côté d'elle alors que nous nous approchions de la table.

— Ramène ton cul ici.

Je regardai Christian.

— Ta femme est très autoritaire.

Il sourit et observa Mia avec admiration.

— Ma femme... J'aime ce mot.

Grant s'assit de l'autre côté de Christian et tous les deux se lancèrent facilement dans une conversation. Les jeunes mariés partaient à Kauai pour leur lune de miel et, apparemment, Grant y était déjà allé, donc ils parlèrent de tours de bateau et d'hélicoptère à faire.

Mia tenta de me cuisiner pour savoir comment tout s'était passé avec Grant, mais je lui dis simplement que nous avions passé une bonne nuit ensemble. Même si le sourire sur mon visage et le rouge sur mes joues à cause de mon orgasme vingt minutes plus tôt en disait probablement plus que ce qui sortait de ma bouche, de toute façon.

Entendant la discussion des hommes sur le séjour de Grant à Kauai, Mia les interrompit.

— Oh. J'ai vu cet endroit en ligne. C'était magnifique. Mais il n'y avait plus de place. Apparemment, ils ont perdu la moitié de la station dans une tempête il y a quelques années.

Grant hocha la tête.

— Je l'ignorais.

— Tu y es allé il y a longtemps ?

Le regard de Grant se posa sur le mien pendant un moment.

— Il y a huit ans.

Je sentis un pic de jalousie, même si je savais que c'était stupide. Grant était probablement allé à Kauai lors de sa lune de miel. Son mariage était terminé depuis longtemps, et nous avions passé une nuit géniale à nous rapprocher l'un de l'autre. Pourtant, je continuais d'être jalouse. Je refoulai mes émotions idiotes et tentai de ne pas les laisser gâcher la sensation euphorique avec laquelle j'étais arrivée.

— Alors, Grant...

Mia pointa la fourchette dans sa direction.

— Maintenant que je suis une vieille femme mariée, je pense que je devrais t'avertir que j'ai planifié l'avenir de mon amie. Ireland et moi allons être voisines, avec des clôtures blanches et des garçons nés à une semaine de différence, du nom de Liam et Logan.

Je ris.

— Mia a décidé de ça en CM2. On passait à côté de ces adorables maisons assorties en rentrant de l'école, tous les jours. Elles appartenaient à deux sœurs et elles étaient assises sous un des porches à boire du café quand on passait le matin. Le soir, elles étaient assises sous l'autre à boire du thé glacé. On se demandait s'il était alcoolisé.

Mia me donna un coup d'épaule.

— Le nôtre sera clairement alcoolisé.

Elle observa Grant.

— Alors, quel nom veux-tu ? Liam ou Logan ?

Il était évidemment trop tôt pour parler de quoi que ce soit d'aussi sérieux entre lui et moi, mais nous plaisantions simplement.

Seulement, la réponse de Grant fut sérieuse.

— Je ne veux pas d'enfants.

Tous nos rires et sourires disparurent.

— Vraiment ? demandai-je.

Grant acquiesça.

Une sensation horrible s'installa au fond de mon estomac. Je sus que ce n'était pas le moment ni l'endroit pour la discussion. Malheureusement, Mia n'allait pas laisser tomber si facilement. Elle fit un signe de la main à Grant.

— Beaucoup de gens disent ça, jusqu'à ce qu'ils rencontrent la bonne personne. Tu changeras d'avis.

Son visage resta stoïque. Il me regarda, puis baissa les yeux vers son petit déjeuner.

Il y eut quelques minutes de silence gênant après ça. Mia savait que je voulais des enfants. Et pas qu'un, j'en voulais plusieurs. J'avais grandi en fille unique, et j'avais toujours désiré avoir des sœurs et des frères. Finalement, Christian déplaça le sujet de discussion vers le sport, Grant et lui se lançant dans une conversation plus légère. Mia et moi échangeâmes quelques coups d'œil et même si je me joignis aux discussions, je ne pus vraiment oublier ce que j'avais appris.

Grant et moi ne nous fréquentions pas depuis longtemps, donc cela ne devrait pas me déranger autant. Le fond du problème était néanmoins que je l'appréciais vraiment. La plupart des autres idéaux et valeurs pouvaient être des compromis, en couple. Si l'un voulait vivre en ville et l'autre à la campagne, on pouvait avoir deux maisons ou vivre en banlieue, où c'était un peu plus en périphérie. Si un mari voulait une femme au foyer et que son épouse voulait travailler, ils pouvaient se mettre d'accord sur un job à temps partiel. Mais il n'y avait pas de terrain neutre quand il s'agissait d'avoir une famille. Soit vous en aviez une, soit vous n'en aviez pas.

Je fis de mon mieux pour sourire pendant le reste du brunch, mais le commentaire de Grant était comme une douleur à la dent mordante et sourde. Quand il fut l'heure de se dire au revoir, Mia et moi nous étreignîmes.

— J'ai passé un bon moment, dis-je. Envoie les photos.

Elle sourit.

— Je le ferai. Et ne t'inquiète pas pour ce que Grant a dit. Je suis sûr qu'il changera d'avis. Les hommes ne savent pas ce qu'ils veulent jusqu'à ce que tu leur montres. Enfin, à part les pipes. Ils veulent toujours une pipe.

Je lui souris en retour.

— Tu as raison.

Même si au fond de moi, je n'en étais pas si sûre. Quelque chose dans la façon dont Grant avait prononcé ce mot montrait qu'il était assez sûr.

Lui et moi devions retourner dans notre chambre pour récupérer nos valises. Je ne m'étais même pas rendu compte à quel point nous avions été silencieux dans l'ascenseur ou quand nous rangeâmes nos affaires jusqu'à ce qu'il arrive derrière moi dans la salle de bain. Il me frotta les bras quand j'attrapai la brosse à dents et parla à mon reflet dans le miroir.

— Je ne voulais pas te prendre au dépourvu ni t'agacer. Je suis désolé.

Je secouai la tête.

— Ce n'est rien. Il n'y a pas de quoi être désolé. Mia t'a mis dans une position gênante en parlant de ses projets de vie.

Grant acquiesça, mais nos regards restèrent rivés l'un sur l'autre et j'eus le sentiment qu'il attendait que j'en dise plus. Ce que je fis.

— Tu ne veux... vraiment pas d'enfant ?

Il acquiesça.

— Tu en es sûr ?

Il fronça les sourcils et acquiesça à nouveau.

— Mais tu es si génial avec Leo.

Grant me guida pour que je me retourne et inclina le menton vers le haut pour que nos yeux se croisent directement, plutôt que dans le miroir.

— Je ne veux pas d'enfants, Ireland.

— C'est parce que tu étais en foyer ? Tu veux dire que tu ne veux pas d'enfants biologiques puisqu'il y en a tant qui n'ont pas de maison ?

Il me regarda droit dans les yeux.

— Non, je ne veux pas d'enfants du tout.

J'eus l'impression de prendre un coup de poing dans le ventre. Parce que je sus curieusement avec l'expression de son regard que cette décision n'avait pas été prise à la légère. Nous avions passé une *si bonne* nuit, et je n'avais pas cru qu'une plaisanterie ce matin au petit déjeuner mettrait une fin si immédiate et soudaine à l'excitation qui grimpait entre nous. C'était choquant, vraiment.

Je baissai les yeux.

— D'accord.

— Je suis désolé.

— Non, ce n'est rien. J'imagine que c'est mieux si nous avons cette discussion maintenant et non plus tard dans notre relation.

Je levai les yeux, alors qu'ils s'emplissaient de larmes. Ce qui semblait ridicule. Cette relation était si nouvelle et pourtant, j'avais l'impression d'avoir subi une perte.

— Je veux vraiment avoir une famille, un jour. Deux ou trois enfants, avec peu d'écart, peut-être un golden retriever du nom de Spuds, une vraie grande maison. Pas demain, ni rien. Mais pas jamais. Quand ce sera le bon moment.

Grant acquiesça.

— Évidemment.

Il coinça une mèche de mes cheveux derrière mon oreille.

— Et tu mérites d'avoir tout ce que tu veux.

J'avais besoin de temps pour y réfléchir.

— Nous devrions probablement y aller. Nous avons dépassé le temps qu'on nous avait donné.

Nous rangeâmes le reste de nos affaires et partîmes vers la voiture. Nous fûmes tous les deux silencieux, sur le trajet. Grant prit ma main et entrelaça ses doigts avec les miens avant de les lever pour les embrasser.

— Je dois aller au bureau pendant quelques heures, dit-il. Tu veux que je te dépose chez toi ?

— Oui, s'il te plaît.

À mon appartement, Grant sortit ma valise de la voiture et m'accompagna jusqu'à la porte.

— Je t'appelle plus tard ?

Il acquiesça. Il me donna un doux baiser et attendit que j'entre. Appuyé contre la porte, j'avais l'impression d'avoir eu un traumatisme cervical. Un instant, je tombais amoureuse d'un homme génial et nous ne pouvions pas nous lasser de l'autre. L'avenir était si brillant. Et le moment suivant, j'avais besoin de rester seule pour réfléchir et je me demandais si nous avions un avenir ensemble, pour commencer.

Grant

Je m'enfonçai sur mon fauteuil et jetai le stylo que je tenais de l'autre côté de la pièce. Il heurta un coin de la crédence et rebondit dans ma direction atterrissant sur le bureau au-dessus des lettres les plus récentes. Des chiffres. Je ne peux pas gérer cette connerie, aujourd'hui. Dans tous mes états, je récupérai l'enveloppe et la déchiquetai en vingt petits morceaux, avant de les jeter dans la poubelle de recyclage. La moitié atterrit sur le sol.

J'étais venu au bureau directement après avoir déposé Ireland, pensant que je pouvais assurer quelques heures de travail. Mais quatre heures s'écoulèrent et je ne réussis qu'à travailler pendant cinq minutes. Je n'arrivais pas à me concentrer.

Évidemment qu'Ireland voulait des enfants. Elle était une personne aimante qui avait tant à offrir. Ce n'était pas la première fois que le sujet venait sur le tapis avec les femmes que je fréquentais. Bon sang, avant

Ireland, rien que la mention du sujet était un signal d'avertissement. Un quelconque plan sur le long terme signifiait que leurs attentes étaient trop grandes et qu'il était temps de couper les ponts. Néanmoins, Ireland n'était pas un plan cul que je voulais fuir.

Je pris mon portable et me demandai si je devais lui envoyer un message. Devrais-je lui laisser un peu d'espace ? Évoquer à nouveau le sujet ? Faire comme si ce n'était pas arrivé et passer à autre chose ? Je décidai d'arrêter d'agir comme un lâche et de lui envoyer un message sans trop y réfléchir. J'avais suffisamment analysé la situation pour la journée.

Grant : Dîner, ce soir ? Je pourrais passer en rentrant du bureau et on mangerait chinois sur le bateau pour regarder le coucher de soleil.

Je regardai les points de suspension sauter sur l'écran. Puis ils arrêtèrent. Et recommencèrent. C'était bien long d'attendre pendant qu'elle choisissait sa réponse.

Ireland : En fait, je suis plutôt épuisée. Je crois que je vais me coucher tôt.

Merde. Je voulais être avec elle, même si cela signifiait simplement dormir avec elle dans mes bras. Mais elle ne me le proposait pas. Et je ne pouvais pas être un salaud et y aller au bulldozer avec elle. Je préférais laisser tomber.

Grant : D'accord. Dors bien. Je te parle demain.

Elle m'envoya un émoji sourire. Même si je n'étais pas sûr que l'un ou l'autre nous souriions en ce moment.

Je réussis à répondre à quelques e-mails et à approuver un budget marketing avant d'en rester là. J'aurais encore du travail à effectuer quand je serais dans un meilleur état d'esprit. Aucun de nous deux n'avait suffisamment dormi la nuit dernière, donc je me convainquis qu'Ireland avait raison : rentrer à la maison et se coucher tôt était pour le mieux. À mi-chemin, je me surpris à quitter l'autoroute à deux sorties avant la marina. Papy avait été comme un second père pour moi, pendant toute ma vie, encore plus depuis que celui-ci était décédé, et il était la seule personne que je connaissais qui me dirait la vérité. Même si ce n'était pas ce que je voulais entendre. J'espérais simplement qu'aujourd'hui était une bonne journée pour sa mémoire.

. . .

— Grant, quelle belle surprise ! Entre. Entre.

Ma grand-mère se décala sur le côté pour me laisser entrer, et je l'embrassai sur la joue en franchissant la porte.

— Comment fonctionne le système d'alarme ?

— Bien. Mais ton grand-père dort comme un bébé depuis qu'il a été installé.

— Tant mieux.

Je regardai le salon. La maison était silencieuse.

— Papy est dans le coin ?

— Il est en bas et bricole dans la cave. La dernière fois que j'ai vérifié, il préparait un cercueil miniature pour la maison de poupée hantée que Leo et lui aiment tant. J'essaie de rester loin de lui quand il travaille le bois. Les pièces sont si petites que j'ai toujours peur qu'il se coupe un doigt.

Je souris. Papy avait commencé à oublier beaucoup de choses, mais pas comment utiliser des outils. Même si la démence affectait la mémoire, ses capacités de menuisier étaient plus comme une seconde nature pour lui que quelque chose qu'il avait appris. Je ne pouvais imaginer qu'un jour, il ne pourrait rien fabriquer, qu'il connaisse le nom de la personne pour laquelle il le faisait ou non.

— Je vais descendre et lui rendre visite.

— Je vais vous préparer quelque chose à grignoter et je vous l'amène tout de suite.

— Merci, mamie.

Je trouvai papy dans son pyjama et un peignoir, sa ceinture à outils enroulée autour de ses hanches. Il avait une paire de lunettes et ses cheveux gris étaient parsemés de sciure alors qu'il ponçait les côtés d'un minuscule cercueil pour le lisser.

Il sourit en me voyant, levant ses lunettes pour les mettre au sommet de son crâne, et il leva trois doigts avec des pansements.

— Piège à souris, dit-il.

Je fronçai les sourcils.

— Vous avez des souris ?

— Pas à ma connaissance. Mais j'ai utilisé les petites trappes en bois pour faire le parquet des chambres, et les gonds pour attacher la porte du cercueil. Leo en a installé un avec du fromage quand on travaillait la semaine dernière pour voir s'il pouvait installer une souris. Je l'ai récupéré ce matin. Le fromage est toujours dessus.

Il agita ses doigts.

— Et un bout de ma peau aussi, maintenant.

Je gloussai.

— Il faut faire plus attention, papy. Mamie s'inquiète déjà à l'idée que tu utilises des outils. Si tu te coupes un doigt, tu reviendras de l'hôpital avec un atelier vide.

— Elle s'inquiète beaucoup trop, marmonne-t-il. Ça lui donne quelque chose à faire, mais ça ne mène jamais nulle part.

J'avançai vers la maison de poupée hantée et observai les nouvelles pièces qu'il avait faites cette semaine. Il y avait de nouveaux miroirs encadrés de bois, représentant des visages effrayants, avec quelques fantômes pendus et une cheminée gravée avec la tête d'un loup en colère. Je la soulevai, admirant le travail qu'il y avait consacré. Papy était vraiment doué.

— Alors, quoi de neuf ? demandai-je en reposant la cheminée dans la maison de poupée.

— Rien. Et c'est exactement ce que j'aime à mon âge. Chaque fois que j'ai quelque chose de *neuf*, c'est un médicament, une douleur ou un examen de la prostate que je n'aime pas.

Il me regarda et posa son outil, ainsi que le morceau de bois qu'il ponçait. Sous sa table d'atelier se trouvaient deux tabourets. Il en tira un et le glissa vers moi avant de s'asseoir sur l'autre.

— Installe-toi. Dis-moi ce qui te dérange.

— Comment sais-tu que quelque chose me dérange ?

Papy donna un coup de menton vers mon pantalon.

— Tu as les mains dans les poches. Ça te trahit toujours. Tu te souviens de la fois où tu as coupé la queue de cheval de ta sœur pendant qu'elle dormait parce qu'elle avait laissé ton vélo à l'extérieur et qu'il avait été volé ?

Je ris. Je ne manquais jamais d'être émerveillé par les souvenirs lointains qu'il pouvait avoir, même au premier stade de la démence, pourtant, parfois, il oubliait les plus simples des choses juste après les avoir entendues.

— Je me souviens. Quelqu'un a trouvé mon vélo le lendemain et me l'a rendu, mais maman ne m'a pas laissé monter dessus pendant des mois.

— Tu as eu les mains dans la poche toute la journée. Probablement parce que tu avais également mis la queue de cheval dedans. Tu le fais chaque fois que tu t'inquiètes de quelque chose.

Je n'étais pas vraiment convaincu qu'il avait raison, pourtant, je fis consciemment le choix de retirer mes mains de mes poches avant de m'asseoir.

Je soupirai.

— Est-ce que je suis égoïste ?

Papy fronça les sourcils.

— Tu veux dire parce que tu tiens les rênes au travail et que tu es autoritaire avec tes sœurs ?

Ce n'était pas ce à quoi je faisais référence, mais *merci, papy.* Je secouai la tête.

— J'ai rencontré une femme.

Papy hocha la tête.

— Le canon ? Charlize ?

Je gloussai.

— Oui, c'est elle.

— Bon choix. On dirait que cette femme ne te laissera pas faire tes conneries.

Papy agita un doigt devant moi.

— C'est la clé d'un mariage heureux. Épouse une femme qui t'effraie légèrement, qui te fait penser, *mais qu'est-ce qu'elle fout avec un crétin comme moi* ? Passe ensuite le reste de ta vie à essayer de lui donner ce qu'elle mérite, selon toi.

Il avait beaucoup de sagesse et je savais qu'il avait raison, mais je ne posais pas la question à laquelle je voulais vraiment une réponse. Je pris donc une profonde inspiration et déclarai ce qui me dérangeait vraiment.

— C'est tout nouveau. Je l'aime vraiment beaucoup... et... elle veut des enfants.

Papy soutint mon regard alors que de nombreuses paroles silencieuses passaient entre nous. Il n'avait pas besoin de davantage d'explications afin de comprendre pourquoi c'était un problème pour moi.

Son visage devint triste, mais il acquiesça.

— Alors, tu penses que tu es égoïste de ne pas en vouloir.

J'acquiesçai.

— Tu n'es pas égoïste, fils. Tu ne sais simplement pas comment refuser quoi que ce soit à quelqu'un que tu aimes. C'est une qualité admirable chez un homme. Ta situation est différente d'un homme qui ne veut pas d'enfants parce qu'il aime son train de vie. Je vois pourquoi ça peut paraître égoïste, même si c'est tout de même un choix personnel. C'est leur vie. Mais toi... ce n'est pas ça. Je devine qu'au fond de toi, tu *veux* des enfants, que tu fais ressortir ta nature protectrice envers un futur bébé et peut-être même envers toi-même.

Je sentis un poids lourd sur mon torse et baissai les yeux.

— Je ne sais pas, papy.

Quand je les levai à nouveau, il croisa mon regard.

— Tu me fais confiance ?

— Bien sûr que oui.

— Alors, crois-moi quand je dis que tu n'es pas égoïste. Ce n'est pas à propos de ça, dit-il avant de soupirer. Tu as parlé à ta dame de la raison pour laquelle tu ne veux pas ?

Je secouai la tête.

— Eh bien, c'est par là qu'il faut commencer. Au moins, elle comprendra mieux ta position.

— Ce n'est pas quelque chose de facile à expliquer.

— Bien sûr que non. Mais je crois que tu dois lui raconter ton histoire. Ça fait longtemps que tu aurais dû le faire. Et même si vous deux, vous n'arrivez pas à travailler sur vos différences, c'est important pour toi d'être honnête avec elle... et toi-même.

• • •

Ireland m'ignora encore le lundi. Mardi matin, j'étais agité et je m'en prenais à mes employés. Même Millie gardait ses distances. Mais mon téléphone sonna au début de l'après-midi et je vis qu'il s'agissait d'Ireland Richardson.

Mon cœur tambourinait avant même que je puisse lever le combiné.

— J'ai eu ma dérogation !

Je souris en entendant sa voix. J'avais oublié que son audience était ce matin.

— C'est une excellente nouvelle. Je suis ravi que ça ait fonctionné.

— Ça n'a pas fonctionné. Tu as *fait* en sorte que cela fonctionne. Merci beaucoup, Grant. Je t'en dois une.

Ma réponse normale aurait été *pourquoi tu ne ramènes pas ton petit cul sexy dans mon bureau pour que je récupère cette faveur après avoir fermé ma porte à clé ?* Toutefois, les choses n'étaient toujours pas normales, donc au lieu de ça, je déclarai :

— De rien. Mais vraiment, ce n'était rien du tout.

— Je crois que j'ai même trouvé un nouvel entrepreneur pour terminer la salle de bain. Il a dit que si quelqu'un pouvait venir poser le placo avant le milieu de la semaine, il pourrait mettre le carrelage dans la douche et au sol. Puis le plombier n'aura qu'à venir pour installer l'évier et les toilettes, donc j'aurais au moins une salle de bain fonctionnelle. Si je peux avoir ça et une chambre terminée, je pourrais emménager à la fin de mon bail pendant que la cuisine et les autres pièces se terminent lentement.

— Tu as un menuisier en attente ?

Elle soupira.

— Non. Mais je vais commencer à chercher dès qu'on va raccrocher.

— Il faut juste que la salle de bain soit faite cette semaine ?

— Oui. Avec un peu de chance, ce ne sera pas trop difficile de trouver quelqu'un.

Je me souvins de toutes les constructions de maison que papy et moi avions faites au fil des ans. Certains de mes meilleurs souvenirs venaient de là. Nous passions la journée à faire des bêtises et à rire, mais curieusement, le travail était fait. Ce qui me donna une idée.

— Pas besoin de passer des coups de fil. J'ai quelqu'un pour toi.

— Ah bon ?

— Oui.

— Oh mon Dieu. J'aimerais traverser le téléphone et t'embrasser tout de suite.

Je souris.

— N'oublie pas cette idée. Parce que c'est comme ça que tu vas payer l'entrepreneur qui va s'occuper de ta maison.

— Tu viens juste de me dire que j'allais devoir embrasser l'entrepreneur.

Je gloussai.

— Certainement.

— Maintenant, je suis perdue. C'est qui, ce type ?

— Moi.

Ireland

Mon Dieu, j'aime cette ceinture à outils.

Je m'appuyai contre le cadre de la porte et regardai Grant travailler dans la cour. Il avait installé un morceau de placo sur deux tréteaux et le sciait pour qu'il ait les dimensions de la salle de bain, comme il les avait mesurées. Il portait un jean, des chaussures de chantier, un tee-shirt, ainsi qu'une ceinture à outils usée. Et il était horriblement canon. Enfin, je l'adorais dans ses costumes sur mesure, et avec un short de plage sur son bateau, mais ça... Ça me donnait envie de transpirer et de me salir les mains.

— Si tu continues de me regarder ainsi, je ne terminerais jamais.

Il avait la tête baissée et je ne m'étais même pas rendu compte qu'il avait conscience que je le reluquais. Je sirotai de l'eau dans ma bouteille en plastique.

— Fais attention à la scie que tu as dans la main. Je ne voudrais pas que tu te coupes quelque chose d'important.

Grant releva la plaque de placo, retira ses lunettes de travail et les posa sur un bout du tréteau. Il monta le matériau en haut des marches et s'arrêta devant moi, dans le petit espace avant la porte. Il déposa un baiser chaste sur mes lèvres.

— Finissons-en. Chaque fois que je passe à côté de l'endroit où se trouvera ton plan de travail de cuisine, tout ce que j'arrive à me dire, c'est que la hauteur sera parfaite pour te baiser.

Malgré ma confusion quant à notre avenir, j'en pinçais sérieusement pour cet homme. Un baiser, la mention d'ébats et je sentais mes tétons se durcir, ainsi qu'un picotement entre mes jambes. Je dus m'éclaircir la gorge pour ne pas montrer à quel point j'étais affectée.

— Tu ferais mieux de te remettre au boulot. Sinon je ne te paierais pas, tout à l'heure.

Son regard s'assombrit.

— Essaie donc de ne pas me payer, ma chérie.

Tandis que Grant montait dans la salle de bain, je m'assis sur les marches du porche. Je voulais que les choses soient vraiment légères et faciles, comme elles l'avaient été pendant ces quelques minutes. Je l'avais évité, depuis que j'avais découvert qu'il ne voulait pas d'enfants. J'avais sérieusement envisagé de tout arrêter avec lui. J'avais déjà des sentiments forts et passer plus de temps à ses côtés rendrait la séparation probablement plus difficile. Mais c'était logique et le cœur ne faisait pas dans la logique. Pour l'instant, sur le court terme, en tout cas, j'avais donc décidé de rester.

Je n'étais pas prête à laisser tomber Grant ni à accepter que je n'aurais peut-être jamais de famille. En fait, j'avais décidé que l'évitement serait ma tactique. J'avais également besoin de comprendre pourquoi Grant était si catégorique sur son refus d'enfant et s'il pouvait y avoir un compromis, un jour.

En y pensant, j'allai dans la salle de bain pour profiter du moment avec mon entrepreneur sexy. Il était en train de fixer le placo qu'il avait coupé.

— Qu'est-ce que je peux faire ? demandai-je depuis la porte.

— Si tu es douée avec les mesures, tu peux prendre le mètre, là, et prendre les dimensions de la dernière pièce qu'on doit couper.

Je souris.

— Je peux le faire, ça.

Il me regarda par-dessus son épaule.

— Tu as déjà pris des mesures avant, n'est-ce pas ?

— Bien sûr.

En fait, non, à moins que l'on compte la fois où j'avais abaissé légèrement le mètre autour de ma taille, chez le couturier, pour perdre deux centimètres. Mais ça ne pouvait pas être bien difficile ?

Après avoir mesuré et écrit les dimensions sur mon téléphone, j'attendis que Grant termine. Il donna un coup de menton vers l'endroit qui avait encore besoin de placo.

— Tu veux que je vérifie ce que tu as trouvé ?

Je posai les mains sur mes hanches.

— Tu penses que je suis incompétente parce que je suis une femme ?

Grant leva les mains en signe de reddition.

— Non. Je suis sûr que tu t'en es bien sorti. C'est juste qu'il ne nous reste qu'un morceau de placo, donc si on se plante, on va devoir retourner au magasin.

— Je ne me suis pas planté.

Je l'espère vraiment, vraiment, en tout cas...

De retour devant les tréteaux, j'adorai voir la façon dont les muscles de Grant se gonflaient alors qu'il maintenait le placo en place.

— Tu fais souvent du sport ?

Grant leva les yeux vers moi.

— Cinq jours par semaine. Plus si je suis frustré et que j'ai besoin de brûler des calories. Inutile de dire que c'était tous les jours pendant un moment, après notre rencontre au café.

J'inclinai la tête.

— Alors maintenant, je te frustre ?

Il me lança un sourire narquois.

— Ce n'est pas ce que j'ai dit. Mais j'ai une bien meilleure façon de me débarrasser de cette frustration... avec toi.

Il finit de couper et je le suivis dans la salle de bain pour installer la dernière pièce. Seulement, lorsqu'il leva la plaque contre le mur, il manquait quelques centimètres. J'écarquillai les yeux.

— Tu l'as mal coupé.

Grant haussa les sourcils.

— Moi ? Je suis presque sûr que ce sont tes mesures qui ont déconné.

Je plissai les paupières.

— Ce n'est pas vrai.

Oh-oh...

Grant leva les yeux au ciel et marmonna quelque chose avant de prendre une inspiration et de souffler.

— Tu veux parier sur qui a raison ?

— Qu'est-ce que tu avais en tête ?

Il baissa les yeux vers les genouillères qu'il avait portées toute la journée.

— Si ma coupe correspond à tes mesures, tu te mettras à genoux.

Oh. Eh bien, ce ne sera pas un calvaire si je perds. Je tendis la main pour serrer la sienne.

— D'accord. Mais si je gagne, tu vas enlever tous tes vêtements *sauf* la ceinture à outils, quand *toi*, tu seras à genoux.

Grant tendit la main pour attraper le mètre et baissa son visage vers le mien afin de m'embrasser.

— Tu aimes la ceinture ? Je la porterai tous les jours.

Je souris.

— Je suis presque sûre que les gens du bureau vont croire que tu as perdu la tête.

Grant mesura l'espace sur le mur et me montra la largeur.

— Trente-deux virgule soixante-quinze, tu es d'accord ?

Je me penchai et vérifiai.

— Oui. Trente-deux virgule soixante-quinze.

Il me montra le téléphone.

— Lis-moi les dimensions que tu as écrites.

Je retins mon souffle en allumant mon portable. Je détestais avoir raison, mais le côté autoritaire de Grant dans son habit d'ouvrier fonctionnait très bien, pour moi, et j'espérais secrètement avoir tort, cette fois-ci.

Me mettre à genoux me semblait une très bonne idée à ce moment-là. Je regardai mon téléphone et eus un large sourire quand je le tournai pour lui montrer ce que j'avais écrit.

Le visage de Grant se froissa.

— Tu sais que c'est écrit vingt-deux virgule soixante-quinze, n'est-ce pas ?

— Je sais.

Mon sourire s'élargit.

— Ça veut dire que tu as perdu le pari.

Je me mordis la lèvre et me mis à genoux.

— Je sais. Tu peux garder les genouillères... et la ceinture à outils.

...

Une heure plus tard, Grant était beaucoup plus détendu quand nous déambulions chez Home Depot. Puisque nous devions venir, je voulais en profiter pour lui montrer deux types de carrelage que j'envisageais pour la salle de bain. Mais le rayon était fermé puisqu'ils utilisaient un chariot élévateur afin de descendre une palette de la dernière étagère, donc Grant dit qu'il allait chercher un caddie en attendant. Lorsqu'ils ouvrirent le rayon, un entrepreneur entama la conversation avec moi.

— Vous essayez de vous décider entre les deux ? Prenez la pierre naturelle, plutôt que la céramique.

— Oh vraiment ? Pourquoi ?

— La céramique s'ébrèche facilement. Pas la pierre. Et si vous aimez celle que vous avez dans la main gauche, ils la font en version petits carreaux, également. La pierre ne se brise pas facilement et avec les petits carreaux, ça ne se verrait même pas.

— Oh, c'est bon à savoir. Merci.

Il sourit.

— Pas de problème.

— Vous êtes carreleur ?

— Non. Pas de métier. Je suis menuisier.

Grant avança dans l'allée en poussant l'un de ces caddies dans lesquels on pouvait mettre de grosses pièces. Il s'arrêta à côté de moi et jeta un coup d'œil suspect à l'homme.

— En fait, j'en cherchais un. Je n'aurais jamais cru que venir à Home Depot m'aiderait à en trouver un.

Le mec mit la main dans sa poche arrière pour y prendre son portefeuille et me donna sa carte de visite. Il me l'offrit en souriant.

— Si vous avez à nouveau besoin d'aide, passez-moi un coup de fil.

Je pris la carte.

— Je le ferai. Et merci pour le cours sur le carrelage.

Lorsqu'il s'éloigna, je regardai Grant.

— J'ai trouvé un menuisier.

Il me prit la carte des mains.

— Qui veut coucher avec toi. Je vais m'en occuper pour toi.

Il froissa le bout de carton.

— Oh mon Dieu. Tu es jaloux ?

— Non. Je défends juste mon territoire.

— C'est la même chose.

— Bref. Montre-moi le carrelage.

Je souris et chantonnai :

— *Gra -ant est ja-a-loux.*

Il secoua la tête.

— Tu es une emmerdeuse, tu le sais, ça ?

Je me mis sur la pointe des pieds et effleurai ses lèvres avec les miennes.

— Tu t'ennuierais si j'étais facile.

Après avoir regardé les petits carreaux de pierre, je n'arrivais toujours pas à me décider. Grant mit un carton de chacun sur le caddie et me dit que nous allions les poser par terre en arrivant pour que je puisse décider, puis nous ramènerions ceux qui ne me convenaient pas. Une fois que nous fûmes sortis, il dut laisser son coffre ouvert et attacher le grand morceau de placo pour qu'il ne tombe pas. C'était assez marrant à voir : la Mercedes de luxe de Grant avec un morceau de ficelle pour tenir des matériaux de construction à l'intérieur.

— Quelque chose me dit que c'est la première fois qu'il y a du placo dans ta voiture.

— J'engage des gens parce que je suis occupé, pas parce que je suis incapable de le faire moi-même.

— Je sais. Et que tu te sois dégagé du temps pour moi signifie beaucoup.

Grant me regarda et acquiesça.

— Allons-y, ramenons ça et cette fois-ci, on va utiliser *mes* mesures.

CHAPITRE 27

Ireland

Une semaine plus tard, Grant et moi semblions avoir retrouvé le confort que nous avions avant le brunch de Mia. Nous déjeunions dans son bureau presque tous les jours et nous dormions l'un chez l'autre à tour de rôle. Mais nous n'avions toujours pas eu d'autres discussions sur le fait d'avoir des enfants un jour. Nous étions juste passés à autre chose.

J'avais mentalement pris la décision que je n'étais pas prête à savoir si avoir des enfants était plus important que rester avec Grant. À mon avis, j'espérais que les choses se feraient d'elles-mêmes. Peut-être que j'allais découvrir que Grant ne serait pas mon Monsieur Éternité, ou qu'il adoucirait ses positions. Dans les deux cas, cela m'empêchait de prendre la décision de m'éloigner, ce pour quoi je n'étais clairement pas prête pour le moment.

Le samedi matin, je me levai quand je sentis le bateau tanguer. C'était la première fois que je dormais ici et que je sentais plus qu'un léger balancement. Tapotant le lit à côté de moi, je trouvai des draps froids au lieu d'un corps chaud. J'enfilai donc la chemise que Grant avait portée au travail la veille et allai chercher son propriétaire. Je le trouvai dehors, à l'arrière du pont.

Le vent soufflait, relevant le bas de la chemise et je la tins quand mes fesses faillirent être dévoilées.

— Il y a tellement de vent.

Grant acquiesça.

— Une tempête se prépare.

Le soleil donnait l'impression qu'il voulait percer, mais le ciel était si nuageux que tout prenait une teinte gris sombre menaçante.

Grant tendit la main et me guida pour que je m'installe devant lui, entre ses jambes écartées.

— Tu restes ici pendant les tempêtes ?

— Parfois. Ça dépend si c'en est une grosse. On n'a pas souvent de grandes vagues dans la crique.

— Tu es réveillé depuis longtemps ?

Il haussa les épaules.

— Je ne sais pas. Quelques heures.

Je tournai la tête et levai les yeux vers lui.

— Quelle heure est-il ?

— Environ six heures.

— Et tu es réveillé depuis quelques heures ?

Grant acquiesça.

— J'avais du mal à dormir.

— Tout va bien ?

— C'est le travail qui me tracasse.

Nous restâmes assis pendant un moment à regarder le ciel.

Grant reprit la parole.

— Je raconte tellement de conneries.

Je plissai le front.

— À propos de quoi ?

Il secoua la tête.

— Ce n'est pas le travail, qui me dérange.

Je me redressai et me retournai pour être face à lui. Quand j'étais sortie de la cabine, je ne l'avais pas très bien regardé, mais désormais je voyais bien que son visage était tendu.

— Que se passe-t-il ? Parle-moi.

Il baissa les yeux pendant un long moment. Quand il me regarda à nouveau, des larmes perlaient.

— C'est l'anniversaire de Leilani, aujourd'hui.

J'étais confuse.

— Le bateau ?

Grant secoua la tête. Il regarda le ciel par-dessus mon épaule et déglutis avant que son regard croise le mien à nouveau.

— Ma fille.

— Quoi ?

Il ferma les paupières.

— Elle aurait eu sept ans.

Aurait eu. Je posai une main sur ma poitrine.

— Oh mon Dieu, Grant. Je n'en avais aucune idée. Je suis tellement désolée.

Il ouvrit les paupières et hocha la tête.

Ma fille. Deux mots simples qui expliquaient beaucoup de choses. Le nom du bateau, la raison évidente pour laquelle il ne voulait pas avoir d'enfants... C'était comme la pièce manquante du puzzle de Grant

Lexington qui voletait dans les airs et venait se mettre en place.

— Est-ce qu'elle était... malade ?

Grant continua de regarder le ciel agité. Il secoua la tête.

J'écarquillai les yeux.

— Que s'est-il passé ? Un accident ?

Une larme coula sur sa joue alors qu'il acquiesçait très légèrement.

Je passai mes bras autour de lui et le serrai aussi fort que possible.

— Je suis tellement, tellement désolée. Vraiment désolée.

La douleur de Grant était palpable et mes propres larmes commencèrent à couler.

J'ignorai totalement combien de temps nous restâmes ainsi, accrochés l'un à l'autre, mais j'eus l'impression que cela dura des heures. Tant de questions tourbillonnèrent dans ma tête. *Quel genre d'accident ? Pourquoi ne me l'as-tu pas dit avant aujourd'hui ? C'est pour cette raison que tu as gardé les femmes à distance pendant sept ans ? Tu as suivi une thérapie ? Est-ce qu'elle te ressemblait ?* Mais évidemment, il n'était pas facile pour lui d'aborder ce sujet-là. Je devais donc le laisser décider ce qu'il était prêt à partager.

À un moment, quelqu'un cria un « bonjour » à Grant depuis le dock et il leva une main pour faire un signe. Je profitai de l'occasion pour m'asseoir et le regarder.

— Tu veux... en parler ? J'adorerai en savoir plus sur elle.

Grant me regarda dans les yeux.

— Pas aujourd'hui.

Je me penchai en avant et appuyai mes lèvres contre les siennes.

— Je comprends. Et je serais là, quand tu seras prêt.

Les premières gouttes commencèrent à tomber quelques minutes plus tard, donc nous rentrâmes. Grant semblait épuisé, je le guidai dans les escaliers jusqu'à la chambre et nous retournâmes au lit. Il me prit dans ses bras, me serrant en cuillère et m'agrippant si fermement que c'en était presque douloureux. Mais ça n'avait pas d'importance. Si me serrer contre lui procurait un léger réconfort, alors je le laisserais m'écraser. À un moment, je sentis sa poigne se détendre et le bruit de sa respiration ralentir. Il s'était rendormi. Même si moi, j'en étais incapable. J'avais beaucoup trop de choses à analyser dans mon esprit.

Grant avait une fille.

Qui aurait eu sept ans aujourd'hui.

Son nom était Leilani et un bateau lui était dédié.

Grant vivait sur ce bateau. Il voyait le nom de cette petite fille en grosses lettres chaque fois qu'il rentrait chez lui.

Ma tante disait que ressentir du chagrin ressemblait beaucoup à nager dans l'océan. Les bons jours, nous pouvions nager avec nos têtes au-dessus de l'eau, sentir le soleil sur nos visages. Mais les mauvais jours, les eaux devenaient violentes et il était difficile de ne pas se faire aspirer et de ne pas se noyer. La seule chose que nous pouvions faire était d'apprendre à être des nageurs plus forts.

Mais je savais qu'il y avait une autre façon de rester à la surface : trouver un canot de sauvetage. J'étais jeune quand j'avais tragiquement perdu ma mère et c'était ce que ma tante était devenue pour moi. Je ne savais pas si Grant avait un canot, mais je me disais que peut-être, juste peut-être, tout arrivait pour une raison et j'étais là pour transmettre ce que j'avais reçu, assumant ainsi ce rôle pour lui.

CHAPTER 28

Grant – Sept ans plus tôt

Toutes les bonnes choses ont une fin.

La personne qui avait trouvé cette phrase devait être un sacré génie. J'étais un idiot de croire que la normalité qui avait continué pendant la grossesse de Lily se poursuivrait après. Cela avait tenu un peu, après la naissance, et deux mois auparavant, nous avions quitté l'hôpital sur un petit nuage. En revanche, lors des semaines qui avaient suivi, les choses avaient commencé à se détériorer légèrement chaque jour. Lily avait du mal à dormir et était irritable. Mais nous avions un nouveau-né, et quand je repris le travail, c'était elle qui se levait tout le temps la nuit. Qui ne serait pas fatigué et grincheux ?

À six semaines, nous étions allés en check-up post-partum. Lorsque le docteur avait posé des questions sur les changements d'humeur et la dépression, *j'avais* mentionné des changements chez Lily puisqu'*elle*, elle avait répondu que tout allait bien. Le docteur Larson m'avait simplement tapoté la main et m'avait dit qu'une période d'ajustement était habituelle. Les hormones de Lily revenaient à la normale, elle subissait le stress de sa maternité nouvelle et Leilani semblait encore confondre le jour et la nuit. J'étais parti en ayant eu l'espoir de m'être trop inquiété.

La situation avait vraiment dégénéré les semaines suivantes. Lily devenait presque paranoïaque à l'idée que quelque chose de mal arrive au bébé. Elle n'avait même pas voulu que l'infirmière le porte pour son examen des deux mois, prétendant qu'elle ne soutenait pas suffisamment sa tête. Tout le monde semblait mettre ce comportement sur le compte des instincts maternels, une surprotection qui découlait de son envie d'être la meilleure maman possible. À nouveau... c'était logique.

Néanmoins, la dernière semaine, tout commença à se démêler. Lily n'arrivait pas à dormir. Du tout. Elle était physiquement épuisée, pourtant, elle m'autorisait à peine à porter le bébé. Elle disait que la petite aimait les choses d'une certaine façon et que je ne m'y prenais pas bien. Mais j'avais le sentiment qu'elle ne me faisait pas confiance pour m'occuper de mon propre enfant. Sa paranoïa semblait s'accentuer et s'approfondir chaque jour et nous nous disputions à ce propos. Les derniers jours, tout ce que nous faisions, apparemment, c'était nous disputer.

Le samedi soir, j'étais déterminé à arranger les choses entre nous. Je préparai à Lily son dîner préféré. C'était une belle soirée et elle s'assit sur le pont arrière avec le bébé dans ses bras, semblant apaisée, pour une fois.

— Tu veux manger à l'extérieur ? demandai-je en sortant la tête de la cabine. Ou j'installe le dîner ici ?

— Je n'ai pas faim.

Je fronçai les sourcils.

— Tu n'as rien mangé, aujourd'hui.

— Je ne peux pas me forcer si je n'ai pas faim.

— Tu dois manger, Lily.

— D'accord. Je vais grignoter.

— Dedans ou dehors ?

Elle haussa les épaules.

— Où tu veux.

Je soupirai et rentrai pour mettre la nourriture dans les assiettes. Puisque nous avions le siège de Leilani ainsi qu'une dizaine d'autres équipements à l'intérieur de la cabine, je me disais que ce serait plus facile de manger là. J'installai tout sur la table et montai le siège préféré du bébé sur la banquette entre nous, où nous allions nous asseoir.

— Entre. Le dîner est servi.

Lily s'installa avec Leilani toujours bercée dans ses bras. Je tendis les miens pour la prendre et elle tourna brusquement son corps pour que je ne la touche pas.

— C'est quoi ton problème, Lily ? J'allais juste la mettre dans son siège pour qu'on puisse manger.

— Je peux manger en la tenant.

— Je n'ai pas dit que tu en étais incapable. Mais il n'y a aucune raison de t'interdire de prendre un repas en paix. On la mettra entre nous.

— Le siège rebondit trop. Ce n'est pas sûr. Et s'il y a une vague et qu'il se renverse ?

Je plissai le front.

— Une vague ? On est au port, Lily. Dans la crique. C'est aussi plat qu'un lac, aujourd'hui, en plus.

— Tu te fiches de nous.

— Tu sais que ce n'est pas vrai. Je veux juste profiter d'un repas avec ma femme pendant quelques minutes. C'est trop demander ?

Lily baissa les yeux vers le bébé et m'ignora.

Je soupirai.

— Et si je tiens la petite pendant que tu manges ? Quand tu auras fini, je mangerai à mon tour.

— Non. Je la tiens. Vas-y, mange.

Je sentis les dernières semaines bouillonner. Je perdis patience.

— Donne-moi le bébé, Lily.

— Non.

— C'est ridicule. Tu n'es pas la seule capable de prendre soin d'elle. Elle est à nous deux, tu sais.

À nouveau, ma femme m'ignora. Je jetai la serviette sur la table et sortis en trombe sur le pont.

— Profite de ton repas avec notre fille.

Plus tard ce soir-là, je me sentis mal d'être parti et d'avoir crié sur Lily. La petite dormait dans son couffin, dans notre chambre, et Lily était sous la douche avec la porte ouverte *et* le baby-phone sur le lavabo, qui n'était qu'à un mètre cinquante de là. Lorsqu'elle émergea de la salle de bain remplie de vapeur, je m'assis sur le lit et attendis pour m'excuser. Mais deux choses attirèrent d'abord mon attention : les cercles sombres sous les yeux de Lily et sa maigreur sous sa chemise de nuit à fines bretelles. Elle avait perdu bien plus que le poids de sa grossesse.

Merde.

Je saisis la main de Lily au passage.

— Viens ici.

Elle jeta un coup d'œil au couffin et hésita. Le bébé dormait, donc je tirai légèrement et la guidai sur mes genoux.

— Je suis désolé de t'avoir crié dessus, tout à l'heure.

Elle secoua la tête avant de baisser les yeux.

— Ce n'est pas grave.

— Si. Ça l'est. C'est juste que... tu me manques, Lily, même si tu es juste là.

— Je prends soin du bébé. À quoi tu t'attendais ?

Je soupirai.

— Je sais. Et je veux t'aider davantage. Mais tu ne me laisses pas faire.

— Je n'ai pas besoin d'aide.

— Ce n'est pas une question de besoin. Je pense que tu pourrais tout faire toute seule, si tu le devais. Mais tu n'y es pas obligée. Je suis juste là. Et je veux aider. Ça me manque de tenir Leilani dans mes bras et de passer du temps avec elle. Et tu me manques aussi. Tu ne m'as pas embrassé depuis des mois. Chaque fois que j'essaie de poser mes lèvres sur les tiennes, tu tournes la tête et m'offres ta joue ou ton front.

Les yeux de Lily commencèrent à s'embuer et elle regarda vers le bas, se tordant les mains. Je saisis son menton et le guidai doucement pour que nos regards se croisent.

— Tu me manques, chérie. Tu es juste ici. Et en même temps, tu es à un million de kilomètres de là. J'aimerais que tu me parles. Dis-moi ce qu'il se passe dans ta tête.

J'avais réussi. On aurait même pu croire que je l'avais atteinte. Jusqu'à ce que... je demande ce qu'il se passait dans sa tête. Ce fut le moment décisif. Je vis le feu s'allumer dans son regard.

Elle bondit de mes genoux.

— Je ne suis pas *folle*, putain.

— Je ne voulais pas sous-entendre que tu l'étais.

— Sors de là !

— Lily. Je...

Elle montra la porte du doigt et cria plus fort :

— Dégage !

Je me levai et montrai mes paumes.

— Lily. Arrête. Je ne voulais pas...

Leilani laissa échapper un gémissement. Nos cris l'avaient réveillé. Lily traversa la pièce vers le couffin et prit notre fille dans ses bras. La petite arrêta immédiatement de pleurer.

— Regarde ce que tu as fait, dit pourtant Lily.

— Elle va bien, Lily. Regarde. Elle se rendort déjà.

— Va-t'en, Grant ! Dégage !

Je regardai ma femme dans les yeux, la fille que je connaissais depuis qu'elle avait quatorze ans, et ce que je vis m'effraya. Peu importait à quel point je cherchais, je ne trouvais aucune raison. Elle semblait presque dérangée.

— Je n'irai nulle part sans Leilani.

Lily écarquilla les yeux.

— Tu ne l'emmèneras pas.

Je passai une main dans mes cheveux. Inutile d'essayer de raisonner Lily quand elle était dans cet état d'esprit. Mais l'air dans son regard me glaça le sang.

Je n'allais pas la laisser seule avec ma fille dans ces conditions. Soufflant difficilement, je secouai la tête.

— Je vais dormir dans la cabine des invités. On se reparle demain quand tu seras calmée.

• • •

Je n'arrivais pas à dormir. Je me retournai encore et encore la moitié de la nuit, détestant ce qu'était devenue ma relation avec Lily. Mais encore plus que ça, je m'inquiétais pour ma femme. Puisqu'elle avait été en foyer, elle avait été pas mal ballottée et n'avait pas beaucoup d'amis. Comme elle avait grandi hors du système et que ma mère était décédée, maintenant, plus personne ne gardait un œil sur elle, à part moi. C'était donc à moi d'insister quand je pensais qu'elle avait besoin d'aide. Le problème était que quand on poussait Lily, elle s'éloignait. Dernièrement, j'avais l'impression que mes choix étaient d'être son aide à domicile ou son mari. Les deux semblaient inconciliables.

Mais les choses s'étaient détériorées à un point où elle risquait d'avoir plus besoin d'une aide à domicile que d'un mari. Et prendre soin d'elle ainsi que du bébé était plus important que de m'inquiéter qu'elle soit en colère contre moi.

Ressentant le besoin de vérifier qu'elle allait bien, je sortis du lit et allai dans notre chambre. La porte était fermée et je tentai de l'ouvrir doucement pour ne pas les réveiller toutes les deux. Je voulais juste voir si elle dormait à poings fermés. Le niveau le plus bas du bateau ressemblait vraiment à une cave quand les stores étaient fermés. Je n'y voyais rien dans le noir complet, même quand j'ouvris suffisamment la porte pour voir à l'intérieur. Tout était si figé et je ne pouvais entendre ni l'une ni l'autre ronfler ou respirer. J'entrai et allai dans le lit pour y regarder de plus près.

Il y avait une bosse sous les draps, même si je n'étais pas sûr de savoir si c'était la couverture ou Lily. M'approchant, je ne pus distinguer aucun signe de respiration. Je tâtonnai discrètement autour de moi, m'attendant toujours à ce que mes mains touchent un corps chaud. Mais la seule chose que je trouvai fut une pile de duvets froids.

Je me figeai. Un frisson parcourut ma colonne vertébrale quand mon cœur bondit dans ma gorge. Me précipitant vers le mur, je retins mon souffle en essayant de trouver l'interrupteur. Une peur horrible me submergea quand je découvris que le couffin était vide aussi.

— *Lily !* hurlai-je.

Désespéré, j'ouvris la porte de la salle de bain, ainsi que celles des placards. Évidemment, elle ne se cachait pas là. Je jaillis de la salle de bain et remontai les escaliers, hurlant à chaque pas.

— *Lily* !

Pas de réponse.

La cuisine et le salon étaient vides. Je cognai à la porte de la salle de bain, en haut.

— Lily !

Pas de réponse.

Mon cœur battait rapidement. Une sensation écrasante et écœurante me saisit. Pendant une seconde, je crus que j'allais vomir. *C'était quoi ce délire ?*

Je courus jusqu'à la porte de la cabine qui menait au pont et l'ouvris violemment.

Merci mon Dieu !

Je fermai les yeux et soufflai lourdement. Lily se tenait sur le pont arrière, devant la rambarde, mais elle ne se retourna pas en entendant la porte. Il me fallut quelques battements de cœur pour me reprendre suffisamment et sortir. Il faisait toujours sombre, mais je pouvais voir que ses bras étaient en position pour bercer la petite, comme ils l'avaient été chaque fois que je la regardais ces dernières semaines. Elles étaient saines et sauves, au moins.

Je ne voulais pas la surprendre, donc je chuchotai :

— Lily.

Quand elle ne répondit pas et ne pivota pas, je fis quelques pas vers elle. Ce fut à ce moment-là que j'entendis ses pleurs.

Merde.

Je posai mes mains sur ses épaules.

— Ne pleure pas, Lily. Je suis juste là.

Elle commença à sangloter davantage, donc je la guidai pour qu'elle se retourne et que je puisse la tenir dans mes bras.

Mais quand elle le fit...

... Je vis que la couverture qu'elle avait dans les bras était vide.

Un frisson parcourut ma colonne vertébrale de ma tête jusqu'à mes orteils.

— Lily, où est Leilani ?

Elle commença à pleurer davantage.

J'élevai la voix.

— Lily, où est-ce qu'elle est, bordel ?

Je courus sur le pont arrière, puis retournai vers Lily. Attrapant ses deux mains, je la secouai.

— *Où est-ce qu'elle est, putain, Lily ? Où est-ce qu'elle est ?*

Ma femme regarda l'océan.

— Elle est partie.

Ireland

Parfois, on griffe un mur de briques jusqu'à être épuisé et sans avoir fait aucun progrès pour l'abattre. D'autres fois, on tirait sur une brique et toute la structure commençait à s'effondrer. Leilani était la brique qui tenait le mur de Grant. Tout semblait avoir changé depuis le lever du soleil ce matin. On ne pouvait pas le voir, de l'extérieur, mais c'était dans la façon dont Grant se révélait à moi.

Quand il fut réveillé, il me conduisit à la maison et me dit qu'il devait faire quelques courses. Mais il me demanda de préparer un sac pour la nuit et d'être prête quand il reviendrait quelques heures plus tard. À ma grande surprise, il m'emmena dans son appartement du centre-ville. Le bâtiment était haut et chic, avec vue sur le front de mer, un portier et une réception.

Le concierge en uniforme hocha la tête quand nous entrâmes.

— Vos livraisons sont arrivées toutes les deux et l'équipe vient juste de partir, monsieur Lexington.

— Merci, Fred.

J'attendis que nous soyons dans l'ascenseur pour interroger Grant.

— Tu as une équipe ?

Grant gloussa. Il entrelaça ses doigts avec les miens.

— Tu verras.

Il glissa une carte dans la fente de l'ascenseur et appuya sur un bouton : PH.

— Un penthouse ? Eh bien, n'est-ce pas chic ? Tu aurais dû me dire que ton repaire était aussi sympa. Peut-être que je ne t'aurais pas autant emmerdé pour ne pas venir ici.

Grant haussa les sourcils.

— Mon repaire ?

— Je me suis dit que c'était plus sympa que baisodrome.

Il m'attira près de lui et m'embrassa sur le haut du crâne.

— En fait, je suis ravi que tu aies refusé de venir ici.

— Ah oui ? Pourquoi est-on là, maintenant ?

— Tu vas voir.

L'ascenseur arriva au quatorzième étage et s'ouvrit directement sur une immense entrée. Une grande table en marbre nous accueillit quand nous pénétrâmes dans l'appartement. Je regardai autour de moi. Le penthouse était énorme. À ma droite se trouvait une cuisine élégante et moderne en acier inoxydable et devant, après quelques marches, un salon était encastré et possédait une baie vitrée du sol au plafond qui donnait sur l'océan. J'avançai directement vers le verre pour admirer la vue.

— Oh mon Dieu. C'est magnifique. Je ne sais pas pourquoi j'imaginais un endroit sombre et miteux. Oh, attends… peut-être que si. C'est à cause de la raison pour laquelle tu utilisais cet endroit.

Grant arriva derrière moi et passa ses bras autour de ma taille.

— Utilisait étant le mot clé. Au passé.

Je me retournai dans ses bras et passai les miens autour de son cou.

— Tu es en train de dire que tu n'utiliseras plus ce bel appartement pour de quelconques activités sexuelles ? C'est plutôt dommage.

— Pas du tout. Je prévois de l'utiliser pour de nombreux ébats. D'abord, tu vas commencer par te pencher et appuyer tes mains contre le verre, dans quelque temps. Mais cet endroit est désormais beaucoup plus exclusif.

— Exclusif, hein ? le taquinai-je. Pour des coups d'un soir plus luxueux ?

Grant passa son pouce sur ma lèvre et me regarda fixement.

— Juste pour toi, ma belle.

La tendresse dans sa voix fit vaciller mon cœur. Depuis notre discussion de ce matin, mes émotions allaient dans tous les sens, et je commençais à me sentir un peu étouffée. Grant le vit sur mon visage et sourit en effleurant mes lèvres avec les siennes.

— Viens. Je vais te faire visiter.

Nous avançâmes dans un long couloir. Grant ouvrit chaque porte au fur et à mesure en nous les désignant, mais n'entra pas.

— Bureau. Chambre d'amis. Salle de bain.

Mais quand nous arrivâmes devant la dernière porte sur la gauche, il l'ouvrit et me prit la main pour me guider à l'intérieur de ce qui était évidemment une suite nuptiale. Il y avait aussi des baies vitrées de haut en bas, une belle cheminée d'un côté et un lit king-size au centre. Comme le reste de l'appartement, c'était assez morne au niveau de la décoration, mais les objets présents étaient beaux et de bonne qualité.

Grant avança vers le lit et s'assit, m'attirant sur ses genoux.

— Le matelas est neuf. Il a été livré aujourd'hui.

— Quelque chose n'allait pas avec l'ancien ?

Il me regarda dans les yeux et je sentis la chaleur se répandre dans ma poitrine.

— Il y avait sept ans de choses que je ne peux pas oublier dessus.

Et les briques continuèrent de tomber.

Je posai les mains sur ses joues.

— C'était vraiment attentionné.

— Je me suis dit qu'on pourrait choisir de nouveaux draps, cet après-midi, avant de l'inaugurer.

Je souris.

— Il vaudrait mieux que tu fasses attention, monsieur Lexington. Acheter un nouveau lit, m'emmener faire du shopping... Je pourrais m'habituer à toute cette douceur.

Grant m'observa comme il ne l'avait jamais fait avant. Quelque chose était différent et cela fit palpiter mon cœur. Je devais repousser le moment de prendre une décision pour le long terme, espérant que quelque chose apparaîtrait comme par magie afin de choisir pour moi. Et soudain, je me rendis compte que c'était déjà fait : j'étais amoureuse de lui.

— Tu peux t'y habituer, ma chérie. C'est ce que tu mérites.

Je suis tombée... tombée... tombée... profondément.

J'étais plus ou moins un tas de bouillie, à l'intérieur, et mon mécanisme d'instinct de conservation me disait de ne pas aller trop loin pour ne pas me perdre. Je changeai donc de direction et lui lançai un sourire narquois.

— Pendant qu'on prend les nouveaux draps, on pourrait aussi acheter quelques décorations. L'appartement est beau, mais il est un peu... stérile. Il a besoin d'un peu de chaleur.

— Tout ce que tu veux.

Je l'embrassai une dernière fois et nous éloignai de la chambre. Me sentir émue et m'asseoir sur le grand lit avec cet homme était dangereux, à bien des égards. Alors que nous entrions dans le salon, je remarquai une étiquette sur le canapé.

— C'est un nouveau canapé aussi ?

Grant acquiesça.

— Tu avais besoin d'en avoir un nouveau ?

Il hocha lentement la tête.

Oh. *Oh.* Je plissai le nez en imaginant Grant se tapant une femme ici.

— Tu as aussi acheté de nouveaux plans de travail dans la cuisine et un nouveau bureau ? demandai-je sèchement.

Grant secoua la tête.

— Non, petite maligne.

...

J'eus le sentiment que Grant ne faisait pas beaucoup de shopping. Il semblait carrément mal à l'aise dans le magasin de décorations. Chaque fois que je lui demandais s'il aimait quelque chose, il haussait les épaules et acquiesçait.

— Bien sûr, si tu aimes.

Je choisis donc la parure de lit la plus hideuse que j'avais jamais vue. On aurait dit que quelqu'un avait pris le motif floral le plus laid du monde et l'avait mis au-dessus d'un imprimé à carreaux. Non seulement c'était criard et cela m'étourdissait aussi légèrement, mais le tissu grattait presque.

— Que penses-tu de celle-là ?

Grant la regarda à peine.

— Bien sûr, si tu aimes.

Je secouai la tête.

— C'est la chose la plus laide que j'ai jamais vue.

Il fronça les sourcils.

— Alors pourquoi la prends-tu ?

— Je ne la prends pas. Je voulais juste voir ta réaction. Tu ne m'aides pas beaucoup. Je ne sais pas ce que tu aimes.

Il me lança un sourire narquois.

— Toi, nue. Choisis quelque chose ce que tu aimes et qui sera agréable pour te coucher sur le dos. Et te mettre à quatre pattes.

Hmmm. Ça me semblait bien. Le désir me traversa. Grant remarqua le changement sur mon visage et se pencha en avant pour chuchoter à mon oreille.

— Dépêche-toi, grogna-t-il. Sinon je te vire de cet endroit et je te baise sur un matelas nu, bientôt.

Oh mon Dieu.

Je tentai d'ignorer le besoin grandissant entre mes jambes et avançai vers une étagère au fond du magasin. Le tissu était simple, rayé blanc et bleu marine, de la marque Nautica. Je passai ma main dessus, il était luxueux et doux.

— J'ai l'impression que celui-ci te correspond.

C'était la première fois que Grant m'offrait une véritable réponse.

— J'aime bien. C'est simple. Peut-être qu'on devrait en prendre quelques-uns aussi.

Il me montrait des coussins que je n'avais pas remarqués à ma gauche. Ils étaient bleu marine avec des morceaux de toiles de jute devant qui irait parfaitement pour continuer le thème nautique.

— Parfait. Regarde-toi. Tu es un bon décorateur d'intérieur quand tu veux.

Grant regarda par-dessus son épaule puis, à sa gauche et sa droite. Je crus qu'il cherchait des objets à ajouter à ce que nous avions déjà choisi. Mais je me rendis rapidement compte qu'il vérifiait que la voie était libre. Avant que je puisse l'en dissuader, il me souleva et me jeta sur le lit. J'atterris sur le dos, au milieu d'un agencement Nautica. Un sourire malicieux s'étira sur son visage quand il acquiesça.

— Ça va bien ensemble. On l'achète et on sort d'ici.

J'étais probablement aussi pressée que lui de partir, mais j'aimais *tellement* le taquiner. J'appuyai mes coudes sur le lit.

— Mais tu as dit qu'on pouvait choisir de la décoration. Je me suis dit qu'on pourrait aller à cette boutique d'art, à quelques pâtés de maisons, puis à ce grand magasin de luminaires sur Fairway Boulevard. Je peux passer des heures là-bas.

Le visage de Grant se décomposa.

Je ne pus contenir le sourire narquois qui devança ma moue boudeuse. Il le remarqua et plissa les yeux.

— Tu es en train de jouer avec moi.

Je souris.

— Je me suis dit que ce n'était que partie remise puisque tu prévois aussi de jouer *avec* moi.

Grant me récupéra sur le lit et me berça dans ses bras. Il balança mon poids sur un bras et attrapa la couverture rayée sur l'étagère. Il avança vers les coussins exposés et se pencha en avant.

— Prends-en quelques-uns.

Je ris, mais en récupérai deux que j'aimais bien. Il avança dans l'allée vers une caisse, à l'autre bout du magasin.

— Hmm... Tu vas me porter jusqu'à la caisse ?

— Oui. Ça t'empêche de regarder des conneries et ça nous permet d'essayer les nouveaux draps plus rapidement.

Je gloussai. Quelques personnes fixèrent ce bel homme qui portait une femme et ses achats, mais ni Grant ni moi n'y prêtions attention.

— Tu te rends compte que tu ressembles à un homme de Neandertal.

—C'est ce que je ressens avec toi, chérie. Ne t'inquiète pas. Je me rattraperai pour mon comportement si peu gentleman quand on rentrera à la maison.

À la maison. Il se rattrapera quand on rentrera à la maison. Pour de nombreuses raisons, j'adorais ce qu'il venait de dire.

Ireland

La semaine suivante fut un bonheur absolu. Grant et moi restâmes terrés dans son appartement pendant un jour et demi, passant le dimanche à baptiser toutes les surfaces possibles. Lundi, il devait se rendre à un rendez-vous hors de la ville et un immense bouquet de fleurs fut livré au travail. Il prenait la moitié de mon bureau. Mardi, il rencontra le plombier pour ma maison, pour que je puisse rester au travail plus tard. Mercredi, nous déjeunâmes dans son bureau et verrouillâmes la porte pour une rapide partie de jambes en l'air. Jeudi et vendredi, nous dormîmes chez moi.

Le samedi matin, il alla au bureau pendant que j'attendais l'arrivée de Mia dans mon appartement. Elle était revenue de sa lune de miel dans la semaine et avait officiellement emménagé chez Christian, mais elle avait toujours une tonne de cartons chez nous. Nous allions les emmener à une œuvre de charité aujourd'hui, après avoir déjeuné.

Je courus vers elle quand elle entra. C'était probablement la période la plus longue que j'avais passée sans la voir depuis que nous étions gamines.

— Chérie, je suis à la maison ! hurla-t-elle.

Nous nous étreignîmes pendant un long moment et lorsque je reculai, je secouai la tête.

— Regarde-toi. Tu es si bronzée et détendue. Et tu as l'air si... mariée.

Je souris.

— Tu m'as manquée. Kauai était génial. Mais ça aurait été mieux si tu avais été là aussi. Tu aurais adoré le tour en hélicoptère. Christian a vidé son déjeuner dans un sac à vomi.

Je ris.

— Je suis sûre que ton mari aurait adoré. *Je prends deux valises et Ireland avec moi.*

— Il faut qu'on y retourne. Des vacances entre couples. Peut-être à Maui la prochaine fois.

— Ça me paraît génial. Le week-end dernier, j'ai demandé à Grant quand il avait pris des vacances pour la dernière fois, et il a dit huit ans.

— Vraiment ? Pourquoi ?

Je haussai les épaules.

— C'est un acharné du travail et il n'avait personne dans sa vie pour insister là-dessus, j'imagine.

Mia alla dans le réfrigérateur, sortit le jus d'orange et regarda la brique.

— Pulpe ? C'est le mien d'il y a plusieurs semaines qui est périmé ? Tu n'aimes pas la pulpe.

— Grant, si.

Elle sourit.

— Alors je comprends que vous avez passé beaucoup de temps ensemble pendant que j'étais partie, si tu mets des choses dans le frigo pour lui.

Je m'assis à la table de cuisine.

— Oui. On en a passé beaucoup. C'est assez génial, en fait.

— La dernière fois que je vous ai vus ensemble, au brunch le lendemain de mon mariage, je n'étais pas sûre de retrouver un couple joyeux, comme il ne veut pas d'enfants.

Mia sortit deux verres du placard et les remplit de jus d'orange, avant d'aller dans notre cachette à alcool et de sortir une bouteille de vodka. Elle nous versa un shot à chacune dans le verre et mélangea avec son doigt avant d'en faire glisser un vers moi.

— Tu peux supporter de la pulpe pour moi.

Je préférais sans pulpe, mais je le boirais si c'était la seule option disponible. Même si ce n'était pas le problème. Je glissai le verre une nouvelle fois vers elle.

— Bois les deux. Je vais conduire.

— Aucune de nous ne conduit. Christian m'a déposée en allant à la salle de sport. Il reviendra quand il aura fini et il chargera les cartons dans sa voiture, dit-elle en souriant. Il m'a dit de profiter de ma journée avec toi, il s'occupera des dons et ira faire les courses.

Je secouai la tête.

— J'ignore totalement comment tu as pu convaincre ce gentil garçon de t'épouser. Mais tu t'en es bien sortie, ma chère.

Puisqu'aucune de nous deux n'allait conduire, pourquoi ne pas se laisser tenter ? Je levai le verre de jus d'orange et le fis tinter contre celui de mon amie.

— Aux mecs bien, pour changer.

Mia vida la moitié de son verre et s'essuya la bouche avec le dos de la main.

— Alors, raconte-moi tous les détails. Comment ça s'est passé après le brunch ? Je comprends que tu l'as convaincu qu'avoir des enfants n'était pas la fin du monde ?

Je fronçai les sourcils.

— En fait, non. Il n'a pas changé d'avis. Je ne suis pas certaine qu'il le fera un jour. Et, honnêtement, il a des raisons de ne pas en vouloir que je comprends... enfin, presque.

— Alors qu'est-ce qu'il va se passer, si vous devenez sérieux, tous les deux ? Tu abandonnes ton rêve d'avoir une famille ?

Je secouai la tête.

— Je ne sais pas. Je ne suis pas prête à prendre la décision d'arrêter de le voir. Mais je ne suis pas non plus prête à prendre la décision de ne pas avoir de famille. Alors j'ai décidé de repousser l'échéance. J'espère que quelque chose se produira simplement.

Mia se pinça les lèvres.

— Je vois seulement trois choses qui pourraient se produire d'elles-mêmes.

Elle leva la main et les compta sur ses doigts avec son index.

— Premièrement, vous vous séparez et il n'y a pas de décision à prendre.

Elle ajouta le majeur.

— Deuxièmement, il change d'avis.

Elle leva son annulaire.

— Troisièmement, tu acceptes de ne pas avoir d'enfant.

Elle secoua la tête.

— Tu viens juste de dire que tu ne penses pas qu'il changera d'avis. Alors, soit vous vous séparez, soit tu acceptes de vivre une vie différente de celle dont tu as envie. Je ne pense pas que parier sur une rupture est une façon saine d'être en couple et le dernier choix est une concession horriblement grande. Tu es sûre de vouloir de cette existence ?

Mes épaules s'affaissèrent. Mia avait raison à cent pour cent, mais l'évitement était ma seule façon de rester heureuse et cela faisait longtemps que je voulais avoir quelqu'un dans ma vie.

Je soupirai.

— Je sais que plonger ma tête dans le sable va probablement empirer les choses, à l'avenir. Mais... je suis folle de lui, Mia. Je ne veux pas l'abandonner.

Mia me regarda un long moment, puis se leva brusquement.

— Premier janvier.

— De quoi ?

— C'est le jour où tu prendras la décision. Ça t'offre quelques mois pour profiter de cet homme et y réfléchir. Mais le premier janvier, on s'assiéra à cette table et on ne se lèvera pas jusqu'à ce que tu aies pris une décision avec laquelle tu peux vivre.

Je m'obligeai à sourire.

— C'est un bon plan.

Même si, dans mon cœur, je savais que c'était stupide. Il y avait des chances pour que quatre mois supplémentaires me fassent seulement tomber plus amoureuse de Grant Lexington, surtout de l'aspect de sa personnalité qu'il me montrait depuis ces dernières semaines. Mais ma tête était assez douée pour convaincre mon cœur qu'elle avait le contrôle. Alors, je continuai mon plan.

— Allez. On arrête de parler de ce sujet, dis-je à Mia. Finissons de trier tes affaires pour que ton mari puisse déposer les dons. Je veux aussi jeter quelques petites choses de mon placard.

— D'accord. Et si on faisait un double rencard, ce soir ? Qu'on dînait dans ce nouveau restaurant italien en centre-ville ?

— Je vais envoyer un message à Grant. Il travaille, aujourd'hui, mais il a prévu de venir plus tard. Je suis sûre qu'il sera partant.

Je me levai pour commencer et Mia tendit la main pour me serrer le bras.

— Encore une chose et ensuite, on ne parle plus de ce sujet, je le promets.

— D'accord...

— Vas-y doucement. Je sais que tu tiens à lui, mais vas-y doucement. N'offre pas ton cœur entièrement si tu ne peux plus le reprendre.

J'acquiesçai. Sauf que j'étais presque sûre de l'avoir déjà donné.

• • •

Je n'avais pas autant ri depuis longtemps. Mia nous divertissait avec les récits des choses bizarres qui arrivaient dans son spa.

— Une autre femme est venue et a demandé si son mari pouvait la regarder se faire une épilation brésilienne. À part le fait que les salles de traitement sont petites, généralement, on ne permet pas aux gens de regarder quand on s'occupe de quelqu'un, nu, qui a les jambes écartées sur la table. Alors, j'ai demandé s'il voulait regarder parce qu'il était intéressé à l'idée de se faire épiler lui-même et j'ai proposé qu'on fasse un essai sur son dos ou sa jambe. La femme, avec un visage complètement impassible, a répondu qu'il voulait regarder parce qu'il était masochiste et que ça l'excitait de la voir souffrir. *Euh... non merci.* Je crois que je vais passer mon tour et ne pas aider votre mari à prendre son pied, aujourd'hui.

Grant était clairement le plus choqué du groupe. Non seulement il était obligé de subir l'humour noir de Mia, mais il ignorait totalement ce qu'était la moitié des services qu'elle proposait.

— Ce qu'il y a de beau, comme je possède mon propre spa, c'est que maintenant, je n'ai plus à voir un seul cul qui ressemble à la forêt amazonienne sur ma table d'épilation.

Mia regarda Grant avec un visage stoïque et demanda :

— Tu t'épiles les boules à la cire ou tu les rases ?

Il ressemblait à une biche prise dans les phares d'une voiture, ce qui était sacrément amusant, puisqu'il était rarement surpris. Il commença réellement à lui répondre et je dus le sauver.

— Elle te taquine.

Mia et moi rîmes si fort que les larmes coulèrent sur mon visage.

Le serveur vint nous offrir davantage de vin et tout le monde, sauf Mia, déclina puisque nous conduisions. Grant avait été coincé tard, au bureau, et nous avait retrouvés au restaurant, donc nous avions deux voitures. Un petit verre de vin au début d'un dîner de deux heures était ma limite.

— Alors…

Mia récupéra son verre et le leva jusqu'à ses lèvres. Elle regarda en direction de Grant.

— Ça te dirait d'aller à Maui pour la semaine entre Noël et le jour de l'an ? Tous les quatre. Enfin, pas juste toi et moi. Je suis une femme mariée, maintenant.

Grant gloussa et me regarda. Il tendit la main vers la mienne sous la table, et la serra.

— Qu'est-ce que tu en penses ? Une semaine à Hawaï ?

Mon cœur tambourina. Les projets sur le long terme me réchauffaient le cœur. Dieu seul savait que donner un ticket de pressing pour des vêtements à aller récupérer deux jours plus tard aurait fait flipper mes anciennes fréquentations.

Je souris.

— J'adorerais.

Une fois levés, nous restâmes dehors pendant une demi-heure de plus pour discuter. J'entendis Christian inviter Grant à un match de baseball et Mia me lança un clin d'œil avec un grand sourire. Nous n'avions jamais rien pu faire en tant que couples et c'était si bon de profiter d'un moment tous ensemble.

Lorsqu'une fine pluie commença à tomber, ce fut le moment d'y aller. J'étreignis Mia et Christian pour leur dire au revoir et Grant me raccompagna jusqu'à ma voiture.

— Il est tard. Tu ne veux pas laisser ta voiture ici et on pourra passer la récupérer demain ?

— Non, ça va aller. En fait, je vais passer à mon appartement et récupérer un peu de travail dont je dois m'occuper demain matin. Je voulais l'apporter, mais je l'ai oublié sur la table de cuisine. Alors je te retrouve au bateau.

— Tu as envie de vin ? Je n'en ai plus, mais je peux m'arrêter et en acheter en chemin.

Je me mis sur la pointe des pieds et déposai un doux baiser sur ses lèvres.

— Ça me semble génial. À tout de suite.

— Fais attention en conduisant. Il commence à y avoir du brouillard et la petite pluie rend la route glissante.

— Ma tante t'adorerait. Pendant toutes les années où j'ai vécu avec elle, pas une soirée ne s'écoulait sans qu'elle me prévienne de conduire prudemment ou me parle du temps.

Grant ouvrit la portière de ma voiture et la retins avec de la refermer.

— Vas-y, petite maligne. Je ne veux pas que tu sois prise dans le brouillard dense. Ça descend vite sur la marina, parfois.

Quand je m'arrêtai à la maison et repris la route, il y avait effectivement beaucoup de brouillard. J'avais taquiné Grant pour m'avoir averti de faire attention, mais il devenait de plus en plus difficile de voir devant soi. Les routes menant à la marina étaient venteuses et je mis mes pleins phares pour mieux voir la route. Toutefois, après quelques secondes, je vis une autre voiture arriver et remis donc mes feux de croisement. Une fois qu'elle fut passée, je déclenchai les pleins phares, mais un autre véhicule approcha, donc je dus les rebaisser. Je m'agrippai un peu plus fort au volant quand je n'avais pas les feux de route et je me détendais légèrement quand je pouvais les remettre. Lorsqu'une quatrième voiture passa, je fus soulagée de pouvoir activer mes pleins phares. Toutefois, quand je le fis, je remarquai deux grands yeux.

Merde !

Un cerf immense avec des bois gigantesques se tenait au milieu de cette foutue route. Il avait apparemment surgi de nulle part. Soudain, il était là, à trente mètres devant moi. Nous nous fixâmes du regard, choqués, jusqu'à ce que, heureusement, je braque le volant à droite.

Tout ce qui arriva ensuite fut au ralenti.

Je manquai le cerf.

Mais la pluie sur la route rendit le revêtement glissant et je commençai à faire un tête-à-queue. Je tirai le volant dans l'autre direction pour tenter de contrer le mouvement, mais cela ne fut pas bénéfique.

Ma voiture quitta la route et finit sur le bas-côté.

Je mis tout mon poids sur les freins et la voiture glissa de côté, au bord de la route.

Sans plus aucune lumière dans la direction où j'allais, je ne compris pas si j'étais toujours sur le bord de la route ou si j'étais remonté sur le trottoir.

Je retins ma respiration quand la voiture ralentit.

Des phares provenant d'une autre direction illuminèrent la rue.

Heureusement, je n'étais plus sur la route.

Mais il y avait un arbre devant moi.

Je me préparai.

Et tout devint horriblement silencieux.

Jusqu'à l'impact...

Grant

Je n'étais pas du genre à m'inquiéter.

Je n'étais pas non plus nerveux. En général. Mais je vérifiai ma montre pour la dixième fois en une heure et restai sur le pont arrière de Leilani, regardant la rampe du dock à la recherche d'un signe d'Ireland. Le brouillard était devenu si épais que je ne pouvais même plus voir l'entrée ni le parking. J'avais appelé Ireland sur son portable quinze minutes plus tôt et j'avais laissé un message. Mais je ne voulais pas la distraire en lui envoyant un SMS. Quand une autre demi-heure passa sans aucun signe d'elle, je commençai à faire les cent pas et la rappelai. Je tombai une seconde fois sur son répondeur.

— Salut. C'est moi.

Je regardai ma montre et soufflai.

— Je t'ai laissé à vingt et une heures et il est vingt-deux heures trente, maintenant. Tu n'as pas dit que tu marquerais un autre arrêt, à part chez toi. Tu aurais dû être là depuis presque une heure. Appelle-moi et dis-moi que tu vas bien.

J'appuyai sur *Fin* et je sautai au-dessus du tableau arrière, décidant d'aller attendre sur le parking.

Mon trajet le long du dock jusqu'à la rampe fut si silencieux que c'en était troublant. Pas une personne n'était dans le coin et avec un brouillard si bas, la sensation de nervosité dans mon ventre se mua en quelque chose de plus menaçant.

Mais où est-ce qu'elle est ?

Elle aurait pu s'endormir. Mais elle ne m'avait pas donné l'impression de vouloir passer du temps chez elle. Elle avait dit qu'elle prendrait une pile de feuilles pour travailler sur la table. Je supposai qu'elle aurait pu s'arrêter dans un magasin, mais peu étaient ouverts à vingt-trois heures. Finalement, je cédai et lui envoyai un SMS.

J'attendis que le « envoyé » se change en « transmis », mais cela n'arriva pas. Agité, je trottinai jusqu'au bateau, lui écrivit rapidement un petit mot pour lui dire de m'appeler si elle arrivait avant que je revienne et je pris enfin mes clés sur le plan de travail.

Sur la route, je parcourus le chemin qu'elle aurait pris depuis chez elle jusqu'à chez moi. Je n'étais pas sûr de savoir ce que je cherchais, mais j'espérais vraiment ne pas le trouver. Les routes étaient assez désertes pour un samedi soir, apparemment toutes les personnes intelligentes restaient chez elles. Plus je luttais pour voir le bitume, plus je flippais. Mais pas de nouvelles, bonnes nouvelles, comme on dit. Dans le meilleur des cas, elle avait enlevé ses chaussures à la maison et s'était endormie.

Oui. C'était probablement ce qu'il s'était passé.

Alors que j'avançais et qu'il n'y avait toujours aucun signe de sa voiture, je commençai à me sentir soulagé.

Jusqu'à ce que je prenne un virage et que je vois un tas de lumières briller au-dessus de ma tête.

Mon cœur tambourina. J'accélérai, même si je ne pouvais pas voir plus loin qu'à six mètres devant moi. Il se passait clairement quelque chose là-bas. Même au travers du brouillard, je voyais que plus d'une dizaine de lumières scintillait à différentes hauteurs, montrant qu'il s'agissait à la fois des gyrophares des policiers et des pompiers qui étaient arrivés sur les lieux de l'accident.

— Ce n'est pas elle. Ce n'est clairement pas elle.

Je commençai à me parler à moi-même.

Sois raisonnable.

— Elle est probablement coincée derrière tout ça. Un idiot a accéléré dans le brouillard et franchit la ligne centrale. Bon sang... il y a beaucoup de véhicules de secours.

M'approchant de la parade de lumières, je ralentis en voyant des réflecteurs et ce qui ressemblait à une main s'agitant de haut en bas. Un policier se tenait sur la route et portait un imperméable. Je me garai pour lui parler. Un camion de pompier me bloquait la vue et je ne pouvais voir ce qu'il se passait.

Il se pencha pour parler alors que je baissais ma vitre.

— Il y a un accident. La route sera fermée pendant une heure ou deux jusqu'à ce qu'on puisse tout nettoyer et dégager, ici.

— Ma petite amie était censée arriver chez moi il y a une heure, et elle ne répond pas à son téléphone. Vous savez quel genre de voiture est impliqué ? Quelqu'un est blessé ?

L'officier fronça les sourcils.

— Seulement une voiture. La conductrice a été emmenée par ambulance au County Hospital. Il n'y avait qu'une femme. Quel est le nom de votre petite amie ?

— Ireland Saint James.

Le policier se releva et leva son talkie-walkie jusqu'à sa bouche.

— Ici Connors. Vous avez le nom de la femme qu'ils viennent juste de mettre dans l'ambulance ?

Mon cœur tambourina, attendant la réponse.

Finalement, de l'électricité statique crépita et j'entendis une voix.

— La victime était cette femme des infos... Ireland Richardson.

J'eus la nausée.

— Est-ce qu'elle va bien ?

Le flic se pencha et pointa une lampe torche vers ma voiture. Il voyait probablement un fantôme puisque je sentis toute couleur quitter mon visage. Son regard dériva vers mon visage et il fronça les sourcils à nouveau.

— Je ne suis pas censé divulguer des informations sur les victimes. Mais je ne veux pas que vous ayez un accident en roulant à cent soixante avec ce brouillard. Elle était secouée, mais elle parlait.

Il acquiesça.

— À mon avis, il n'y aura que quelques points de suture et au pire, un os ou deux brisés.

Je soufflai lourdement.

— Merci. Je peux tourner par là ?

Le policier frappa ses articulations contre le capot de ma voiture.

— Bien sûr. Faites attention en conduisant. Le brouillard est dangereux.

...

— Monsieur, je vous ai dit il y a cinq minutes que je reviendrai vers vous dès que les médecins auront fini de l'examiner.

— Un homme vient d'entrer et de ressortir.

L'infirmière de la réception secoua la tête.

— Il travaille ici. S'il vous plaît, asseyez-vous, je vous appelle dès que vous pouvez y aller.

Peu importe.

Je m'assis et pris ma tête entre mes mains, posant mes coudes sur mes genoux. Qui appelait-on en cas d'urgence pour Ireland ? Son père était en prison, sa mère était morte depuis longtemps, et sa seule tante avait déménagé en Floride. *Et si elle a besoin d'être opérée ?* Qui prendrait la décision ? J'aurais dû demander le numéro de Mia pour les urgences. Peut-être qu'elle était son contact déjà désigné.

Je tins assis trois minutes avant de recommencer à faire les cent pas. Je m'assurai de rester en ligne de mire de l'infirmière pour qu'elle ne m'oublie pas. Lorsque nos regards se croisèrent, elle laissa échapper un soupir exagéré et secoua la tête avant de détourner les yeux. Je m'en foutais totalement si je l'agaçais. Je souhaitais simplement qu'elle n'ignore pas ma présence.

Une demi-heure après mon arrivée, une autre infirmière ouvrit la porte.

— Famille d'Ireland Saint James ?

J'avançai jusqu'à la porte et la femme me regarda

— Vous êtes un membre de la famille ?

Je ne songeai même pas à mentir.

— Oui.

— Et vous êtes son...

Je me dis qu'ils avaient dû lui demander son statut marital quand elle était arrivée, donc je ne voulais pas la contredire.

— Frère. Je suis son frère.

L'infirmière acquiesça et ouvrit la porte en grand pour que j'entre dans l'espace réservé.

— Par ici. Elle est dans le lit numéro quatre. Les médecins viennent de finir de l'examiner.

Je la suivis au coin d'une grande salle ouverte et l'infirmière ferma le rideau.

— Madame Saint James, votre frère est là pour vous voir.

Ireland fut confuse une demi-seconde puis, elle sourit et acquiesça. Elle avait un bandage sur le côté de la tête et semblait pâle. Mais elle était en un seul morceau.

J'allai à ses côtés, lui pris la main et me penchai pour l'embrasser sur le front.

— Bordel. Tu m'as vraiment fait peur. Que s'est-il passé ? Tu as mal quelque part ? Tu vas bien ?

L'infirmière sortit et referma le rideau derrière elle.

— Oui. Je vais bien.

Elle montra le bandage sur sa tête.

— Je n'ai que des points de suture sur la tête, là où j'ai dû me cogner contre quelque chose, j'imagine.

Elle leva son bras gauche et grimaça.

— Ils pensent que je me suis cassé l'ulna. J'attends la radio, maintenant.

— Mais qu'est-ce qu'ils ont foutu pendant tout ce temps si tu n'as pas encore eu de radio ?

Ireland sourit.

— Une infirmière est venue il y a un petit moment et m'a dit que j'avais un visiteur très anxieux qui m'attendait. Je vois que ça a dû être très agréable pour eux de te garder dans la salle d'attente. Ils m'ont fait des analyses de sang et m'ont examiné. Mais je vais bien, vraiment.

Je passai une main dans mes cheveux.

— Tu en es sûre ? Le County n'est pas le meilleur des hôpitaux. Je peux t'emmener au Memorial.

— Je vais bien. Ils ont été géniaux jusqu'ici.

— Que s'est-il passé ?

Elle secoua la tête.

— Je conduisais et le brouillard m'a empêché de bien voir, alors je passais entre les feux de croisement et les pleins phares. La dernière fois que je les ai mis, j'ai vu un cerf qui se trouvait presque juste devant ma voiture. J'ai appuyé sur les freins, mais le sol était mouillé et glissant, et j'ai perdu le contrôle. Tu te souviens, à l'auto-école, quand ils t'apprennent à tourner vers l'intérieur quand tu dérapes, plutôt que d'essayer de t'éloigner ?

— Oui.

— Eh bien, ce n'est pas ce que j'ai fait. J'ai juste réagi et je ne m'en suis même pas souvenu avant d'arriver ici.

J'écartai les cheveux de son visage.

— Tu as agi par instinct. C'est normal.

Ireland soupira.

— Je crois que ma voiture est foutue.

— Qui s'intéresse à la voiture ?

Je commençai à tapoter son corps.

— Tu as mal quelque part, sinon ?

Elle rit.

— Non, docteur Lexington. Je vais vraiment bien.

Quelques minutes plus tard, l'infirmière réapparut. Elle me regarda.

— Je peux vous demander de retourner dans la salle d'attente quelques minutes ?

— Vous l'emmenez passer sa radio ?

L'infirmière secoua la tête.

— Pas encore. Le médecin va revenir et examiner une nouvelle fois votre sœur.

Je plissai les yeux.

— Pourquoi ? Qu'est-ce qui ne va pas ?

L'infirmière fronça les sourcils et scruta Ireland.

— Tout va bien. C'est juste notre règlement de faire patienter les visiteurs dans la salle d'attente pendant les examens.

Ireland sourit.

— Tout ira bien, Grant.

Elle se tourna vers l'autre femme.

— Est-ce qu'il peut revenir quand le médecin aura terminé ?

Celle-ci acquiesça.

— Bien sûr.

Je me penchai et embrassai Ireland sur le front.

— Je reviens bientôt.

À contrecœur, je repartis ensuite dans la salle d'attente.

Je m'enfonçai sur une chaise et passai mes mains sur mon visage. Pourquoi n'avais-je pas insisté pour qu'elle évite de conduire depuis ce foutu restaurant ? Tout était ma faute. Je ne savais pas ce que j'aurais fait s'il lui était arrivé quelque chose. Mes entrailles se tordirent en y songeant. Ireland ignorait ce qu'elle représentait pour moi. Bon sang, je n'étais même pas sûr de l'avoir compris avant ce soir. Mais maintenant qu'elle allait bien, j'allais m'assurer de le lui montrer. Je savais par expérience que parfois la vie pouvait changer en un clin d'œil.

Ireland

Dr Rupert, qui me soignait aux urgences, ressemblait à Penn, du duo d'illusionnistes Penn et Teller. Du moins, c'était ce que je me disais, je ne me rappelais jamais lequel c'était. Bref, Dr Rupert ressemblait incroyablement au plus petit et plus vieux. Puisque j'étais presque sûr qu'il était un septuagénaire confirmé, je me disais que je n'allais pas l'insulter en le mentionnant.

— On vous a déjà dit que vous ressembliez à quelqu'un de célèbre ?

Il sourit, tendit la main vers la manche de sa blouse et en sortit un bouquet de fleurs en plastique.

— Ça répond à votre question ?

Je ris.

— J'imagine.

Il replaça l'accessoire dans sa manche.

— Nous n'avons aucun lien de parenté, mais les patients sont déçus quand je le leur dis. Alors, c'est au moins un lot de consolation de leur faire un tour.

Dr Rupert récupéra le dossier qui pendait au pied de mon lit et feuilleta quelques pages. Alors qu'il commençait à parler, le rideau s'ouvrit et un autre médecin entra.

— Bon timing. Voici le docteur Torres. Il est spécialiste en orthopédie.

— Bonjour, le saluai-je.

— Normalement, nous ne demandons pas de consultation ortho avant la radio, mais je voulais qu'il vous examine maintenant, pour vous offrir toutes les options possibles.

— D'accord...

Le docteur Rupert tira une chaise et s'assit à côté de moi. Il avait un côté vieux jeu que les médecins ne montraient plus vraiment. Il tendit la main et me toucha le bras.

— La raison pour laquelle nous voulions une consultation ortho avant la radio, c'est parce que nous avons trouvé quelque chose dans votre bilan sanguin.

Je me relevai. *Oh mon Dieu*. La première chose qui me vint en tête fut le cancer. Mes cellules sanguines devaient être trop élevées et maintenant, ils voulaient m'irradier inutilement. Mon cœur commença à palpiter.

— Quoi ? Qu'est-ce qui ne va pas avec mon bilan sanguin ?

Le Dr Rupert me serra la main et sourit.

— Tout va bien. Vous êtes enceinte, madame Saint James.

Je clignai des yeux à plusieurs reprises.

— Quoi ?

Il acquiesça.

— Je pensais bien que cette nouvelle serait un choc pour vous. J'ai remarqué sur la feuille d'admission que vous avez dit avoir eu vos règles le mois dernier et vous avez répondu non à la question *y a-t-il un risque que vous soyez enceinte.*

— Je ne peux pas l'être. Vous êtes sûr ?

Il acquiesça.

— Une prise de sang peut vérifier le taux de HCG six à huit jours après l'ovulation. Pour les tests urinaires, il faut généralement attendre un peu plus longtemps.

La panique monta.

— C'est impossible. Ça ne peut pas être vrai.

Le docteur Rupert arrêta de sourire.

— Êtes-vous en train de dire que c'est physiquement impossible pour vous d'être enceinte ? Il y a de très rares cas de faux positifs avec les tests sanguins, par exemple, si vous prenez des médicaments pour l'épilepsie.

Il fronça les sourcils.

— Vous prenez des médicaments ? Je n'ai vu aucune liste.

Je secouai rapidement la tête.

— Alors c'est physiquement possible que vous soyez enceinte, non ? Vous avez fréquenté un homme dans le mois qui vient de s'écouler ?

Je levai ma main jusqu'à ma gorge, qui semblait soudain serrée.

— Oui. Mais nous nous sommes protégés. Et je prends la pilule.

— Avez-vous oublié de la prendre, un jour ?

— Non, clairement pas. Et je la prends à la même heure tous les jours.

— Étiez-vous sous antibiotique ou malade ?

Je secouai la tête.

Le docteur Rupert soupira.

— Eh bien, elle n'est efficace qu'à quatre-vingt-dix-neuf virgule sept pour cent, même dans les meilleures circonstances.

— Mais nous avons aussi utilisé des préservatifs !

— Cela diminue évidemment le risque de grossesse. Parfois, il y a simplement de petits nageurs têtus.

Le médecin me tapota le bras.

— Vous voulez qu'on vous laisse une minute avant de discuter de la radio ?

Je voulais qu'il remonte le temps et recommence en disant que je n'étais pas enceinte. Comment pouvais-je l'être ? Grant allait... *oh mon Dieu*. Je n'arrivais même pas à songer à ce qu'il dirait. Sans m'en rendre compte, je dus commencer à hyperventiler.

— Madame Saint James ? Respirez lentement. Prenez de longues et profondes inspirations.

Le docteur Rupert se tourna vers l'orthopédiste que j'avais même oublié.

— Jordan, vous voulez bien aller nous chercher un sac en papier ?

Une minute plus tard, l'infirmière arriva et me demanda de respirer dans un sac en papier pendant que trois personnes restaient autour de moi. Elle tint mon poignet et vérifia mon pouls jusqu'à être satisfaite du résultat.

— Vous pouvez arrêter maintenant. Prenez simplement de grandes et profondes inspirations.

Je me frottai le front.

— Mon Dieu, je suis si gênée. Je n'ai jamais fait ça auparavant.

L'infirmière sourit.

— J'ai trois enfants de moins de quatre ans. Si ma tête n'est pas dans un sac en papier au moins une fois par semaine, je me cache dans le placard pour boire un verre de vin en douce.

Une fois que je fus calmée, l'infirmière partit et le docteur Rupert me demanda si l'orthopédiste pouvait regarder mon bras. Chaque fois qu'il le bougeait ne serait-ce qu'un petit peu, c'était douloureux. Mais soudain, je fus trop paralysée pour ressentir la souffrance.

Lorsqu'il finit son examen, il s'adressa à la fois au docteur Rupert et à moi.

— Je recommande une radio. Votre ulna est probablement fracturé. Une ecchymose commence déjà à se former sur votre poignet, donc nous devons voir si les os sont alignés ou si vous avez besoin d'une opération et d'une réduction.

J'entendais les mots qu'il disait, mais je n'en comprenais aucun. Ils continuèrent en me donnant les pour et les contre de la radio quand on était enceinte, puis le docteur Rupert me regarda pour avoir une réponse.

— Je suis désolée, dis-je avant de secouer la tête. Vous avez dit que c'était sûr ?

— Nous couvrirons votre abdomen avec un tablier en plomb et nous utiliserons la dose de rayonnement la plus faible, en guise de précaution. Vos organes reproducteurs ne seront pas exposés aux radiations. Dans votre cas, où le risque de blesser votre enfant à naître est très faible, et où le bénéfice du diagnostic par radio est plus important, oui, je vous le recommande.

Il me lança un sourire prudent.

— Si votre ulna doit être déplacé et qu'il ne l'est pas, vous pourriez perdre un peu de mobilité dans votre bras. Ce que nous ne souhaitons pas.

Je soufflai précipitamment et acquiesçai.

— D'accord.

— Je vais vous admettre pour la nuit, juste par précaution pour que vous restiez en observation. Voulez-vous que l'infirmière appelle quelqu'un pour vous ?

J'envisageai d'appeler Mia, mais il était si tard et je devais tout encaisser avant de prononcer ces mots à voix haute.

— Non, c'est bon, merci.

Le docteur Rupert partit avec le médecin orthopédique, me promettant de revenir dès que les résultats de la radio seraient là. Je fus ravie d'avoir quelques minutes de solitude avant le retour de l'infirmière.

— Voulez-vous que je fasse revenir votre frère ? La réception me dit qu'il a déjà demandé deux fois de vos nouvelles et qu'il fait les cent pas.

Elle sourit.

— Vous avez un grand frère très protecteur.

Je fermai les yeux. L'idée de voir Grant maintenant me rendait physiquement malade. Mais s'il n'avait pas le droit de revenir me voir, il allait sans aucun doute créer la pagaille et soupçonner que quelque chose clochait. Je ne voulais pas avoir cette conversation avec lui ce soir, aux urgences.

Je fis un signe de tête vers l'infirmière.

— Pouvez-vous le faire venir dans cinq minutes ? J'ai juste besoin de passer un peu plus de temps, seule.

— Bien sûr. Évidemment. Disons même dix.

Peu de temps après, Grant ouvrit le rideau avec un visage marqué par l'inquiétude.

— Tout va bien ? Ils ont mis au moins une heure.

Je m'éclaircis la gorge, mais j'eus du mal à le regarder dans les yeux.

— Oui, tout va bien.

— Tu as passé la radio ?

— Non, pas encore.

Il mit les mains sur ses hanches.

— On va te transférer au Memorial. Un vieil ami y travaille.

— Non, c'est bon. Ils ont dit que ça ne prendrait plus beaucoup de temps.

Impossible de dissimuler ma peur intrinsèque, je réussis à parler de l'examen du médecin orthopédique quant à l'alignement ou le non-alignement des os, sans mentionner la raison pour laquelle il avait été appelé avant même la radio. Je lui dis également que j'étais admise en observation. Mais après ça, je restai vraiment silencieuse.

— Tu es sûre que tu vas bien ? Tu as mal ailleurs ?

Son inquiétude rendit mon mensonge encore plus horrible.

— Je vais bien. Je suis juste fatiguée.

Dix minutes plus tard, l'infirmière entra. Avant que je puisse prononcer un mot, Grant se leva.

— Vous pouvez l'examiner une nouvelle fois ? Elle ne semble pas elle-même. J'aimerais que le médecin refasse une consultation.

L'infirmière me regarda et je paniquai soudain à l'idée qu'elle divulgue quelque chose à propos de la grossesse. Je ne leur avais pas spécifiquement demandé de ne pas le mentionner, même si évidemment, il y avait des lois sur la confidentialité. Me voyant pâle et les yeux écarquillés, l'infirmière comprit.

— Hmm... Je ne pense pas que ce soit nécessaire. C'est parfaitement normal. Il y a une montée d'adrénaline puis une baisse brutale, après un traumatisme. Je m'inquiéterais si madame Saint James n'était pas groggy.

Grant acquiesça, acceptant apparemment l'explication. Merci mon Dieu.

— Je vais l'emmener en radiologie, maintenant. Nous en avons probablement pour un moment. Puisqu'elle est admise, vous pouvez rentrer chez vous et je donnerai un téléphone à votre sœur quand le traitement pour son bras sera décidé.

Je me tournai vers Grant. Après un coup d'œil à son visage, je sus qu'il n'y avait aucune chance qu'il parte. Il croisa les bras sur son torse.

— Je reste ici.

L'infirmière me regarda et je hochai la tête.

— Il peut rester.

Elle disparut un instant et réapparut ensuite avec un fauteuil roulant. Grant et elle se tinrent à mes côtés pour s'assurer que je pouvais me lever, même si je disais que j'allais bien.

— Nous revenons dans un moment, informa-t-elle Grant. Mettez-vous à l'aise.

Elle s'arrêta dans la salle de garde et baissa la voix pour parler à une autre infirmière.

— J'attends que la radiologie appelle pour dire qu'ils sont prêts à recevoir madame Saint James. Tu peux me biper quand ils le font ?

Une fois les doubles portes des urgences refermées derrière nous, nous étions hors de portée de voix de Grant et elle parla en poussant mon fauteuil.

— J'ai senti que, peut-être, vous auriez besoin de quelques minutes sans votre frère. Je sais que l'annonce était un choc, donc je me suis dit que vous voudriez en discuter. Parfois, c'est plus facile de s'adresser à un inconnu qu'à un membre de sa famille. Mais si vous ne le faites pas, ce n'est pas grave non plus. Je vais juste vous offrir un tour gratuit dans les couloirs jusqu'à ce qu'ils me bipent et me disent que la radiologie peut vous accueillir.

Je soupirai.

— Merci.

Comme promis, elle fut silencieuse et me laissa décider si je voulais parler. Ce que je fis après quelques minutes.

— Il n'est pas mon frère. Il a dit ça parce qu'il avait peur que vous ne le laissiez pas entrer puisqu'il n'est pas de ma famille. C'est mon petit ami.

Je levai les yeux et regardai par-dessus mon épaule. L'infirmière sourit et acquiesça.

— Eh bien, je suis ravie de ne pas avoir demandé si votre frère était célibataire, pour ma sœur. Il est très beau.

Je ris et mes épaules se détendirent pour la première fois depuis une heure.

Nous tournâmes à gauche dans un nouveau couloir qui était vide.

— Je comprends que la grossesse sera un choc pour lui aussi.

— Il ne veut pas d'enfants.

— Eh bien, si ça vous aide à vous sentir mieux, mon mari en voulait un ou deux. Il n'était pas très heureux quand je lui ai dit que j'étais enceinte la troisième fois. Mais je lui ai rappelé que c'était moi, qui devais porter une boule de bowling de quatre kilos en ayant l'impression que mon utérus allait tomber. Et que c'était moi qui allais être malade pendant des mois et devoir me lever après avoir accouché d'un petit monstre. Les hommes oublient qu'ils sont aussi responsables de la grossesse. Tu joues, tu paies.

Je savais que c'était vrai. Clairement, je n'avais pas fait un bébé toute seule. Mais... c'était différent. Grant avait des cicatrices émotionnelles. Son raisonnement n'était pas exactement le même que celui d'un homme qui ne voulait pas avoir d'autres bouches à nourrir ou de couches à changer.

— Il a de très bonnes raisons de ne pas vouloir une famille. Il...

Je secouai la tête. Ce n'était pas mon rôle de partager des détails de la vie personnelle de Grant.

— Il... a ses raisons.

— Oublions votre petit ami une minute. Que ressentiriez-vous, tout de suite, si l'homme à vos côtés voulait une famille ? Vous sentiriez-vous différente ?

Je n'eus même pas besoin d'y réfléchir.

— Oui. Clairement. Ne vous méprenez pas, ce serait tout de même un choc. Mais je veux une famille, un jour. Je ne pensais pas que cela arriverait dans neuf mois. Mais si l'homme que j'aimais voulait des enfants, ça ne me dérangerait pas, je pense.

Nous passâmes à côté d'une autre salle de garde et l'infirmière qui me poussait dit bonjour à quelques personnes. Elle attendit que nous avancions pour recommencer notre conversation.

— Donc votre seule inquiétude, c'est comment votre petit ami va prendre la nouvelle.

J'y songeai.

— Oui. Je crois.

— Vous l'aimez ?

Je pris une profonde inspiration et soufflai. Il m'aurait probablement fallu plus de temps pour répondre à cette question, mais l'amour n'était pas quelque chose qu'on devait analyser. Soit on aimait, soit on n'aimait pas. J'acquiesçai.

— Oui.

— Est-ce qu'il vous aime ?

Je repensai à l'inquiétude sur son visage aux urgences. Il avait semblé sincèrement terrifié à l'idée que je sois blessée. La façon dont il me regardait, dernièrement, avait changé, aussi. Je le surprenais à me fixer en souriant quand il pensait que je ne faisais pas attention, et l'autre matin, je m'étais réveillée et il était en train de m'observer.

— Aucun de nous n'a dit ces mots, mais je pense que oui.

— Évidemment, grâce à la loi, vous avez le choix. Mais on dirait que vous voulez une famille et que vous aimez le père de l'enfant. Je sais que je simplifie un peu trop les choses, mais visiblement, il n'y a qu'un choix à faire dans ce cas, et il concerne votre petit ami. Est-ce qu'il a envie d'être avec vous et le bébé plus qu'il ne veut être seul ?

• • •

Je regardai par la fenêtre de mon lit d'hôpital peu confortable, observant le soleil se lever. J'avais à peine dormi. La radio de la veille avait montré une fracture nette, qui n'avait pas besoin de déplacement d'os ou d'opération, ils étaient donc venus mettre un plâtre sur mon bras peu après minuit. Grant était resté à mes côtés jusqu'à ce que je le mette pratiquement à la porte. Sinon, il aurait dormi dans un fauteuil et serait resté toute la nuit. Mais avec tant de choses en tête, je n'avais pu faire taire suffisamment mon esprit pour m'endormir, même après son départ. Je m'assoupissais, de temps en temps.

Mia se levait tôt, donc je pensai à l'appeler. Mais ça ne me semblait pas correct de lui parler de la grossesse avant Grant, même si elle était ma meilleure amie.

Il frappa d'ailleurs à la porte de ma chambre d'hôpital à sept heures. Il avait deux cafés et était habillé de façon décontractée.

Il posa le gobelet sur mon plateau et se pencha pour m'embrasser sur le front.

— Bonjour. Comment va ma chérie ?

Mon cœur se serra et je dus m'obliger à sourire.

— Bien. Fatiguée.

— Tu as dormi un peu ?

— Pas beaucoup.

— C'est compréhensible. Entre l'accident et cet endroit... et puis le plâtre. Tu dormiras quand on rentrera à la maison.

— L'infirmière de jour est passée tout à l'heure et m'a dit qu'il faudrait probablement quelques heures avant que ma feuille de sortie soit prête.

Grant prit un café, retira le couvercle et me le tendit.

Sans y réfléchir, je le levai jusqu'à mes lèvres et faillis boire. Mais *de la caféine*. Je ne devrais pas en prendre. Reposant le gobelet sur le plateau, je dis :

— Je crois que je vais éviter le café ce matin. Je ne veux pas que la caféine m'empêche de dormir, tout à l'heure.

Génial. Maintenant, je suis une menteuse et une cachottière.

— Bonne idée. J'ai acheté des protections en plastique pour ton plâtre, à la pharmacie, en bas. Le médecin a dit qu'il ne devrait pas être mouillé et je me suis dit que tu voudrais prendre une douche en rentrant. Peut-être même un bon bain.

— Merci. Ça me semble génial.

Même si... oh mon Dieu. Est-ce que j'avais le droit de prendre un bain ? Honnêtement, je ne savais rien sur la grossesse ou les bébés. Et l'idée de faire ça toute seule me donnait l'impression que j'allais péter une durite. Je me grattai le visage.

— J'ai parlé à ma sœur en venant ici et je lui ai dit ce qu'il s'était passé. Elle m'a assuré qu'il n'y avait aucun problème et qu'ils te remplaceraient pour tout le temps dont tu auras besoin.

Je me forçai à sourire.

— C'est mignon. Mais je serai clairement de retour au travail demain. Ce n'est qu'un os cassé et une petite coupure.

Et une grossesse.

Grant fronça les sourcils.

— Tu devrais y aller doucement. Tu as été sacrément secouée. Tu vas être courbaturée, si tu ne l'es pas déjà. Ils doivent te donner des relaxants musculaires ou quelque chose pour la douleur.

Encore une chose que je ne pouvais pas prendre. Je me contentai donc d'acquiescer.

Les quelques heures suivantes, Grant s'assit à mes côtés. J'étais évidemment plus silencieuse que d'habitude et il me demanda à plusieurs reprises si j'avais mal quelque part et si tout allait bien. Je lui expliquai mes absences comme étant de la fatigue, ce qui n'était pas un véritable mensonge.

Quand je fus libérée, ils me firent asseoir dans un fauteuil roulant tandis que Grant garait la voiture devant pour me récupérer. Il sortit et m'aida à monter, même si je lui dis que tout allait bien. J'eus le sentiment que rien de ce que je pouvais dire n'allait le convaincre d'arrêter de me dorloter.

Enfin, il y avait bien une chose qui le ferait partir en courant plus loin que l'enfer.

Nous roulâmes jusqu'à mon appartement et je pris une douche avant d'aller m'allonger. Grant ferma les rideaux et éteignit les lumières donc j'étais presque dans le noir complet, dans ma chambre. Il se mit en sous-vêtement et s'enroula autour de mon corps, me prenant en cuillère.

La pièce était si silencieuse que je crus que ce moment intime serait parfait pour lui avouer, mais j'étais sincèrement épuisée. Je savais que j'aurais besoin d'énergie pour cette conversation. Je la repoussai, encore, jurant de le lui dire quand je me réveillerai plus tard.

Si j'étais perdu dans mes pensées, apparemment, Grant l'était aussi. Il m'embrassa sur l'épaule.

— Je ne sais pas ce que j'aurais fait s'il t'était arrivé quelque chose. Je me suis rendu compte hier que je ne peux plus imaginer ma vie sans toi.

Pour une raison quelconque, cela me rendait triste. Mes yeux s'emplirent de larmes et elles commencèrent à couler. Mais je ne pouvais rien lui expliquer en pleurant, donc je sanglotai en silence et le laissai penser que je m'étais endormie.

Grant

J'étais en train de cuisiner lorsqu'elle se réveilla.

Ireland s'était endormie avec les cheveux mouillés et ils avaient séché aplatis contre son visage d'un côté, tandis que de l'autre, ils étaient bouclés et sauvages. C'était désordonné et pourtant à mes yeux, elle n'avait jamais été plus belle. J'étais tellement soulagé qu'elle aille bien.

Je baissai le gaz et m'essuyai les mains sur un torchon.

— C'était une bonne sieste.

Elle avança et jeta un coup d'œil à ce qui mijotait.

— Qu'est-ce que tu prépares ? Ça sent bon.

Je levai le couvercle.

— Du poulet piccata.

— Ça a l'air délicieux. Je ne savais même pas que j'avais de quoi préparer ça.

Je gloussai.

— Tu n'avais pas les bons ingrédients. Je suis sorti discrètement quand tu ronflais et j'ai acheté du poulet, de l'huile d'olive et des épices. Les seules que j'ai pu trouver dans ton placard étaient de la cannelle et du poivron rouge.

— Oui. C'était Mia la cuisinière de la maison. Tout était à elle. Elle voulait tout laisser, mais j'ai glissé les pots dans une boîte quand elle ne faisait pas attention. Je me suis dit que ce serait du gâchis, ici.

Je la pris dans mes bras et l'attirai contre mon torse.

— Comment te sens-tu ?

— Je suis encore fatiguée. Mais je vais mieux. Combien de temps j'ai dormi ?

Je regardai ma montre.

— À peu près six heures. Il est presque seize heures trente.

— Oh. Waouh.

— Tu as faim ?

— En fait, oui.

Je souris.

— Bien. Je vais finir et on pourra manger notre dîner en avance.

Ireland alla se doucher et revint en observant la pièce.

— Tu as vu mon téléphone ? Je crois qu'il s'est cassé pendant l'accident. J'ai essayé de le rallumer aux urgences, mais il ne voulait pas fonctionner. J'espère qu'il le fera quand je le chargerai.

Je montrai avec ma fourchette un sac sur le plan de travail.

— Je l'ai enlevé de ton sac quand tu dormais et je t'en ai acheté un nouveau. Il est dans la boîte, là-bas. Ils ont dit qu'ils avaient transféré toutes tes données, mais tu devrais vérifier puisque le vendeur de Best Buy devait avoir quinze ans, et toute l'opération n'a duré que cinq minutes.

— Oh, tu n'étais pas obligé.

— J'en avais envie.

Ireland fut silencieuse pendant le dîner. Elle me semblait toujours d'humeur étrange, mais je n'avais jamais été impliqué dans un accident sérieux auparavant et je me disais que c'était probablement normal d'être un peu secoué. Quand nous eûmes mangé, elle appela Mia pour lui dire ce qu'il s'était passé, et j'entendis celle-ci flipper à l'autre bout du fil.

Plus tard, Ireland était toujours silencieuse.

— Tu es sûre que tu vas bien ? demandai-je.

Elle détourna le regard et acquiesça.

— Tu veux regarder un film ?

Je lui lançai un sourire narquois.

— Un Disney ? Bien sûr.

Ireland s'obligea à sourire.

— Pas ce soir.

Elle s'assit sur le canapé et commença à faire défiler le catalogue Netflix, puis Hulu et enfin HBO à la demande. Soupirant, elle me tendit la télécommande.

— Choisis quelque chose.

Après le porno, je préférais les films d'action. Mais je ne pensais pas que les courses-poursuites en voiture et les explosions étaient la meilleure chose pour elle, en ce moment.

— Tu aimes Will Smith ?

— Oui.

— Dans le doute, on prend toujours Will Smith.

Je pointai la télécommande vers la télé et retournai sur Netflix. Après avoir cherché le nom de l'acteur, je dis :

— Choisis-en un.

Elle haussa les épaules.

— Ils me conviennent tous.

Je ne voulais pas continuer de l'embêter, elle ne paraissait vraiment pas dans son assiette, presque déprimée. À la recherche du bonheur était le premier film de la liste, donc je le choisis, même si je l'avais déjà vu. Je pris les pieds d'Ireland sur mes genoux et l'encourageai à se coucher pour pouvoir lui masser les pieds.

Le film parlait d'un père fauché qui se retrouve sans abri avec son fils, tandis qu'il accepte un stage non rémunéré pour tenter de faire quelque chose de sa vie et d'améliorer son avenir. C'était un drame, basé sur une histoire vraie, et certains passages étaient tristes. Mais à moment, je tournai la tête et vis des larmes couler sur le visage d'Ireland. Elle n'avait même pas fait un bruit. J'attrapai la télécommande et mis le film en pause.

— Hé.

Je la pris sur le canapé et la serrai dans mes bras.

— Qu'est-ce qu'il y a ? Tu vas bien ?

Elle acquiesça, mais continua de regarder vers ses genoux.

Je lui accordai un peu de temps, mais elle ne me regarda pas ni ne commença à parler, donc je posai deux doigts sous son menton et guidai son visage pour qu'elle me regarde. Ce que je vis me provoqua une vive douleur dans la poitrine. Ses yeux étaient remplis de souffrance, son visage était crispé.

— Parle-moi. Que se passe-t-il ? Tu as mal ? Tu as des flash-back de l'accident ?

Elle commença à pleurer encore davantage.

— Je... Je ne veux pas te perdre.

J'écartai les cheveux de son visage et glissai mes mains pour prendre son visage entre ses mains.

— Me perdre ? Tu ne vas pas me perdre. Pourquoi penses-tu ça ?

Ireland tendit la main et couvrit les miennes, sur ses joues.

— Grant... je suis...

— Quoi ?

Elle secoua la tête et ferma les yeux.

— Je suis... enceinte, Grant.

• • •

Une minute, j'étais dans son appartement la regardant dormir et en pensant que je devrais lui avouer que je l'aime à son réveil, et la suivante, je franchissais la porte comme le putain de lâche que j'étais.

Je ne criai pas et ne l'engueulai pas. Peut-être que j'étais en état de choc... Je l'ignorais. Mais je ne pouvais pas non plus la consoler ou lui dire que tout irait bien. Parce que ce n'était pas le cas. Tout n'irait pas bien.

J'attendis qu'Ireland se calme pour lui dire que je devais y aller. Elle voulait savoir où j'allais, mais je n'en avais aucune idée. En vérité, j'avais besoin d'être partout sauf ici.

J'adressai un signe au barman en levant mon verre vide et fis cliqueter les glaçons qui n'avaient pas eu le temps de fondre.

— Déjà un autre ?

Je sortis mon portefeuille et en sortis trois cents dollars.

— Cent dollars pour payer toutes mes consommations, deux cents pour que mon verre ne soit jamais vide.

Le barman, que j'avais commencé à appeler Joe, même si je n'étais pas sûr de savoir s'il m'avait dit son nom si je l'avais inventé, remplit mon verre.

— Ça marche.

Je restai assis au bar et bus trois autres vodkas-tonic. Je n'avais jamais été du genre à boire beaucoup, donc à partir de quatre, je commençai à voir double, ce qui était exactement ce que je recherchais. Le bar minable dans lequel je m'étais aventuré, à quelques pâtés de maisons de chez Ireland, s'était vidé, sauf pour un vieux gars à l'autre bout. Le serveur arriva et prit mon verre encore au quart plein. Il y mit un glaçon et m'en servit un nouveau. Le posant devant moi, il appuya un coude au bar.

— Pour ce genre de pourboire, j'offre aussi une oreille attentive pour écouter l'histoire de ce qui a dégénéré pour que vous soyez ici, aujourd'hui.

Je levai mon verre nouvellement rempli et renversai légèrement le contenu sur le comptoir.

— Peut-être que je suis juste alcoolique.

Joe me lança un sourire narquois.

— Non. Vous ne tenez pas l'alcool.

— Peut-être que je suis juste fauché et que je n'ai aucune chance.

— Non. Les mecs fauchés n'ont pas des liasses de billets de cent et n'ont pas votre allure.

— Et à quoi je ressemble, exactement ?

Joe haussa les épaules.

— Vous voulez la vérité ?

— Bien sûr.

Il regarda par-dessus le bar et me jaugea.

— Pantalon impeccable, belles chaussures, un polo avec cette baleine chic brodée dessus et une pince à billets. Vous ressemblez à un salaud de riche qui a probablement grandi avec une cuillère en argent dans la bouche.

J'éclatai d'un rire qui n'avait rien de joyeux. *Une cuillère en argent.* C'était exactement ce qu'Ireland avait dit dans le premier e-mail qui avait tout initié.

Je bus davantage.

— Peut-être que vous avez tous les deux raison.

Le barman fronça les sourcils. Même s'il s'en fichait suffisamment pour ne pas demander de quoi diable je parlais.

— Alors, ni fauché ni alcoolique, ça nous laisse l'évidence, la raison pour laquelle la moitié des mecs se mettent une mine. Des problèmes à la maison. J'ai raison ?

Je grommelai.

— Quelque chose comme ça.

— Le souci, c'est que ça commence toujours comme quelque chose d'amusant.

Je ne l'avais jamais entendu formuler ainsi, mais il y avait une grande vérité dans cette déclaration.

— Vous êtes un homme sage, Joe.

Le barman sourit.

— Je m'appelle Ben. Mais pour deux cents dollars, vous pouvez m'appeler Shirley. Je m'en tape. J'ai divorcé deux fois et mon conseil ne vaut probablement rien, mais le voilà quand même. Si elle vous fait sourire avant le café du matin et que vous n'avez pas besoin de boire quelques verres pour être dans l'ambiance quand elle est dans le coin, il faut la garder. Allez lui chercher des fleurs à l'épicerie ouverte vingt-quatre heures sur vingt-quatre, au bout du pâté de maisons. Rentrez à la maison et excusez-vous. Peu importe qui avait raison ou tort.

Si seulement c'était aussi simple.

— Vous avez raison, Joe.

Le barman se redressa.

— Alors vous rentrez à la maison ?

— Non. Votre conseil ne vaut rien.

Grant

Où suis-je ?

Je levai la tête et eus l'impression qu'une partie de la peau de ma joue resta sur le plastique dur où je m'étais assoupi. Je m'appuyai sur un coude et regardai autour de moi. J'étais dans un genre de salle d'attente et elle semblait industrielle. Mais j'ignorais totalement où je me trouvais ni comment j'étais arrivé là.

— Vous êtes au Patton State Hospital, dit une voix profonde près de moi.

Patton. Mais qu'est-ce que je foutais près d'ici ? Je suivis la direction du bruit et trouvai un homme bien habillé assis à quelques chaises de là. Il referma ce qui ressemblait à un dossier avec graphiques sur lequel il travaillait, puis il croisa ses mains sur ses cuisses.

— Je suis le docteur Booth.

Le nom me disait quelque chose, mais il me fallut une seconde pour comprendre pourquoi, à cause du martèlement dans ma tête. Je m'assis et me rendis compte pour la première fois que j'étais étalé sur des chaises pliantes en plastique couvertes de coussins.

Je tendis la main vers ma tête une fois que je fus debout.

— J'ai été blessé ?

— Pas à ma connaissance, sauf que vous avez dû consommer un peu trop d'alcool, à mon avis.

Merde. Ma tête me tue. Et qu'est-ce que je fous à Patton ?

— Vous savez comment je suis arrivé ici ?

— Le vigile vous l'a demandé quand vous êtes arrivé. Vous avez dit que c'était par Uber.

Je voulus acquiescer, mais lever la tête et la baisser était beaucoup trop douloureux. Je cherchai dans mon cerveau, essayant de me souvenir des événements de la veille. Je me rappelai être allé au bar et un mec m'avait aidé à monter dans une voiture après avoir verrouillé la porte. Joe ? Peut-être que son nom était Joe. Oui, c'était ça. Il était barman et j'étais parti en même temps que lui à la fermeture. Bon sang... Cela signifiait que j'avais bu jusqu'à quatre heures du matin. Pas étonnant que je ne me souvienne de rien.

— Nous nous sommes déjà rencontrés ? demandai-je à Booth.

Il sourit.

— Non. C'est la première fois que nous nous rencontrons. Vous êtes arrivés à cinq heures trente environ, ce matin, et vous avez demandé à voir l'une de mes patientes. Toutes les visites exigent l'approbation du psychiatre des internés. Les vigiles savaient que vous étiez ivre et vous ont repoussé. Mais ils m'ont appelé pour me faire savoir ce qu'il s'était passé et je leur ai demandé de vous laisser dormir dans la salle d'attente, au moins jusqu'aux heures de visite qui commencent à midi. L'hôpital autorise les visiteurs vingt-quatre heures sur vingt-quatre, mais l'aile pénitentiaire suit le protocole de la prison d'État quand il s'agit de laisser entrer quelqu'un.

— Quelle heure est-il ?

Il regarda sa montre.

— Dix heures et quart.

Je passai une main dans mes cheveux. Même toucher les mèches était douloureux.

— Je dois comprendre que vous êtes le médecin de Lily ?

Il acquiesça.

— Je le suis. Cela fait quatre ans que Lily essaie de vous faire venir, depuis son admission ici. Vous ne répondiez à aucun de mes messages ni à aucune de ses lettres. Alors, j'étais curieux de savoir ce qui vous avait fait venir aujourd'hui. Mais quand je suis arrivé, vous vous étiez déjà endormi.

— Vous attendez depuis quatre heures que je me réveille ?

Il sourit.

— Non. Quand j'ai vu votre état, j'ai fait ma ronde matinale et dis au gardien de me prévenir si vous vous réveilliez. Je suis revenu plus tard, après avoir fini mon travail, pour étudier quelques-uns de mes graphiques.

Il regarda une pile d'épais dossiers en papier kraft sur la chaise à côté de lui.

— Pourquoi ?

— Pourquoi, quoi ? Pourquoi ai-je demandé aux gardes de vous laisser dormir, ou pourquoi suis-je ici à travailler sur mes données ?

Je secouai la tête.

— Les deux.

— Eh bien, comme je l'ai dit, j'étais curieux. Et Lily est toujours ma patiente. Elle a fait de grands progrès au fil des années, mais j'ai souvent appris des choses de la part des membres de la famille qui m'aident pendant le traitement. Lorsqu'elle a été admise, elle a signé une autorisation pour que toutes les informations médicales puissent être évoquées avec vous. Chaque année, nous revenons sur cette permission. Cela fait sept ans et elle ne vous a toujours pas retiré la permission de discuter de sa santé avec vous. Je suis donc légalement autorisée à discuter de son cas. Je pensais que ce serait aussi d'une grande aide pour moi si je comprenais ce qui vous a amené à la voir aujourd'hui.

— Lorsqu'elle a été *admise* ? Elle n'a pas été *admise* à l'hôpital, doc. Elle a été *condamnée* à vingt-cinq ans. Et les gens comme vous la gardent ici pour que ce soit plus facile pour elle. Elle mérite d'être enfermée dans une cellule, comme tous les autres meurtriers.

— Je vois. Êtes-vous venu lui parler, aujourd'hui ?

Je m'éclaircis la gorge. Ma bouche était si sèche.

— Non. Je n'ai aucun désir de la voir. Ni de lui parler. Je ne sais pas à quoi diable je pensais, hier soir, ou ce matin, peu importe quand je suis arrivé. Mais c'était une erreur.

Le docteur Booth examina mon visage et acquiesça.

— Je comprends. Mais peut-être que vous et moi pourrions tout de même discuter.

Il se leva.

— Comment prenez-vous votre café ? Laissez-moi au moins vous donner un peu de caféine et de Tylenol. On dirait que les deux pourraient vous être utiles.

L'idée de me lever me donnait la nausée, et encore plus celle de sauter dans un taxi et de subir le trajet d'une heure et demie jusqu'à la maison. Je me caressai la nuque.

— D'accord. Un café pourrait être agréable avant que je parte d'ici. Noir, s'il vous plaît.

Le médecin disparut et revint quelques minutes plus tard avec deux gobelets en plastique et un petit paquet de Tylenol.

— Merci.

Il s'assit en face de moi et resta silencieux à me regarder.

— Généralement, je ne fais pas ça. Je n'ai pas pris de cuite depuis l'université.

Le docteur Booth acquiesça.

— Est-ce que quelque chose a provoqué cela ? Vous a poussé à boire et à venir ici, je veux dire.

— Ça n'a rien à voir avec Lily.

Ou plutôt, tout a un rapport avec mon ex-femme.

— On peut parler de tout ce que vous voulez. Il ne faut pas nécessairement que ce soit à propos de Lily.

Je ricanai.

— Non, mais je suis sûr que vous allez psychanalyser tout ce que je vais dire en le reliant à elle. Ce n'est pas ce que les psys font ? Ils trouvent une cause pour tout ce qu'il se passe afin qu'on puisse en vouloir à quelqu'un d'autre que le patient. Un homme en tue un autre en le braquant, ce sera de la faute de son père qui le maltraitait. Ce n'est pas le crack qu'il a pris une heure avant parce qu'il est accro. Une femme tue son propre bébé, on ne devrait pas le lui reprocher parce qu'elle est déprimée. Nous sommes tous sacrément déprimés à un moment de notre vie, doc.

Il sirota son café.

— Je ne prévoyais pas de vous psychanalyser. Je me suis dit que si vous étiez là, vous pourriez avoir besoin de parler à quelqu'un. Je ne suis pas votre médecin, mais je suis un homme et vous semblez avoir besoin d'aide. C'est tout.

Je me sentais comme une merde, maintenant. Je passai une main dans mes cheveux.

— Pardon.

— Ce n'est rien. Croyez-moi, je ne suis pas facilement vexé. Les aléas du métier. La plupart des gens qui viennent dans mon cabinet ne sont pas là parce qu'ils le veulent. La cour de justice ou leur famille leur ont forcé la main. Ce n'est pas rare pour moi qu'on me dise d'aller me faire foutre parce que je suis un salaud dans les quinze premières minutes d'une session.

Je souris.

— Généralement, je suis doué pour tenir ma langue lors de la première demi-heure d'une réunion.

Le docteur Booth sourit en retour.

— Je peux vous poser une question personnelle ?

Je haussai les épaules.

— Allez-y, ça ne veut pas dire que je suis obligée de répondre.

Il secoua la tête.

— Non, c'est vrai. Vous êtes marié ?

— Non.

— En couple ?

Je songeai à Ireland. *Je l'étais. Vraiment ? Je n'en savais rien.*

— Je fréquente quelqu'un, oui.

— Êtes-vous heureux ?

Une autre question lourde de sens à laquelle je pourrais répondre facilement.

— Difficile d'être heureux quand on a perdu un enfant. Mais, oui... Ireland me rend heureux.

Je secouai la tête.

— Pour la première fois en sept foutues années.

Le médecin resta à nouveau silencieux pendant un long moment.

— Est-il possible que vous soyez venu aujourd'hui pour le pardon et passer à autre chose ?

Je sentis les veines de mon cou palpiter de colère.

— Lily ne mérite pas le pardon.

Le docteur Booth croisa mon regard.

— Je ne faisais pas référence à Lily. Le pardon est quelque chose qu'on doit trouver en soi. Personne ne peut vous le donner. Oui, je crois que votre ex-femme souffre de troubles bipolaires qui la font agir de façon démente et ceux-ci ajoutés à une sévère dépression post-partum, cela l'a poussé à faire l'impensable, mais vous n'êtes pas obligé d'être d'accord avec moi pour trouver le pardon. Il ne s'agit pas là d'excuser le comportement de Lily. Le pardon fait en sorte que cette attitude ne détruise plus votre cœur.

J'eus un goût de sel dans la bouche. J'avais suffisamment pleuré ces sept dernières années. Je n'allais pas m'asseoir dans le même bâtiment que mon ex-femme et verser davantage de larmes. Je m'éclaircis la gorge, espérant ravaler mes émotions.

— Je sais que vous voulez bien faire, doc. Et j'apprécie. Vraiment... Mais Lily ne mérite pas le pardon.

Je secouai la tête.

— Je devrais vraiment y aller. Merci pour le café et le Tylenol.

Je me levai et tendis la main vers le médecin. Quand il me la serra, il me regarda à nouveau dans les yeux.

— Je ne pense pas que vous vouliez pardonner à Lily. Vous voulez vous pardonner vous-même. Vous n'avez rien fait de mal, Grant. Autorisez-vous ce pardon et allez de l'avant. Parfois, les gens ne s'autorisent pas à se pardonner parce qu'ils ont peur d'oublier. De pardonner et d'oublier. Mais vous n'oublierez jamais Leilani. Vous devez simplement vous rendre compte qu'il y a de la place dans votre cœur pour plus d'une personne.

— Dites-lui d'arrêter d'écrire les lettres, doc.

CHAPITRE 35

Ireland

Presque deux semaines s'étaient écoulées et pourtant, j'avais l'impression que cela faisait déjà un an.

Entre la construction de ma maison et mon travail, j'avais suffisamment de pain sur la planche pour rester occupée. Mais chaque fois que je passais devant la sortie menant à la marina où vivait Grant, j'avais l'impression d'arracher un pansement sur une blessure fraîche.

Nous étions samedi après-midi. Mia et moi nous retrouvions pour déjeuner dans notre restaurant grec préféré. J'avais été coincée dans la circulation, donc j'étais arrivée avec quelques minutes de retard et elle avait déjà trouvé notre table.

— Salut.

Je me glissai dans le box, en face d'elle.

Elle grimaça en me voyant.

— Tu reviens de la salle de sport ?

— Non. Pourquoi ?

Mia fronça les sourcils.

— Sans vouloir te vexer, tu as une sale tronche.

Je soupirai.

— Je n'avais pas envie de me coiffer. Je croyais que le chignon décoiffé était toujours en place.

— Il l'est, mais ça ressemble plus à un repaire de rats. Tu as une grande tache sur ton haut et soit tu as un coquard en devenir, soit tu n'as pas totalement enlevé ton maquillage, hier.

Je baissai les yeux vers mon pull. Effectivement, il y avait une gigantesque tache ronde. Je le frottai.

— J'ai mangé un pot de Ben et Jerry's pour le dîner hier soir. J'ai loupé ma bouche une ou deux fois.

Mia haussa les sourcils.

— Alors tu as dormi avec ce haut ?

— Ferme-la. Tu portes la même tenue pendant des jours quand tu es malade.

— C'est parce que je suis malade. Tu l'es ?

— Non.

Elle eut à nouveau un air désapprobateur.

— Je dois comprendre que tu n'as toujours pas eu de nouvelles de Grant ?

Mes épaules s'affaissèrent.

— Non.

Mia secoua la tête.

— Je n'arrive pas à croire qu'il se soit transformé en telle merde.

— Il n'est pas une merde. C'est juste qu'il... ne voulait vraiment pas d'enfants.

— Oui. Et il y a cinq ans, je ne voulais jamais me marier. Je ne voulais pas non plus que ma mère meure à cinquante-neuf ans, l'année dernière. C'est la vie.

Nous faisons de notre mieux pour la vivre, mais nous ne pouvons pas tout contrôler.

— Je sais. Mais avoir des enfants, c'est quelque chose qu'on peut contrôler.

— Tu n'as pas oublié ta pilule ?

— Non.

— Est-ce que Grant avait un préservatif chaque fois que vous avez couché ensemble ?

— Oui.

— Alors il y a évidemment des fois où on ne peut pas contrôler. Rien dans la vie n'est infaillible.

— Je sais. Mais il a de bonnes raisons d'être en colère.

Quelques jours après le départ de Grant, j'avais tout dévoilé à Mia, de ma grossesse à la raison pour laquelle j'avais découvert qu'il ne voulait pas d'enfants.

— Évidemment. Il a connu un traumatisme inimaginable. Je le comprends. Donc il mérite un peu de temps pour être choqué et en colère, mais ça fait presque deux semaines, maintenant. Qu'est-ce qu'il va faire ? Prétendre qu'il n'a pas d'enfant et que toute cette histoire n'existe pas ?

Je me demandais la même chose, dernièrement. Les premiers jours où il n'avait pas appelé et n'était pas passé, je comprenais pourquoi il était en colère. Mais à quel moment prévoyait-il de s'occuper de la réalité de notre situation ? J'avais été si certaine qu'il viendrait... même s'il ne voulait pas être avec moi ni être impliqué dans la vie du bébé. Je me disais qu'il allait au moins l'admettre et que nous en discuterions. Cependant, ces derniers jours, j'avais commencé à perdre cette dernière once de confiance en lui. D'où les dîners à base de glace.

— Est-ce qu'on peut juste... ne pas en parler, aujourd'hui ? J'ai besoin d'un jour de pause. On se goinfre, on va au cinéma comme on l'a prévu et on mange du pop-corn au beurre et des bonbons au chocolat jusqu'à ce qu'on en ait la nausée.

Mia acquiesça.

— Bien sûr. Évidemment. Mais je peux dire une chose de plus ? Et ça ne concerne vraiment pas Grant.

Je souris. *Cela ressemblait tellement à Mia.*

— Oui.

Son visage s'illumina et ses lèvres se retroussèrent.

— J'ai arrêté la pilule.

J'écarquillai les yeux.

— Vraiment ? Je croyais que Christian et toi vous vouliez attendre un an ou deux avant d'avoir des enfants.

— C'était le cas. Mais les choses ont changé. J'y pense depuis que tu m'as dit que tu étais enceinte. Et il y a quelques jours, Christian est venu dans la salle de bain quand je me brossais les dents. Tu connais ma routine du matin : dents et ensuite pilule. Il l'a regardé dans ma main et m'a dit : *j'ai hâte que tu sois enceinte. T'imaginer avec un gros ventre rond m'excite, tu n'imagines même pas à quel point.*

« Alors je me suis retournée et je lui ai dit que je pouvais arrêter de la prendre tout de suite. J'imagine que je m'attendais à ce qu'il fasse marche arrière. C'est une chose de dire qu'on a hâte que sa femme ait l'air enceinte et c'en est une autre de le vouloir le mois suivant. Mais il m'a enlevé la pilule de la main et l'a jetée dans la poubelle. Ensuite, on s'est envoyé en l'air sur le lavabo.

Je ris.

— Eh bien, ce serait génial d'avoir des enfants du même âge. Mais tu es prête pour ça ?

Elle prit une olive dans la coupelle au milieu de la table et la mit dans sa bouche.

— Je ne pense pas que quiconque soit prêt pour avoir des enfants. Mais oui... Je n'ai pas vraiment envie d'attendre.

Je pris la main de Mia.

— Je t'aime, ma folle amie.

— Je sais que tu veux arrêter de parler de ça. Donc je te promets que ce sera la dernière chose que je dirai aujourd'hui.

Elle me serra les doigts.

— Je serai là pour toi à chaque étape. Je te tiendrais les cheveux pendant tes nausées matinales, si tu en as, je deviendrai grosse avec toi, même si je ne suis pas enceinte, et je serai à tes côtés dans la salle d'accouchement, si tu m'acceptes. Tu ne seras jamais seule.

Je sentis les larmes me monter aux yeux et j'agitai ma main devant mon visage.

— Merci. Passons à autre chose. Je refuse de continuer de pleurer.

— D'accord.

Elle récupéra le menu et montra le serveur qui se dirigeait dans notre direction.

— Tu crois que c'est une banane ?

Je me retournai pour voir ce que l'homme avait à la main au moment même où il arrivait à la table, même si j'ignorais totalement de quoi elle parlait. Les seules choses qu'il portait étaient un bloc-notes et un crayon. Je commandai en premier et attendis que Mia le fasse. Toutefois, en récupérant mon menu pour le lui donner, je fus face à l'entrejambe de l'homme et me rendis compte que mon amie ne parlait pas de ce qu'il avait dans les mains. C'était dans son pantalon.

J'écarquillai les yeux et je dus relever le menu devant mon visage pour dissimuler mon sourire. Sérieusement, soit ce mec avait une érection, soit il était sacrément bien monté. Je ris et m'obligeai à le dissimuler en toussant pour ne pas m'esclaffer devant le serveur en lui redonnant mon menu.

— Vous allez bien ? me demanda-t-il.

J'attrapai l'eau sur la table et levai mon verre jusqu'à mes lèvres. Oui. J'ai juste avalé de travers.

Quand il partit, nous rîmes cinq bonnes minutes. C'était la première fois en presque deux semaines que je riais vraiment, et cela me donnait l'impression que peut-être, juste peut-être, je pouvais traverser ça toute seule, si j'y étais obligée.

. . .

Le carrelage dans ma salle de bain rendait bien. Je venais juste de finir de balayer après le départ de l'entrepreneur et je le regardai. Les petits carreaux de marbre que le type de Home Depot avait recommandés donnaient un côté rustique qui allait très bien avec l'atmosphère de maison au bord du lac que je voulais donner.

Malheureusement, penser à ce monsieur me rappela Grant. Il avait été jaloux de l'ouvrier qui était juste gentil avec moi au magasin. Comment pouvait-on passer de la jalousie à la disparition en quelques semaines ? Et ne me parlez pas des cochonneries qui avaient eu lieu dans cette pièce quand il avait passé la journée à m'aider.

Tout me rappelait Grant, mon appartement, mon travail, même la construction de ma maison. Inconsciemment, je tendis la main et couvris mon ventre. Me rendant compte de ce que j'avais fait, je soupirai. Il était partout, même en moi. Comment étais-je censée y échapper ?

J'avais mal à la tête, à force de réfléchir, et mon cœur était douloureux dans ma poitrine. J'avais décidé que si je n'avais pas de nouvelles de Grant avant demain matin, ce qui ferait deux semaines complètes, j'irais le voir dans son bureau. S'il ne voulait pas que nous soyons un couple, d'accord, mais j'avais besoin de savoir s'il prévoyait d'être dans la vie de son enfant.

Je regardai une dernière fois dans la salle de bain et éteignis la lumière. Je vidai la pelle dans la poubelle de la cuisine et appuyai le balai contre la porte. Le dernier rayon de soleil de la journée filtra par les fenêtres du salon adjacent et je me dis que je pourrais marcher jusqu'au lac pour le voir se coucher. C'était encore quelque chose qui me rappelait Grant, même si je refusais de le laisser me ternir la beauté d'un coucher de soleil.

Mon terrain était environ à trois pâtés de maisons du lac, mais le chemin était direct sur une voie pavée. L'une des parcelles avec vue sur le lac n'avait pas encore été vendue, donc je m'assis sur l'herbe, au bord du lac, sur cette propriété, et je regardai le ciel prendre des teintes orangées.

Je fermai les yeux, pris quelques inspirations et passai mes bras autour de mes genoux. J'entendis un tintement derrière moi, mais j'étais tellement perdue dans mes songes que je ne reconnus pas le son jusqu'à être presque bousculée par un chien. Un bébé golden retriever des plus adorables commença à me lécher le visage. Cela me fit sourire et rire.

— Tu es mignon. D'où viens-tu ?

Quelques secondes plus tard, la réponse arriva.

— Ici, mon garçon.

Je me figeai, entendant la voix profonde de Grant derrière moi.

Je ne pus me forcer à me retourner jusqu'à sentir la vibration de pas à côté de moi.

— Grant ?

Rien que le fait de voir son visage faisait battre sauvagement mon cœur. Je tendis la main pour le couvrir et sentis le martèlement en dessous.

— Pardon, dit-il. Je ne voulais pas te surprendre.

— Qu'est-ce que tu fais là ?

— Je suis venu te parler. J'ai vu ta voiture à la maison, mais j'ai eu besoin d'une minute pour m'éclaircir les idées.

Il fit un signe du pouce derrière lui.

— Alors je me suis garé ici. Je n'avais pas envie de t'interrompre. Quand j'ai ouvert ma portière, il a sauté et s'est enfui comme un bandit dans cette direction.

— Il ? Tu veux dire que le chien est venu avec toi ?

Il acquiesça.

— Oui. Il est avec moi.

Le chien remarqua des oiseaux à quelques mètres de là et commença à les chasser.

— Il vaudrait mieux que j'attache sa laisse.

Grant le suivit, réussissant à le saisir par son collier alors que le chiot lui sautait dessus. Je les regardai, confuse. *Il a un chien ? Depuis quand ?*

Il revint avec le chiot attaché à une longue laisse et, pour la première fois, j'observai à quoi il ressemblait. Ma réaction fut probablement similaire à celle de Mia quand elle m'avait vue l'autre jour. Grant avait une tête horrible, ou aussi horrible que possible. Sur le moment, cela m'énerva vraiment puisque son mauvais état à lui était bien mieux que le meilleur visage de la plupart des hommes. Il avait des cernes sous les yeux, ses cheveux étaient décoiffés, ses vêtements étaient froissés et sa peau avait un teint cireux.

Mon premier instinct fut de lui demander s'il allait bien, mais je me souvins ensuite que je n'avais pas été bien du tout, ces dernières semaines, et qu'il s'en était moqué. Je me retournai donc et me mis face au lac.

— Qu'est-ce que tu veux ? demandai-je.

Il était silencieux, mais je le sentais se tenir derrière moi.

— Ça te dérange... si je m'assieds ?

Je récupérai un brin d'herbe devant moi et le jetai.

— Peu m'importe.

Grant s'installa à côté de moi. Son chien commença à creuser un trou quelques mètres plus loin et nous le regardâmes tous les deux. Je refusais de le voir lui, même si je ressentais cette attirance, comme toujours quand j'étais près de lui.

— Comment te sens-tu ? demanda-t-il doucement.

Je me pinçai les lèvres.

— Seule. Effrayée. Déçue. Abandonnée.

Je sentis ses yeux se poser sur mon visage, mais je ne tournai toujours pas la tête.

— Ireland, chuchota-t-il. Regarde-moi. S'il te plaît.

Je pivotai avec mon meilleur regard glacial, mais quand je vis ses pupilles, je m'adoucis. *Mon Dieu, je suis une idiote.*

— Je suis tellement désolé.

La douleur dans sa voix était palpable.

— Je suis tellement désolé d'avoir fui.

Mes yeux s'emplirent de larmes. Néanmoins, je refusais d'en verser pour lui. Je clignai donc des paupières et regardai en bas jusqu'à ce que je puisse les chasser.

— Il n'y a aucune excuse pour ce que j'ai fait. Mais j'aimerais te parler de Leilani, si ça ne te dérange pas. Ça ne justifie pas la façon dont je t'ai traité, mais ça peut t'aider à comprendre pourquoi j'ai agi de cette manière.

Il avait toute mon attention, maintenant. Je le regardai avec un sourire triste et acquiesçai.

Grant prit quelques minutes pour remettre ses pensées en ordre, puis il parla doucement.

— Leilani May est né le quatre août. Elle pesait trois kilos sept cents.

Il sourit.

— Elle avait de grands yeux bleus qui étaient si sombres qu'ils étaient presque violets. Papy la surnommait Indigo à cause de ça. Elle avait une touffe de cheveux sombres qui ressemblaient à une perruque.

Il marqua une pause et soudain, j'oubliai toute ma colère. Tendant la main, je saisis la sienne et serrai.

— Elle devait être belle.

Grant s'éclaircit la gorge et hocha la tête.

— La seule fois où elle pleurait vraiment, c'est quand elle devait être changée. Et elle aimait être emmaillotée au point de ne plus pouvoir bouger les bras.

Il marqua une pause.

— Et elle adorait quand je lui reniflais les pieds et lui disait qu'elle puait des petons. On dit que la plupart des bébés ne sourient pas vraiment avant quelques mois, qu'auparavant, ce n'est qu'un réflexe. Mais Leilani me souriait.

Grant devint à nouveau silencieux. Cette fois-ci, ce fut lui qui détourna le regard. Il observa le lac et le soleil couchant. Je scrutai son visage, qui passa de chaleureux à sinistre, donc je savais que je devais me préparer pour la suite de l'histoire.

Sa voix ne fut qu'un chuchotement lorsqu'il reprit la parole.

— Je t'ai dit que Lily était une enfant placée dans ma famille. Au fil des ans, elle a été ballottée entre la maison de sa mère et la nôtre. Sa mère souffrait de maladie mentale, et l'État intervenait pour lui enlever sa fille au moins une fois par an quand elle arrêtait de prendre ses médicaments. Lily était toujours différente. Mais je n'ai pas compris ce que c'était jusqu'à ce qu'on soit plus âgés. Et à ce moment-là, il était trop tard. J'étais totalement impliquée avec elle.

Un picotement de jalousie apparut en moi, même si c'était ridicule.

Grant baissa la tête.

— Les médecins ont dit qu'elle était bipolaire comme sa mère. Et, que mêlé à la dépression postpartum, ça l'avait poussé à…

Il secoua la tête et sa voix se brisa.

— Elle…

Oh mon Dieu. Non !

Grant avait dit que c'était un accident, mais non… pas ça. Mon Dieu, s'il vous plaît, non. Ne me dites pas qu'il a souffert de quelque chose de si inconcevable. Je me décalai pour aller m'agenouiller entre ses cuisses et je pris son visage. Ses yeux étaient fermés, mais des larmes coulaient sur son visage.

Il déglutit et l'air peiné qu'il arborait me brisa. J'avais l'impression que quelqu'un me donnait des coups de couteau dans la poitrine.

Grant secoua la tête.

— On s'était disputé. Je me suis endormi. J'aurais dû savoir qu'il ne le fallait pas. Quand je me suis réveillé, Lily était assise sur le pont, en train de pleurer, et Leilani était partie. Elle… l'a jetée…

Il commença à sangloter.

Je l'attirai dans mes bras.

— Chuut. Ce n'est rien. Ce n'est rien. Tu n'as pas besoin d'en dire plus. Je suis tellement désolée, Grant. Je suis tellement, tellement désolée.

Nous restâmes ainsi pendant un long moment, pleurant tous les deux et nous tenant comme si nos vies en dépendaient. Sur le moment, je me disais que c'était peut-être le cas. Peut-être qu'il avait besoin de tout faire sortir pour aller de l'avant.

Finalement, il s'éloigna et me regarda dans les yeux.

— Je suis désolé de t'avoir abandonné. Tu ne méritais pas ça. Et je ne le referai plus. Je le promets.

J'étais dans un horrible état émotionnel, au point d'avoir peur qu'il en dise plus et de recommencer à espérer que son excuse soit plus une promesse d'un avenir et pas simplement une explication du passé.

Il me fixa droit dans les yeux.

— Je suis tellement désolée, Ireland. Je me suis senti enterré, ces sept dernières années, enterré dans l'obscurité... jusqu'à notre rencontre. Tu m'as donné l'impression que peut-être je n'avais jamais connu ça, mais que j'avais plutôt été planté dans le sol et que j'attendais simplement de grandir à nouveau.

Je pris une inspiration pour m'empêcher de pleurer.

— S'il te plaît, ne t'excuse plus. Je comprends. Je suis désolée que ça nous soit arrivé et que cette annonce ait remué des souvenirs enfouis.

Grant secoua la tête.

— Non. Ne dis pas ça. Ne sois pas désolée d'être enceinte. Moi, je ne le suis pas.

— Tu ne l'es pas ?

Il secoua à nouveau la tête.

— Je suis quand même effrayé. Je n'ai pas l'impression de mériter un autre enfant. J'ai peur qu'il se passe à nouveau quelque chose. Mais je ne suis pas désolé que tu attendes mon enfant.

L'espoir gonfla en moi.

— Tu en es sûr ?

Grant attira mon visage jusqu'à ce que nos nez se touchent.

— Je t'aime, Ireland. Je crois que c'est le cas depuis la première fois où tu m'as fait entrevoir ton caractère dans ce café. Et j'ai essayé de lutter contre ça à chaque étape, mais c'est physiquement impossible pour moi de ne pas t'aimer. Crois-moi, j'ai essayé avec autant de force que possible. Je veux t'aimer.

Toutes mes larmes revinrent. Seulement, cette fois-ci, certaines d'entre elles étaient joyeuses.

— Je t'aime aussi.

Le chien de Grant finit de creuser son trou et recommença à me lécher le visage. Je gloussai en reniflant.

— Ton chien est aussi insistant que toi.

— Ce n'est pas mon chien.

Je reculai.

— Quoi ? Mais tu as sa laisse et tu as dit qu'il l'était ?

— Spuds est ton chien, si tu le veux bien.

Spuds. Oh mon Dieu. Il se souvenait de ce que j'avais dit. *Deux ou trois enfants, avec peu d'écart, peut-être un golden retriever du nom de Spuds, une vraie grande maison.*

Nous restâmes assis dans l'herbe à nous embrasser et à nous dire je t'aime, encore et encore. Finalement, le soleil fut couché et les étoiles apparurent. Je voyais à peine le lac, désormais.

Grant me caressa les cheveux.

— Je suis allé rendre visite à Leilani tous les jours, la semaine dernière. Parfois, je m'asseyais, appuyé contre la pierre tombale, du lever au coucher du soleil. Ce n'était pas beau à voir. J'ai clairement effrayé certaines personnes qui venaient voir les tombes d'à côté. Mais je n'y étais pas allé depuis ses funérailles. Je n'y arrivais pas. Au lieu de ça, je suis resté sur ce foutu bateau pour que chaque jour, je me rappelle le pire jour de ma vie. Il était impossible pour moi de ne plus vivre où cela s'était déroulé. Je gardais la mémoire de ma fille en vie, mais sans me concentrer sur les bons moments.

Il marqua une pause et prit une grande inspiration.

— Un matin, j'ai fini à l'asile pénitentiaire où se trouve Lily et j'ai parlé à son médecin. J'étais perdu depuis si longtemps et je me suis dit que j'avais besoin de quelque chose de leur part pour aller de l'avant. Mais ce n'était en fait pas le cas. J'ai besoin de quelque chose de ta part.

Je regardai Grant dans les yeux.

— Tout ce que tu veux. Qu'est-ce que je peux faire ?

Il sourit de cet air taquin et adorable qui m'indiquait qu'il s'attendait à une réponse.

— Accorde-moi une autre chance.

• • •

Un rayon de soleil filtra par la fenêtre, directement sur mon visage, quand je me réveillai par terre. Nue et confuse, je plissai les yeux et protégeai mes yeux en tendant la main vers la couverture sur ma taille. Les souvenirs de la nuit précédente me revinrent en mémoire et un sourire idiot s'étira sur mon visage. Grant et moi avions passé la moitié de la nuit à parler et l'autre à nous rattraper pour ces deux semaines où nous n'avions pas pu nous toucher.

Aussi longtemps que je vivrais, je n'oublierai pas cette expression dans son regard quand il m'avait dit qu'il m'aimait en me pénétrant. Les mots « faire l'amour » n'avaient justement été que des mots, avant la nuit dernière. Mais nous nous étions liés d'une telle façon que j'avais eu l'impression que nous n'étions devenus qu'un. Ce qui me poussait à me demander... pourquoi ma moitié n'était-elle plus allongée à côté de moi ?

J'enroulai la couverture autour de mon corps et partis à la recherche de Grant.

Je les trouvai, Spuds et lui, sous le porche.

Il se retourna quand j'ouvris la porte.

— Bonjour.

Je souris.

— Bonjour. Quelle heure est-il ?

— Environ dix heures.

— Génial. Tu dois être debout depuis des heures, déjà.

— Non. J'ai dormi jusqu'à neuf heures.

Il leva un gobelet à côté de lui, qui était assorti à celui qu'il avait dans les mains.

— Je suis allé au magasin au bout de la rue et je nous ai pris du café. Le tien est un décaféiné. Même s'il doit être froid maintenant.

— Oh. Merci. Je vais le boire froid. Ça ne me dérange pas.

Je m'assis à côté de lui sur la première marche et il se pencha en avant, m'embrassant sur le front tandis que j'enlevais le couvercle.

— Ça veut dire que tu as raté le lever du soleil ? demandai-je.

— Oui. Je dormais encore.

Il sourit.

— Tu vas devoir regarder le coucher du soleil.

Grant secoua la tête.

— Autant j'aime t'avoir dans cette couverture, autant je préfère que tu boives ton café et que tu enfiles des vêtements. Je veux te montrer quelque chose.

Je déglutis plusieurs gorgées et partis à la recherche de mes vêtements. Je les trouvai éparpillés de la cuisine jusqu'au salon, et je souris en allant me changer dans la salle de bain. Spuds me suivit et attendit juste devant la porte.

— Où est-ce qu'on va ?

— Juste se promener.

— D'accord. Mais il vaut mieux que ce ne soit pas trop loin, sinon tu vas devoir me porter. Je n'ai aucune énergie après hier soir.

Grant me regarda et sourit.

— Je prévois que cela reste comme ça : que tu sois souriante et satisfaite sexuellement.

Nous marchâmes main dans la main vers le terrain devant le lac où nous nous étions assis hier soir. Lorsque nous arrivâmes au bord de l'eau, Grant regarda autour de lui.

— Ce serait un bel endroit, pour une maison.

— Oui. En fait, j'ai regardé cette parcelle avant d'acheter la mienne. Mais elle est horriblement chère.

Il acquiesça.

— Je sais. Je viens de l'acheter.

Je clignai des yeux à plusieurs reprises.

— De quoi ?

— J'ai appelé il y a une heure et j'ai fait une offre. Ils m'ont rappelé cinq minutes avant que tu te réveilles et ont accepté.

— Je ne comprends pas.

Grant me prit les deux mains.

— Tu voulais cette propriété. Je veux te la donner, si tu me laisses faire. J'aimerais construire une maison, dessus. Avec une grande clôture et plusieurs chambres que nous pouvons passer les prochaines années à remplir.

— Tu es sérieux ?

— Oui.

Grant arrêta de sourire.

— Je vis sur ce bateau depuis sept ans. Chaque jour, ça me fend le cœur de monter sur le pont arrière et de me souvenir... Il faut que je déménage. Leilani fera toujours partie de ma vie, mais il y a encore de la place dans mon cœur pour une autre personne.

— Oh mon Dieu, Grant.

Je passai mes bras autour de son cou.

— Mais ma maison ?

— Vends-la. Ou loue-la. Ou garde-la, peut-être, on pourra la conserver pour les moments où les enfants nous rendront fous. Tu es assez bruyante, et je ne veux pas que ça change.

Je ris.

— On va garder toute une maison pour ne pas s'envoyer en l'air discrètement ? Tu es fou.

— On va trouver une solution. On a beaucoup de temps. Ça nous prendra un moment de construire quelque chose, de toute façon.

— Oh mon Dieu. J'imagine déjà ta maison être finie avant la mienne.

Grant se pencha et effleura mes lèvres avec les siennes.

— Ce n'est pas possible.

— Pourquoi pas ?

— Parce que je n'ai pas de maison. Il n'y a que la *nôtre*.

Je souris.

— Je t'aime.

— Moi aussi, je t'aime.

Il s'éloigna et se pencha pour m'embrasser le ventre.

— Toi aussi, je t'aime.

Quand nous nous fûmes embrassés, je dus revenir à la réalité.

— J'ai beaucoup de travail à faire cet après-midi. Tu veux venir à l'appartement pour la journée pendant que je m'en occupe ? On peut commander le dîner, peut-être ?

— Tu peux amener ton travail à mon appartement ?

Je haussai les épaules.

— J'imagine. Il me faut juste mon ordinateur portable et quelques dossiers. Tu veux regarder le coucher de soleil depuis là-bas où quelque chose comme ça ?

Grant me regarda dans les yeux.

— Non. Je me suis juste dit que j'allais préparer un bon repas à ma chérie et à notre bébé. Plutôt que de regarder le coucher de soleil, je prévois de regarder la tête que tu fais pendant que je lèche tout ton corps.

J'aimais ce qu'il disait. Mais...

— Tu as raté le lever du soleil, ce matin. Je croyais que tu regardais soit le lever soit le coucher du soleil chaque jour pour te rappeler que les bonnes choses dans la vie pouvaient être simples ?

Grant posa les paumes sur mes joues.

— C'était le passé. Je me rends compte maintenant que toutes les choses dans la vie ne sont pas simples. Certaines des meilleures sont compliquées, mais sont belles et valent le risque. Je n'ai pas besoin de voir chaque lever ou coucher du soleil pour me rappeler que le bien existe. Je t'ai, toi.

CHAPITRE 36

Grant

Ireland me prit la main. Le médecin venait juste de faire un examen et avait dit que tout semblait aller bien. Puisque c'était notre rendez-vous des deux mois, il voulait faire une échographie pour savoir s'il pouvait entendre le cœur du bébé.

Je regardai le docteur Warren déposer une dose de gel sur le ventre plat d'Ireland et commencer à déplacer son moniteur. Des ombres apparurent sur l'écran devant moi et tous les trois, nous le regardâmes. Le docteur se concentra sur une zone, poussa plus fermement sur son outil et soudain, un bruit commença à faire écho dans la pièce.

Un pouls.

Mon bébé a un pouls.

Ireland lisait le livre *Ce qui vous attend si vous attendez un enfant* dans lequel on apprenait que les premiers mois de la grossesse produisaient une poussée d'hormones qui rendaient beaucoup de femmes plus émotives que d'habitude. Mais ce foutu bouquin ne mentionnait pas que le futur père s'étoufferait aussi avec ses émotions.

Les larmes me montèrent aux yeux et il fut impossible de les retenir, même si j'essayais. Ireland me serra la main et sourit.

Merde. Qui s'en inquiète si je suis une véritable poule mouillée ? Je ne voulais plus lutter. Je laissai les larmes couler en me penchant en avant et en embrassant le front de ma chérie. Sept ans plus tôt, mon propre pouls s'était arrêté et aujourd'hui, il retrouvait son but. Je voulais prendre Ireland dans mes bras et danser avec elle au rythme du battement de cœur magique de notre bébé.

Le médecin appuya sur un bouton et quelques centimètres d'électrocardiogrammes s'imprimèrent à la machine.

— Le pouls semble bon. Je vais simplement faire quelques mesures, rapidement, et vous pourrez partir.

Il tourna une poignée sur la machine et le pouls disparut. Je ressentis un élan de panique.

— Pourriez-vous le... laisser jusqu'à ce qu'on finisse l'examen ? demandai-je.

Le docteur Warren sourit.

— Bien sûr.

Il cliqua et imprima davantage de feuilles pendant les cinq minutes suivantes. Lorsqu'il eut terminé, il donna un essuie-tout à Ireland pour qu'elle nettoie son ventre. Acquiesçant, il déclara :

— Les mesures sont bonnes. On se revoit dans un mois et, avec un peu de chance, vous continuerez à ne pas avoir de nausée matinale.

Il me tendit un petit papier avec l'électrocardiogramme du bébé qu'il avait imprimé.

— Je me suis dit que vous aimeriez le garder, papa.

— Oui. Merci. Désolé d'avoir été ému.

Il me fit un signe de la main.

— Pas besoin de vous excuser. C'est un grand moment de votre vie avec beaucoup de changements. Laissez-vous aller et appréciez le moment. Profitez des moments joyeux, même s'ils viennent avec quelques larmes.

— Je le ferai. Merci, doc.

Le docteur Warren ferma la porte derrière lui et Ireland commença à se rhabiller. J'avais beaucoup réfléchi dernièrement et je décidai de suivre le conseil du médecin. Il fallait que je me laisse aller avec le mouvement et cet instant ne m'avait jamais semblé plus normal. L'écrin que j'avais dans ma poche me donnait même l'impression que c'était ma destinée, si on me posait la question.

Ireland boutonna son pantalon et froissa la blouse en papier qu'elle avait portée. Elle se tourna pour la mettre dans la poubelle et lorsqu'elle pivota à nouveau vers moi, j'avais...

... un genou à terre.

Elle écarquilla les yeux et posa ses mains sur sa bouche.

— Qu'est-ce que tu fais ?

Je plongeai la main dans ma poche et sortis une vieille boîte minable.

— J'avais prévu de te la donner dans quelques semaines, pas aujourd'hui. Mais tu as entendu ce que le médecin a dit : *laissez-vous aller et appréciez le moment.*

— Grant… oh mon Dieu.

Je lui pris la main et levai l'écrin.

— C'était la bague de ma grand-mère. J'allais faire remplacer la pierre pour toi et la mettre dans une nouvelle boîte plus jolie. Mais…

Je secouai la tête.

— Je ne voulais pas attendre. Ce moment me semble opportun.

J'ouvris l'écrin et montrai son contenu à Ireland. Ce n'était pas la plus grande des bagues ni la plus brillante, mais elle était emplie de tant d'histoire et d'espoir.

— La semaine dernière, quand on est allé l'annoncer à papy, pour le bébé, ma grand-mère a appelé le lendemain et m'a demandé de passer, tout seul. Tous les deux, ils m'ont demandé de m'asseoir et m'ont dit qu'ils voulaient que je te la donne quand ce serait le bon moment. Elle a appartenu à mon arrière-grand-mère, puis à ma grand-mère, puis à ma mère.

— Elle est belle, Grant.

— Ce qui est drôle, c'est que je n'ai jamais su que ma mère, ma grand-mère et mon arrière-grand-mère avaient partagé la même bague. Ma mère la leur avait donnée avant que j'épouse Lily et ils ne me l'avaient pas transmise. J'étais curieux de savoir pourquoi ils me la donnaient, maintenant, donc j'ai posé la question. Sais-tu quelle a été leur réponse ?

— Non ?

Je levai le minuscule papier que le docteur m'avait donné.

— Papy a dit que grâce à toi, mon cœur battait à nouveau. Et qu'il savait que tu étais mon éternité.

Ireland commença à pleurer.

— C'est magnifique.

Je sortis la bague de l'écrin.

— Ireland Saint James, je sais que nous nous connaissons depuis moins d'un an, mais je n'aurais jamais cru que je t'aimerais comme je t'aime. Je ne suis pas seulement tombé amoureux de toi, je suis tombé amoureux de ma vie avec toi à mes côtés. Alors, veux-tu m'épouser ? Nous pouvons choisir une autre bague ou établir une date dans plus d'un an si tu n'es pas prête. Rien de tout ça n'est important. Tout ce que je veux savoir c'est si tu passeras le reste de ta vie avec moi.

Ireland faillit me bousculer en passant ses bras et son corps autour de moi.

— Oui ! Oui ! Je le veux. Et la bague est belle. Je n'ai pas besoin de quoi que ce soit d'autre. Et je n'ai pas besoin d'une année. Tout ce dont j'ai besoin, c'est de toi.

Grant

Je m'assis, seul à l'arrière du point de Leilani. La baie était sinistrement silencieuse cet après-midi-là, ce qui me semblait approprié sur le moment. Je ressentis le même calme étrange dans l'eau, même si je m'attendais à ressentir tout le contraire en ce jour. Dire au revoir au bateau était plus significatif que de quitter l'endroit où j'avais vécu pendant des années. Même si elle n'allait nulle part, pas tant que papy avait envie de lui rendre visite. Mais il était temps pour moi de passer à autre chose. Il était temps de ne plus commencer et finir ma journée avec des souvenirs qui me hanteraient pour toujours, et il fallait maintenant en créer de nouveaux, remplis de bonheur. Je n'avais plus qu'une chose à faire.

Je pris une profonde inspiration et récupérai le crayon ainsi que le papier que j'avais laissés en rangeant le reste de mes affaires. Une enveloppe scellée était sur la banquette à côté de moi, l'une des milliers que j'avais reçues et déchiquetées au fil des années. Mais aujourd'hui, quand ma lettre quotidienne était arrivée, je l'avais mise dans ma poche plutôt que de la jeter dans la poubelle. Je n'avais pas l'intention de la lire, mais il me fallait l'adresse pour le retour, aujourd'hui.

Plus de trois mille de ces enveloppes étaient arrivées depuis que j'avais rencontré Lily, à quatorze ans. J'avais eu le pouvoir de les arrêter à n'importe quel moment, pourtant je ne l'avais jamais fait. Je n'étais pas vraiment sûr de la raison. Peut-être que je voulais ce rappel quotidien comme une part de ma punition. Peut-être que je souhaitais que Lily ait le même rappel de ce qu'elle avait fait chaque fois qu'elle prenait un stylo. Peut-être que j'étais tout aussi tordu, dans ma tête. J'avais peur de ne pas penser à ma fille, sans cette lettre quotidienne. Je n'en savais rien. Mais peu importait la raison, aujourd'hui, cela cesserait.

Je regardai autour de moi une dernière fois, imaginant Lily se tenir sur ce pont cette nuit-là. J'avais vu cette image dans mon esprit un millier de fois auparavant. Fermant les yeux, j'avalai le goût de sel dans ma gorge avant de finalement poser le stylo sur le papier.

Lily.

Je ne sais pas comment te pardonner.

Peut-être que depuis le temps, j'aurais dû trouver Dieu ou quelque chose comme ça, j'aurais trouvé une façon d'accepter ce que tu as fait et d'être en paix avec l'idée que ce n'était pas ta faute. Mais je ne l'ai pas fait. Ma lettre ne parlera pas de ça.

Je dois te dire que je suis désolé.

Je suis désolé de m'être endormi cette nuit-là.

Je suis désolé de ne pas avoir vu la profondeur du malaise que tu traversais et de ne pas avoir emmené Leilani loin de toi.

Je suis désolé d'avoir fait passer tes besoins avant ceux de notre petite fille.

Je suis désolé de ne pas l'avoir vu venir.

Je suis désolé de ne pas avoir protégé notre petite fille.

J'ai merdé. J'ai merdé, Lily.

J'ai passé les sept dernières années à éviter toute personne que je pourrais aimer. Parce que je pensais que lorsqu'on tombait amoureux, on devenait aveugle face aux défauts et on ne voyait que ce qu'on voulait. J'avais peur de me voiler la face à propos de quelqu'un, encore une fois. Je pensais pouvoir contrôler qui j'aimais.

Jusqu'à Ireland.

Elle m'a fait comprendre que nous n'avions pas le choix quant à la personne de qui nous tombons amoureux. Cela arrive par chance. Mais rester amoureux et faire en sorte que cela fonctionne, ça n'est pas de la chance, c'est un choix. Et j'ai décidé d'aimer Ireland.

Pour cette raison, je t'écris aujourd'hui pour te dire que je suis tombé amoureux de quelqu'un et te demander d'arrêter de m'écrire. Qui sait, peut-être que cela t'aidera aussi à passer vers autre chose.

J'aimerais te dire que j'ai trouvé une façon de te pardonner. Mais ce n'est pas encore le cas. Peut-être qu'un jour, ça arrivera. Ce n'est pas quelque chose que je peux forcer. J'ai un long chemin à faire et une longue guérison, mais j'ai décidé que me pardonner était le meilleur départ à prendre. Alors, même si je ne suis pas prêt à t'ouvrir entièrement mon cœur et à te pardonner, je te demande de m'excuser. Il faut que j'aille de l'avant. Je veux arrêter de me détester et travailler pour trouver la paix. Ça commence avec nous.

S'il te plaît, pardonne-moi. Un jour, j'espère te retourner le cadeau du pardon.

Plus jamais de lettres.

Au revoir, Lily.

Grant

Ireland – Quinze mois plus tard

— Je n'arrive toujours pas à croire que tu aies fait tout ça.

Je regardai par la fenêtre et observai une équipe accrocher des lumières sur des palmiers et poser une piste de danse en bois par-dessus le sable. Grant arriva derrière moi et passa ses bras autour de ma taille. Il embrassa mon épaule nue.

— Ce n'est pas facile de te surprendre.

Grant et moi nous étions mariés quand j'étais enceinte de cinq mois. Cela n'avait aucune importance pour nous deux de ne pas organiser une grande fête et je ne voulais pas marcher jusqu'à l'autel avec un énorme ventre. Nous étions donc allés au City Hall et nous avons rendu cela discrètement officiel. Mais il s'était toujours senti coupable que nous n'ayons pas eu de grande célébration, donc pour notre premier anniversaire de mariage, Grant me surprit avec un voyage aux Caraïbes pour renouveler nos vœux. J'ignorais totalement, en arrivant dans cet hôtel, qu'il avait également fait venir tous nos amis et nos familles.

Et maintenant, une équipe de vingt personnes était occupée à préparer une cérémonie de renouvellement de vœux dans un décor que je lui avais un jour décrit comme mon mariage idéal : des palmiers illuminés par de petites lumières sur la plage, au coucher de soleil. Il s'était même arrangé pour que Mia et moi allions dans un magasin de mariage sur l'île, et que nous choisissions des robes à notre arrivée, deux jours plus tôt. Ce n'était pas facile, étant donné que Mia était elle-même enceinte de six mois.

Je me retournai dans les bras de mon mari et passai les miens autour de son cou.

— C'est génial. Merci d'avoir fait tout ça. Je n'arrive toujours pas à comprendre comment tu as pu tout organiser sans que je le sache.

Il me caressa la lèvre inférieure du pouce.

— Je ferai n'importe quoi pour avoir un sourire. En plus, j'avais une arrière-pensée. Puisque Mia est juste à côté, elle va garder Logan pour nous ce soir. Je ne t'ai pas eu juste pour moi depuis longtemps.

— On en revient toujours au sexe avec toi, non ? le taquinai-je.

— Je rattrape toujours le temps perdu, ma chérie.

Quand j'étais enceinte de sept mois de Logan, le travail avait commencé prématurément. Les médecins avaient pu l'arrêter, mais ils m'avaient mise au repos forcé, alitée, et les activités sexuelles avaient été restreintes. Cela signifiait que nous avions passé les deux mois avant l'accouchement et les six semaines suivantes sans nous envoyer en l'air. Grant ne plaisantait pas quand il disait qu'il essayait de rattraper le temps perdu. Nous avions été comme des adolescents en rut ces derniers mois. Ce qui était la raison pour laquelle moi aussi, j'avais une surprise pour lui, aujourd'hui.

— J'ai quelque chose à te montrer, dis-je.

Grant me lança un sourire malicieux et me pinça les fesses.

— Moi aussi, j'ai quelque chose à te montrer.

— Je suis sérieuse, gloussai-je.

Mon mari me prit la main et la glissa loin de son cou vers son érection en acier, guidant mes doigts pour qu'ils s'y agrippent.

— Moi aussi, je suis sérieux.

J'avais acheté un test de grossesse pendant que Mia et moi faisions du shopping sur l'île, hier, et je l'avais gardé pour faire la surprise à Grant. C'était un père extraordinaire pour notre fils, Logan, mais j'étais toujours un peu nerveuse de lui dire à cause de la réaction qu'il avait eue la première fois que j'étais tombée enceinte. C'était idiot, je le savais, d'autant plus que nous étions d'accord pour ne pas utiliser de contraception et passer beaucoup de temps à *nous entraîner* à faire des bébés. Néanmoins, je voulais vider mon sac.

— Assieds-toi une minute. Je reviens tout de suite.

Grant bouda, mais me relâcha afin que je puisse aller dans la salle de bain. J'avais caché le test dans ma trousse de maquillage sous le lavabo, dans le sac plastique avec lequel je l'avais acheté. Je le rangeai dans la poche de mon short et repartis dans la chambre, où je vis Grant enlever son tee-shirt. Mon cœur se serra quand je vis le tatouage qu'il s'était fait sur le torse, quelques jours avant notre mariage, l'année dernière.

Je l'effleurai du bout des doigts. Grant avait fait imprimer le premier électrocardiogramme de Logan, celui que le médecin lui avait donné pendant notre première échographie. Il l'avait fait tatouer sur son torse, avec les mots provenant du tableau accroché au-dessus de mon lit. *Sans pluie, pas de fleurs.*

J'embrassai le tatouage.

— Je l'aime autant aujourd'hui que le jour où tu l'as fait. Mais quelque chose ne va pas. Je crois que tu vas devoir y retourner pour ajouter un peu d'encre et arranger ça.

Grant fronça les sourcils en baissant les yeux vers son torse. Il tira sur la peau pour mieux la voir.

— Qu'est-ce qui ne va pas ?

Je sortis le test de ma poche.

— Il n'y a qu'un battement de cœur.

Grant plissa le front et il écarquilla rapidement les yeux.

— Tu es...

J'acquiesçai.

— Encore enceinte.

Grant ferma les yeux et pendant de longues secondes, je retins mon souffle. Lorsqu'il les ouvrit, il ne me fallut qu'un coup d'œil pour voir la joie dans son regard.

Il sourit.

— Tu es enceinte. Ma femme est encore enceinte.

Je souris.

— Oui. J'imagine que c'est ce qui arrive quand votre mari est insatiable.

Grant me souleva et me fit tourbillonner.

— J'aime quand tu es enceinte. J'aime ton gros ventre. Et tes gros seins. J'aime même te raser les jambes quand tu ne peux plus te pencher. Tu m'as redonné vie, Ireland, et que tu sois enceinte en est une nouvelle preuve.

— C'est la plus belle chose qu'on ne m'ait jamais dite. Enfin, sauf le commentaire sur les seins.

Grant sourit.

— Bien. Parce que c'est la vérité. Maintenant, ramène ton cul de femme enceinte de ce côté du lit pour que je puisse te donner mon cadeau.

• • •

Nous renouvelâmes nos vœux devant tous nos amis et notre famille au coucher du soleil. Papy se tenait aux côtés de Grant en tant que témoin et Mia était près de moi, tenant son ventre grossissant. Leo, qui vivait désormais avec nous, tenait notre fils dans ses bras, au premier rang. Il avait emménagé quatre mois plus tôt quand sa tante avait eu un AVC à cause duquel, elle n'était plus capable de s'occuper de lui. La justice nous avait accordé la garde temporaire, mais si nous avions notre mot à dire, il serait avec nous pour toujours.

Vers la fin de la cérémonie, le pasteur qui officiait déclara :

— Le marié aimerait donner une nouvelle alliance à sa femme, en guise d'amour et d'engagement.

Je me penchai vers Grant.

— Je croyais que nous n'échangerions pas de nouvelles bagues.

Il me fit un clin d'œil.

— On ne le fait pas. Je n'ai pas besoin d'en avoir deux. Mais je voulais te donner quelque chose pour que tu te souviennes de cette journée.

Grant se tourna vers son grand-père et chuchota.

— *Psst.* Papy... dans ta poche.

Celui-ci plissa son visage. Il semblait avoir un de ces moments d'absence. Cela arrivait de plus en plus fréquemment, ces derniers mois.

Grant murmura à nouveau.

— Tu as la boîte dans ta poche.

Toujours confus, le vieil homme regarda autour de lui. Nos amis et notre famille dans le public nous regardaient tous et attendaient. Quand je me retournai, il nous regarda, Grant et moi, les mains jointes. Il sourit.

— Salut, Charlize.

Je souris en retour.

— Salut, papy. Comment vas-tu ?

Grant gloussa.

— Il est toujours distrait par les jolies filles. La boîte est dans la poche gauche de ta veste, papy. Je peux l'avoir ?

— La boîte ?

— Oui, dans la poche de ta veste.

— Oh, tu veux...

Le grand-père claqua des doigts.

— Bon sang... comment ça s'appelle déjà...

Claquement de doigts. Claquement de doigts.

— Tu veux les...

Claquement de doigts. Claquement de doigts.

— Tu veux tes *boules* !

Tout le monde commença à rire, y compris nous deux. Grant avança et glissa sa main dans la poche de son grand-père, sortant un écrin noir.

— Non. Elle peut garder mes boules, papy. Elle les a depuis le premier jour. Je veux juste la bague.

FIN

Rejoignez plus de 18 500 lecteurs de romance dans le groupe de lecture privé de Vi !

Suivez Vi sur Instagram

Inscrivez-vous à sa liste de diffusion pour en savoir plus sur ses prochaines parutions !

Autres livres
https://www.vikeeland.com/france.html

À vous, les *lecteurs*. Merci de m'autoriser à faire partie de vos cœurs et de vos foyers. La vie semble avancer bien vite à notre époque et je suis tellement reconnaissante d'être avec vous pendant ces moments, quand vous vous détendez et que vous prenez un livre pour vous échapper. J'espère que vous avez profité de l'histoire compliquée de Grant et Ireland, et que vous reviendrez à l'été prochain pour voir qui vous rencontrerez ensuite !

À Pénélope. 2019 était rempli de retournements de situations. Je suis heureuse que tu sois la Thelma de ma Louise pour cette aventure épique.

À Cheri. Cette année nous a rappelé à toutes les deux comme le temps était précieux et cela rend encore plus important pour moi le fait que tu t'es éloignée de ta famille pour me rejoindre dans mes voyages dingues. Brooks nous a rapprochées, mais l'amitié a fait de nous une éternité.

À Julie. Merci pour ton amitié et ta sagesse.

À Luna. Sans pluie, pas de fleurs. 2020 est l'année lors de laquelle tu vas prospérer et j'ai hâte de voir ça.

À mon groupe spectaculaire de lecteurs sur Facebook, Vi's Violets. Tous les matins, je me réveille et je prends mon café avec vous. Vous commencez ma journée, m'encouragez quand les choses sont difficiles et vous célébrez mes succès. Je l'ai déjà dit avant, mais à chaque année qui passe, cela devient de plus en plus vrai : ce groupe est un cadeau. Merci d'en faire partie.

À Sommer. Je ne sais pas comment tu fais chaque fois. Merci pour une autre couverture géniale.

À mon agente et amie, Kimberly Brower. Merci de ne jamais accepter ce qui est *assez bien*. Tu vas toujours plus loin que ce qu'on attend. J'ai hâte de voir les éléments uniques que tu découvres chaque année.

À Jessica, Elaine et Eda. Merci d'être mon équipe de rêve dans l'édition ! Vous arrondissez tous les angles et me faites briller !

À tous les blogueurs. Merci d'inspirer les autres pour qu'ils me laissent ma chance. Sans vous, ils n'existeraient pas.

Tout mon amour,
Vi

Vi Keeland est une auteure de best-sellers n° 1 au classement du *New York Times*, n° 1 au classement du *Wall Street Journal* et figurant au classement de *USA Today*. Avec des millions d'exemplaires vendus, ses titres sont mentionnés dans plus d'une centaine de listes de best-sellers et sont actuellement traduits en vingt-cinq langues. Avec son mari et ses trois enfants, elle habite à New York où elle vit son propre conte de fées avec le garçon qu'elle a rencontré à l'âge de six ans.

www.ingramcontent.com/pod-product-compliance
Lightning Source LLC
Chambersburg PA
CBHW011147190726

48288CB00010B/3206